DIE TODESINSEL
Mord auf Helgoland

Leo-Fischl-Krimi 2

Von Leo Fischl

W0354958

Alle Namen, Daten, Orte und Handlungsstränge sind frei erfunden. Etwaige Ähnlichkeiten – auch in Bezug auf die reale Insel Helgoland – sind rein zufällig und nicht beabsichtigt.

Der Autor dankt den Korrekturleserinnen und Ratgeberinnen Valerie Klock, Katrina Kuwitz und Dagmar sowie dem Lektorat AZDLIBRIS, dem großartigen Illustrator Wieslaw Smetek für das fantastische Cover – und der Stadt Cuxhaven und der Insel Helgoland für die inspirierende Zeit.

Cover: © 2015. Wieslaw Smetek. Alle Rechte vorbehalten. www.smetek.de

Inhalt: © 2015. Alle Rechte vorbehalten.
Leo Fischl. Berlin Kuwitz-Verlag. Februar 2015.

Impressum:

Kuwitz Verlag
Leo Fischl
Wrangelstr. 93
10997 Berlin

Deutschland

Über das Buch

Zwei Schülerinnen aus Bad Bederkesa schreiben für ihre Schülerzeitung einen Bericht über steigende Mieten auf Helgoland und werden nach einer Party-Nacht ermordet. Die Kommissare Jürgen Kempner und Paula Petersen eilen aus Hannover herbei, um den Täter zu finden. Während ihrer Ermittlungen geraten sie in die Machenschaften der Windkraft-Industrie, stoßen auf geldgierige Hotel-Besitzer sowie Mitglieder der Bürgerbewegung „Helgoländer in Wut", die ihre Insel vor Tourismus und Verdrängung schützen wollen – und dabei selbst vor Terror und Gewalt nicht zurückschrecken.

Was haben die Helgoländer zu verbergen? Wer hat die beiden Mädchen umgebracht? Und wird der Täter noch einmal zuschlagen? Ein Wettlauf gegen die Zeit beginnt.

Über den Autor

Leo Fischl ist in der Nähe von Bremen aufgewachsen und dort zur Schule gegangen. Anschließend hat er Rechtswissenschaft mit dem Schwerpunkt Strafrecht studiert. Nach seiner Ausbildung hat er für diverse deutsche Zeitungen und Magazine als freiberuflicher Reporter gearbeitet. Seine Erfahrungen haben ihn dazu bewegt, einen Kriminalroman zu schreiben. DIE TODESINSEL – MORD AUF HELGOLAND ist der zweite Teil einer Serie um den Kriminalkommissar Jürgen Kempner aus Hannover. Zu erreichen ist der Autor über die E-Mail-Adresse leonard.fischl@gmail.com

Inhalt

Menschen sind wie Stachelschweine: Sie frieren, wenn sie zu fern voneinander stehen, und stechen einander, wenn sie sich zu nahe rücken.

(Arthur Schopenhauer)

Prolog

„Anna, kommst Du endlich?“, fragte Ronja ungeduldig, als sie sich mit ihrem blonden Lockenkopf zur Tür drehte, zum Ausgang der ‚Diskothek Krebs', wo die beiden Schülerinnen auf dem Helgoländer Oberland eben noch einen feuchtfröhlichen Abend verbracht hatten.

Es roch nach Meer. Die Vögel kreischten. Der kühle Herbstwind wehte ihnen durch die Haare, während sich die Äste draußen zum Takt der Musik mitbewegten.

Ronja und Anna, diese beiden Schülerinnen, hatten die ganze Nacht in der ‚Diskothek Krebs' verbracht, frei und ungezwungen, fernab aller Sorgen, und hatten ihre Hüften zum Rhythmus der Musik geschwungen, um sich mal wieder richtig jung zu fühlen, so jung wie sie waren.

Genau genommen war ‚Disko' etwas hochgegriffen. Es handelte sich vielmehr um eine kleine Bar, eine Spelunke mit einer Tanzfläche samt Rauchmaschine und ein paar rosa-roten Scheinwerfern, in deren Licht die beiden Mädchen getanzt und sich den letzten Abend mit Schnaps und ein paar lockeren Flirts versüßt hatten.

Es erklangen die alten Hits der Neunziger Jahre, das hörte man noch von draußen: ‚Backstreet Boys' und ‚N Sync'. Richtiger *Trash* eben.

Aber was hatten die Mädchen schon Besseres zu tun? Was sollte man schon machen, in so einer Nacht auf Helgoland, auf einer Insel von gerade mal 1,7 Quadratkilometern Größe, die um diese Jahreszeit lediglich von gestrandeten Vögeln, ein paar Touristen und einigen wetter- und trinkfesten Insulanern bevölkert wurde?

„Saufen. Saufen. Nichts als saufen", war Annas Antwort.

Die Sterne funkelten so klar, als wären sie beleuchtet.

Der Geruch der Gischt schob sich von den Küstenklippen zum Oberland hinauf.

Anna atmete die Luft ein, langsam und ruhig, als wäre sie süchtig danach. Sie wollte das Meer in sich spüren, wenn sie es schon nicht sah. Für das Mädchen wirkte die Welt heute Nacht so trüb wie der gemischte Korn-Cola, den sie sich eben noch in den Hals geschüttet hatte.

Unerträglich.

Das Leben war unerträglich.

Wieso war alles nur so schwer?

Anna erkannte nur die vagen Umrisse des Horizonts, als sie aufs Meer schaute; vernebelt, ein bisschen dreckig, wie beim Betrachten eines leeren, schmutzigen Milchglases. Es musste wohl der Alkohol gewesen sein, der ihr den Blick verzerrte.
Ja, es stimmte, was die Menschen sagten: Auf Helgoland gab es im Herbst wirklich nicht viel zu tun, vor allem für junge Leute nicht, für Menschen unter zwanzig. Und Anna und Ronja waren erst achtzehn Jahre alt geworden. Gymnasiastinnen des Internats in Bad Bederkesa, voller Hoffnungen und Träume.

Sie waren auf Recherchereise für die Schülerzeitung „Zündstoff" unterwegs. Die ‚Disko Krebs' war die einzige Kneipe auf der roten Insel mit ihren exakt 1.356 Insulanern, die für einen Tanzabend überhaupt in Frage kam.

Die älteste Disko Deutschlands, hieß es.

Ziemlich mieser Laden, dachte Anna.

Aber das war schon in Ordnung so. Irgendwie fanden es die Mädchen ulkig, auf Helgoland Party zu machen. Es war mal was ganz anderes. Die Leute wirkten entspannter, nicht so egozentrisch wie die Typen in der Großraumdisko ‚Janzen' in der Nähe von Cuxhaven, wo die meisten Schülerinnen und Schüler des Internats ihre langweiligen Wochenenden verbrachten. Da wollte jeder hübscher sein als der andere. In der ‚Disko Krebs' hingegen ging es vergleichsweise entspannt zu: da ging's nur ums Saufen. Und ums Baggern. Ganz geerdet. Ohne viel Tamtam.

„Ja, ich komm' gleich!", raunzte Anna zurück und korrigierte derweil mit der rechten Hand ihren hochhackigen Schuh, während sie sich an der Türwand abstützte. „Das Scheißding ist verrutscht. Ich hab' wohl zu wild herumgezappelt", scherzte Anna und ließ plötzlich einen Schluckauf frei.

Sie war sternhagelvoll.

„Hoppla", schob sie nach und schlug mit der Handfläche peinlich berührt gegen den Mund. Derweil versuchte sie das Gleichgewicht zu halten. Ihre braunen langen Haare bewegten sich im Wind.

Der letzte Doppelkorn war definitiv zu viel gewesen. Aber das Feiern hatten sie sich schließlich verdient, nach der ganzen Arbeit und dem Stress, den ganzen Fragen, den komischen Helgoländer Begegnungen und Gesprächen, die um die merkwürdigen Geschehnisse der letzten Wochen kreisten.

Der Träger von Annas engem, knallrotem Kleid, an dem sich die älteren Herren am Tresen der ‚Disko Krebs' noch vor wenigen Minuten ergötzt hatten, war verrutscht und von ihrer Schulter gefallen.

„Komm schon, ich bin müde!", drängte Ronja und versuchte ihre Freundin von dummen Spontaneinfällen abzulenken. Sie befürchtete, Anna wollte zurück in die Disko.

„Ich brauch' nur noch eine Sekunde", sagte sie und presste beide Füße in die Schuhe. „So, fertig!"

Anna stampfte mit beiden Beinen auf dem Boden herum, sprang kurz auf, um sich von der Trittfestigkeit ihrer *High-Heels* zu überzeugen, ging zu Ronja hinüber, klemmte sich unter deren Arm und marschierte los, ihre Freundin dabei energisch mitziehend.

‚Typisch', dachte Ronja. Anna gab mal wieder den Ton an. Manchmal nervte das. Und zwar gewaltig. „Jetzt mach mal langsam", protestierte Ronja und hoffte darauf, Anna würde aufhören, sich künstlich zu beeilen.

„Ist ja gut. Ich mach ja nur, was Du mir sagst. Immer passt Dir was nicht... Gleich sind wir im Hotel. Dann kannst Du Thorsten schreiben. Deswegen wolltest Du doch so früh raus, oder?“

‚So eine blöde Kuh’, dachte Ronja. War ja klar, dass Anna sie wieder ärgern wollte. Immer musste ihre Freundin alles bestimmen.

„Hör auf! Um Thorsten geht’s hier nicht“, erwiderte Ronja trotzig. „Der schläft schon. Ich will einfach nur ins Bett.“

Ihr Hotel war an einer kleinen Straße im Unterland von Helgoland gelegen. Es war bereits 3 Uhr geworden. Aus dem Hintergrund hörte man die Musik aus der ‚Disko Krebs’. Ein deutscher Schlager ertönte, der die letzten männlichen Gäste derartig zu bespaßen schien, dass das Grölen selbst noch im Unterland zu hören war.

Beim Weggehen hatten Ronja und Anna bereits geahnt, dass alle männlichen Gäste enttäuscht darüber waren, dass das junge Frischfleisch einfach so abgehauen war, ohne Küsse zu verteilen, ohne gar nichts, noch nicht mal ein paar Schmatzer gab’s.

Ronja und Anna hatten alle Herzen zum Schmelzen gebracht. Und nicht nur das: Mit ihren anzüglichen und dennoch distanzierten Tanzbewegungen hatten sie den Männern dreckige Gedanken eingeflößt.

Das wussten die Mädchen.

Das machte ihnen Spaß.

Das wollten sie so.

Mehr aber auch nicht.

Während sie jetzt so beieinander standen, die Nase in die Luft hielten und den Geruch des Meeres inhalierten, hörten sie den Text des Songs, der von den Inselfelsen gebrochen zurückhallte und sich ihnen halbverständlich ins Gedächtnis bohrte: „Atemlos... durch die Nacht...!"

Das Grölen der Gäste war als dumpfer Schall zu hören, wobei sich noch das Rauschen der Nordsee in die Geräuschkulisse mischte.

„Bis ein neuer Tag erwacht!", kreischte Anna lauthals mit. Während Ronja mit den Augen rollte, riss Anna die Arme hoch und grölte, als wäre es ihre letzte Nacht auf Erden. Sie lief ein paar Schritte vor und spazierte die Treppe hinunter, während sie in den Schlager leise kichernd mit einstimmte und völlig ignorierte, dass sie jemand hören konnte.

Und tatsächlich. Jemand hörte sie.

Aus dem Gebüsch kam ein Rascheln.

Es kam aus dem Dickicht neben der langen Treppe, die vom Helgoländer Oberland in die Tiefebene führte. Dort wo Annas und Ronjas Hotel lag. Die Quelle des Lärms war nicht exakt zu identifizieren.

Was war da bloß los?

Ronja kam nach und packte Anna am Arm.

„Hast Du das gehört?", fragte sie entsetzt und spannte das Gesicht an.

Anna runzelte die Stirn. Sie schaute sich um und schüttelte den Kopf. „Na, jetzt komm schon. Da ist sicherlich nur so ein Nager. Oder einer dieser Vögel, die auf Helgoland rasten. Komm' mal runter und lass uns weitergehen... Du warst schließlich diejenige, die unbedingt zurück ins Hotel wollte. Oder willst Du wieder in die Disko? Meinetwegen, an mir soll's nicht scheitern...“, scherzte Anna und wollte schon demonstrativ die Richtung wechseln, als Ronja sie am Arm rüttelte.

„Nein. Da ist was. Wirklich. Ich spinne nicht.“

Ronja hätte schwören können, dass sie im Dickicht der Büsche eine Männergestalt gesehen hatte.

Anna glaubte ihr nicht. Also drehte sie sich um, um Ronja zu beweisen, dass kein Grund zur Sorge bestand. Sie blickte ins Dunkel der Büsche. „Na gut, ich zeig Dir jetzt mal, was da ist“, lallte sie. „Pass auf, wenn ich diesen Nager finde, schmeiß ich ihn Dir ins Gesicht.“ Sie näherte sich leicht torkelnd dem Gebüsch und zog ihre Freundin ganz langsam an sich heran, als plötzlich, wie durch einen großen Ruck in Bewegung gesetzt, eine Männergestalt sich aufbäumte.

Ohne Vorwarnung sprang die Person – es war ein großer Mann von sportlicher Statur – aus den Blättern, mit schwarzen Handschuhen und einer Gesichtsmaske über dem Kopf. Er stand breitbeinig vor den jungen Mädchen und plusterte sich auf.

„Da seid ihr!“

Die Mädchen verfielen in eine Schockstarre.

Erst nach Sekunden presste Anna einen wimmernden Schrei heraus. Es ging alles so schnell, so dermaßen schnell, dass sie nicht einmal mehr wusste, wie es dem Mann gelingen konnte, sie mit der rechten Hand am Nacken zu packen, auf den Boden zu drücken und auf die Knie zu zwingen. Mit der linken Hand tat er das Gleiche mit Ronja.
Panik brach aus, Angst und Verzweiflung.

„Lass mich los!“, schrie Anna und schlug mit den Armen auf die muskulösen Oberschenkel ein, wobei die

Schläge nicht zielsicher genug platziert waren, so dass sie dem Angreifer nichts anhaben konnten.

„Lass mich los, verdammt noch mal! Du scheiß Mistkerl!“

„Halt’s Maul“, schrie der Mann zurück, nahm Anna in den Würgegriff und hob sie hoch. Mit dem linken Arm tat er das Gleiche mit Ronja. Er presste seinen Unterarm derart fest gegen Annas Kehlkopf, dass ihr speiübel wurde.

Sie wollte kotzen. Aber sie konnte nicht.

Etwa aus Angst? Oder weil es so weh tat? Sie kannte diesen Mann!

Ihr schossen Tränen aus den Augen.

Beide Mädchen versuchten, sich mit Fußtritten und Ellbogenschlägen aus den Fängen des Mannes zu befreien, aber es half nichts: die Griffe waren zu fest. Dieser Mistkerl musste viel trainiert haben. Es fühlte sich so an, als hätte jemand Schlingen um sie gelegt. Sie konnten sich kaum bewegen, kaum sprechen, kaum reagieren. Es schmerzte so sehr, dass Anna Angst hatte, sehr bald das Bewusstsein zu verlieren.

„Lass mich leben...“, röchelte sie.

Anna und Ronja versuchten, sich bemerkbar zu machen. Sie versuchten zu kreischen, aber die Arme des Mannes drückten ihre Kehlköpfe derart fest in den Hals, dass sie nur ein leises Gewinsel herauspressen konnten.

„Ihr werdet schon sehen, was ihr davon habt, mich zu verarschen.“

Das plötzliche Zupacken des Mannes weckte die letzten Instinkte und Abwehr-Mechanismen in den Mädchen. Doch es war zu spät. Die Blutzufuhr brach ab. Der Verstand verabschiedete sich. Anna spürte ein

Kribbeln im Bauch. Der ganze Körper zitterte. Ein paar qualvolle Zuckungen zeigten, dass Anna um ihr Leben rang. Sie versuchte mit letzter Kraft ihre Absätze in den Fuß des Mannes zu rammen, aber seine schwarzen, aus gehärtetem Leder gestärkten Boots wehrten sie ab. Auch Ronja versuchte sich zu befreien, doch es hatte keinen Sinn: Die Arme des Angreifers waren zu stark, der Druck zu groß, der Würgegriff zu fest. So groß war die Wut in seinen Armen.

Es gab kein Entkommen mehr.

Es war Zeit, das letzte Mal auf die Welt zu blicken; ein letztes Mal das Kreischen der Möwen zu hören und die salzige, trockene Meeresluft einzuatmen.

Der Puls wurde schwächer.

Das Herz hörte auf zu schlagen.

Nach hundertzwanzig elend langen Sekunden sackte Annas Körper ein.
Bei Ronja, die etwas größer und kräftiger war, musste der Mann fünfzehn Sekunden länger zupacken. Dann war auch sie am Ende.

Ronja flüsterte, bevor sie von der Welt trat, ihrem Mörder ein kurzes, kaum verständliches „Wieso?“ ins Ohr.

Die Frage verklang ohne Antwort.

Die beiden hübschen runden Mädchenköpfe regten sich nicht mehr. Sie sahen im Griff des Mannes wie die Häupter von Marionettenpuppen aus und fielen auf dessen Arme, als ob sie aus Plastik wären.

Der Mörder ließ nicht los. Er hielt die Mädchen immer noch im Würgegriff, obwohl sie schon tot waren. Zehn Sekunden, fünfzehn, zwanzig...

Er war wie erstarrt.

Anna und Ronja waren wie zwei Kartoffelsäcke in sich zusammengesackt. Tränen glitzerten unterm Sternenschein und zeugten von den unerträglichen Qualen, die sie durchlitten hatten.

Der Mann verstand nun endlich, was er getan hatte: Er war zum Mörder geworden. Anna und Ronja, sie waren tot.

Er ließ die beiden Körper auf den Boden fallen und wischte sich mit einem Taschentuch, das er aus seiner Jeans herausgezogen hatte, den Schweiß von der Stirn. Er hätte nie gedacht, dass das Erwürgen eines Menschen so viel Kraft kostete.

Er hätte jetzt gern etwas getrunken, ein bisschen Wasser, vielleicht sogar ein Bier, doch dafür blieb keine Zeit. Er musste verschwinden. Und zwar schnell.

Er legte sich Annas Körper über die Schulter, ging ein paar Treppenstufen hinunter, etwa bis zur Mitte des steilen Abstiegs, wo sich eine Art Plattform befand, von der man aus das Meer und die Strahlen des davor liegenden Helgoländer Leuchtturms sah, der jetzt in die Weiten des dunklen Horizonts hineinleuchtete.

Das Licht verlor sich in der Ferne. Da war nichts. Nicht mal ein Schiff. Nur das kalte Wasser der Nordsee.

„Es musste sein... Es ging nicht anders. Warum wolltet ihr nicht hören?“, fragte der Mörder ins Leere.

Als er an die Brüstung kam, warf er den Körper von Anna über die Absperrung, so dass der Leichnam den Abhang hinunterpurzelte und in den Weiten der Böschung verschwand. Dann ging er zurück zu Ronja und tat dasselbe mit ihr.

Er zog eine Taschenlampe aus der hinteren Hosentasche, inspizierte, ob die braunen Blätter die beiden Frauenkörper gut versteckt hielten, und versicherte sich, dass er keine Spuren hinterlassen hatte.

Es würde schon niemand etwas bemerken. Jedenfalls nicht so schnell.

Er hatte genug Zeit, um zu verschwinden.

Der Mann wischte sich wieder den Schweiß von der Stirn. Dann ging er schnellen Schrittes die Treppe hinunter, zurück zu seiner Unterkunft.

Morgen würde alles wieder gut sein.

Morgen wäre er wieder froh.

1

„Dieser scheiß Stift!"

Jürgen Kempner war gerade dabei, eine neue Mine in seinen Lieblingskugelschreiber zu schieben, aber es funktionierte nicht, sie passte einfach nicht hinein. Er hatte im Schreibwarenladen die falsche gekauft.

„Was ist denn los?", wollte Paula Petersen wissen. Kempners junge Kollegin saß am Schreibtisch gegenüber und schaute sich die Meldungen der Kripo Hannover an. Der Nachtdienst hatte vier Einbrüche gemeldet. Außerdem hatte eine Drogenbande die stadtbekannte Eckkneipe „Zum Bismarck" kurz und klein gehauen.

Nach dem Aufschrei des Kollegen unterbrach Paula Petersen ihre Arbeit, erhob sich vom Stuhl und schaute fragend über den Bildschirm. „Alles in Ordnung bei Dir?"

„Ach, mein Kugelschreiber ist kaputt. Ohne meinen Kuli ist die Papierarbeit unerträglich", sagte Kempner und warf seinen silbernen Montblanc-Kugelschreiber schmollend auf die Akten. Er hasste diesen Teil seines Jobs.

Kommissar Kempner wollte seiner jungen Kollegin nicht erzählen, warum ihm der Stift so viel bedeutete.

Es war eine peinliche Geschichte: Er hatte den Kuli von seiner Ex-Frau zum zehnjährigen Hochzeitstag geschenkt bekommen. Der Stift hatte sogar eine Gravur: „In Liebe. M."

Irgendwie war ihm dieses dumme Ding wichtig geworden. Dieser Stift erinnerte ihn an eine bessere Zeit, als es noch gut lief zwischen ihm und Maria; als beide noch zusammen waren und gemeinsam glücklich in eine rosige Zukunft schauten. Sie hatten sich vor mehreren Jahren getrennt und sprachen kein Wort mehr miteinander. Es war zum Verzweifeln. Das Schweigen machte Kempner fertig.

„Ich kauf' Dir einen neuen. Zum Geburtstag. Okay? So früh am Morgen kann ich schlechte Laune nicht ertragen. Und das am Montag", scherzte Paula und wandte sich wieder ihrer Arbeit zu. Dabei schlürfte sie an ihrem Kaffee und blickte konzentriert auf den Bildschirm.

Wahrscheinlich wusste sie, woran Kempner dachte. Sie war ihm immer einen Schritt voraus, obwohl beide Polizisten erst seit zwei Jahren Kollegen waren. Und doch hatte Paula Petersen ein Gespür dafür, was mit Kempner los war.

Der Kommissar blickte auf seine Partnerin, während sie verträumt auf den Bildschirm starrte.

Wie schön sie doch war!

Sie hatte ihre blonden Haare zu einem Dutt zusammengesteckt und kaute zärtlich an ihrer rechten Daumenspitze, während eine Strähne vor ihren beiden grünen Augen baumelte.

Wäre Kempner nur ein bisschen jünger gewesen, er hätte Paula als perfekte Freundin eingeschätzt. Irgendwie faszinierte ihn der Gedanke, mit einem

Menschen zusammen zu sein, der den gleichen Beruf ausübte wie er. Alle seine Beziehungen waren immer wieder an diesem Umstand gescheitert: dass Kempner lange Nächte im Büro verbracht hatte, um Verbrecher zu jagen – immer die Gerechtigkeit im Sinn, doch niemals seine Freundin, geschweige denn seine Frau. Jetzt, als es zu spät war, war er enttäuscht und auch wütend darüber, dass er als Partner immer wieder so kläglich versagt hatte. Aber so war die unbesiegbare Natur des Menschen: ‚Was man hat, schmeißt man weg. Und was man nicht hat, vermisst man', dachte sich Kempner und ärgerte sich über seine Unfähigkeit, eine gesunde Beziehung zu führen.

Hätte er das nur viel früher bemerkt! Jetzt, mit Mitte vierzig, blieb nicht mehr viel Zeit für Veränderung. Aber Kempner schwor sich, seine Hoffnungen und Träume nicht aufzugeben. Noch war er jung genug, sein Leben neu auszurichten. Würde er jemals verstehen, worauf es ankam? Selbst wenn nicht. Er wollte es nicht unversucht lassen.

Kempner stand auf und suchte in einer Schublade im Polizeikommissariat Hannover nach einer Akte, als plötzlich sein Chef, Hauke Schulz, wie ein brummender Bär in den Raum trampelte.

Aufgewühlt, doch gut gelaunt stellte er sich vor die beiden Kollegen und grinste wie ein Honigkuchenpferd. Er positionierte sich selbstbewusst in die Mitte des Raumes und presste seine geballten Fäuste demonstrativ gegen die Hüften. „Petersen, Kempner, ich gratuliere Ihnen“, sagte Schulz. Der Polizeidirektor betonte die Sätze lang und breit, als wollte er den Monolog eines Shakespeare-Stückes zitieren. Er wirkte wie im Rausch.

„Liebe Kollegen, Sie sind großartig, das sage ich Ihnen!" Er lachte. Es war ein brummiges, tiefes Lachen. Der Polizeichef ging ein paar Schritte nach vorn, erreichte den Tisch, auf dem die Kaffeemaschine stand, und griff in eine daneben liegende Keksdose. Er schnappte sich ein Butterplätzchen und schob es sich genüsslich in den Mund.

„Lecker!", sagte der Chef zufrieden.

Die Kommissare waren überrumpelt.

Was war das bloß für ein Auftritt?

Kempner drehte sich von der Schublade weg, mit offenem Mund, und machte ein bedröppeltes Gesicht. „Was ist denn mit Ihnen passiert?", fragte Kempner perplex. „Haben Sie was Falsches gefrühstückt?"

Der Chef gluckste genügsam und kaute auf seinem Keks. „Keinesfalls. Ich bin nur froh, dass ich Sie habe", sagte er mit vollem Mund.

„Und warum dann gratulieren?", fragte Petersen verblüfft.

„Sie haben wohl keine Ahnung, wovon ich rede, wie?", lachte der Polizeichef und schmatzte glücklich, während er sein Plätzchen verspeiste. „Ich gratuliere Ihnen zur Lösung des Falles ‚Kneipenmord'. Ohne Ihre Arbeit würde der Mörder immer noch frei herumlaufen", sagte der Chef strahlend, als hätte er soeben im Lotto gewonnen. Dabei war der Fall schon seit zwei Wochen vom Tisch. „Und außerdem habe ich heute Morgen diese schöne Sache hier in der Zeitung gelesen. Schauen Sie sich das mal an!"

Der Polizeichef warf eine Ausgabe der aktuellen *Hannoverschen Allgemeinen Zeitung* auf Kempners Schreibtisch. Auf der Titelseite der Lokalnachrichten war ein Foto von Kempner und Petersen abgedruckt, das beide dabei zeigte, wie sie den Tatort im Fall ‚Kneipenmord' in Hannover-Herrenhausen untersuchten. Die Pressestelle musste wohl eines der Fotos aus dem Archiv an die Zeitung weitergeleitet haben. Ein merkwürdiges Vorgehen.

„Nach der ganzen Affäre mit dem Polizisten vom letzten Jahr, der auf diesen aggressiven Demonstranten eingeschlagen hat, haben wir endlich wieder gute Presse. Schauen Sie! Hier steht, dass die Kripo Hannover fantastische Arbeit leistet. Das sind hervorragende Nachrichten! Jetzt wird mich das Präsidium endlich in Ruhe lassen. So kann es meinetwegen bis zum Jahresende weitergehen." Der Polizeichef Schulz nahm sich noch einen Keks und kaute an ihm. „Ich hab's ja immer gesagt: So gewinnen wir das Vertrauen der Bevölkerung zurück – durch Erfolge." Der Chef schob sich den Rest des Kekses in den Mund und rieb sich die Hände. Dann trat er an Kempner heran, so dass der Kommissar dessen Atem spürte, der nach Zigaretten und Filterkaffee roch. Er klopfte ihm auf die Schulter und schüttelte ihm die Hand: „Glückwunsch Kempner! Gut gemacht."

„Ähh..., ja, vielen Dank", antwortete der Kommissar, immer noch etwas unsicher, ob diese Lobhudelei wirklich notwendig war.

„Genau so muss es auch in Zukunft sein! Dann haben wir unser Image innerhalb eines Jahres wieder aufpoliert und keiner, das können Sie mir glauben, keiner wird mehr über diese unangenehme Sache vom letzten Jahr sprechen. Das wird den Polizeipräsidenten freuen!"

Kempner wusste, dass er gerade im Begriff war, als Maskottchen eingesetzt zu werden, um von den

Problemen der Polizeidirektion Hannover abzulenken. Das war nicht gerade das, was er wollte.

Er konnte sich noch gut an den Skandal erinnern: Einige Kollegen waren vergangenes Jahr bei einem Einsatz ausfallend geworden, nachdem sie von Demonstranten beschimpft worden waren. Ein Polizist hatte daraufhin seine Fassung verloren und einen der Demonstranten dermaßen hart zu Boden geschubst, dass dieser sich das Bein gebrochen hatte. Ein anderer Demonstrant hatte den Vorfall mit seinem Smartphone gefilmt und ins Internet gestellt. ‚Polizist übt willkürlich Gewalt aus', hieß das Video, das auf Youtube innerhalb von wenigen Tagen hunderttausend Mal angeklickt worden war. Danach setzte eine Welle des Protests ein und der Polizeichef musste das Vorgehen rechtfertigen.

Doch wo lag die Wahrheit wirklich?

Kempner wusste, dass solche Film-Schnipsel nichts wirklich beweisen konnten. Man musste sich immer erst fragen, wie sich solche Situationen dermaßen zugespitzt hatten – und genau das war meistens nicht zu sehen. Dabei ging es doch immer um die gleichen Fragen: Was war vorher geschehen, bevor die Aufnahme entstand? Und was war danach passiert? Und außerdem: War das Video vielleicht gefälscht?

Es war schwer, trotz der ganzen Handykameras und Smartphones, die momentan im Umlauf waren, die vielen Scharmützel zwischen Polizei und Demonstranten genau zu rekonstruieren. Am Ende blieb immer ein bitterer Restzweifel übrig und eine ordentliche Portion Unsicherheit.

Das wusste Kempner. Umso weniger war er bereit, angesichts dieser Ungewissheit den Schutzengel für irgendeine Pressestelle zu spielen.

„Das ist wirklich sehr nett", sagte er. „Aber ich finde, das nächste Mal könnten wir das Vorgehen besprechen, bevor wir irgendwelche Bilder herumschicken. Finden Sie nicht auch?", fragte Kempner genervt.

„Das können wir gerne tun, geschätzter Kollege. Ihre Bescheidenheit können Sie bald wieder unter Beweis stellen. Glauben Sie mir!" Der Chef machte eine kurze Pause, atmete tief durch und ergänzte: „Nämlich bei der Lösung des nächsten Falles. Denn ich bin nicht nur hier, um Ihnen Komplimente zu machen."

Kempner ahnte bereits, dass Arbeit auf ihn zukam.

„Was verleiht uns denn die Ehre?", fragte Paula überrascht und erhob sich vom Stuhl.

Das Gesicht von Schulz verfinsterte sich. „Vor zwei Tagen ist ein Mord passiert. Auf Helgoland. Die Kollegen brauchen Ihre Unterstützung. Und zwar sofort."

Der Polizeichef knallte einen dicken Aktenordner auf den Tisch. Paula trat an die Papiere heran und musste kurz schlucken, als sie die Fotos der beiden Frauenleichen sah. Die Gesichter waren entstellt, völlig blass und aufgequollen. Zudem hatte eine Möwe Ronjas rechtes Auge ausgepickt.

„Auf Helgoland?"

„Ja, ganz genau. Auf der Hochseeinsel Helgoland, Sie haben mich richtig verstanden."

„Was ist denn passiert?", fragte Paula aufgeregt. Sie konnte sich noch an ihren Urlaub auf Helgoland als Teenagerin erinnern. Das war lange her.

„Zwei Mädchen im Alter von 18 Jahren sind von einer unbekannten Person erwürgt worden. Sie wohnten in Bad Bederkesa und waren Schülerinnen eines Internats in der Nähe von Cuxhaven, Hoheitsgebiet Niedersachsen. Die Mädchen waren für eine Woche auf der Insel, um über einen Streit im Zusammenhang mit dem Bau von Windkrafträdern zu recherchieren. Angeblich soll es auf der Insel einen Zwischenfall gegeben haben: eine Auseinandersetzung zwischen den Inselbewohnern und den Mitarbeitern der Hotel-Industrie."

„Wie kam's dazu?", fragte Paula mit weit geöffneten Augen.

„Ich weiß nicht genau. Aber die ersten Zeugenaussagen, welche die Kollegen vor Ort gesammelt haben, deuten darauf hin, dass die Mädchen herausfinden wollten, warum in einem Hotel mit dem Namen ‚Meerblick', in dem die meisten Offshore-Mitarbeiter wohnen, ein unbekannter Täter Scheiben eingeschlagen hatte. Angeblich steht der Anschlag in Verbindung mit einem Interessenskonflikt, mit einem Streit. Genaueres weiß ich auch nicht. Wir haben erst heute die Hilfsanfrage aus Helgoland bekommen. Die Kieler Polizei ist bereits da. Ich habe natürlich zugesagt!" Der Polizeichef blickte die Kollegen scharf an: „Ich schlage vor, Sie zögern nicht lange und buchen gleich die Fährtickets. Morgen geht's für Sie beiden Hübschen nach Helgoland. Sie nehmen am besten die Fähre von Cuxhaven aus. Die Stadt kennen Sie ja mittlerweile ganz gut, nicht wahr?", sagte der Polizeichef und grinste wie ein Schuljunge, der gerade einen Streich ausgeheckt hatte. „Wenn Sie wieder so eine wunderbare Arbeit leisten wie beim letzten Mal, dann haben Sie wirklich etwas gut bei mir. Ich lade Sie zum Essen ein. Versprochen. Auf Kosten des Innenministeriums des Landes Niedersachsen. Na, wie wär's?" Der Polizeichef lachte und wartete, während er sich den letzten Teil des Kekses in den Mund stopfte, auf eine emphatische Reaktion seiner Kollegen. Doch die blieb aus.

„Ist schon in Ordnung“, wiegelte Kempner ab. Er verdrehte die Augen, ohne dass es Schulz bemerkte. „Es würde mir schon reichen, wenn ich meine angehäuften Überstunden abfeiern dürfte.“

„Ist ja gut, ist ja gut“, beschwichtigte Schulz und spielte weiterhin den netten Vorgesetzten. „Wir werden uns schon einigen. Schauen Sie sich die Akten an und besprechen Sie alles Weitere mit meiner Sekretärin. Viel Erfolg!“, sagte Schulz und verließ schmatzend den Raum.

So schnell wie der Polizist gekommen war, so schnell war er auch wieder verschwunden.

2

Paula hatte den selbstgefälligen Auftritt von Hauke Schulz noch nicht richtig verarbeitet, da wollte Kempner bereits wissen, woran sie dachte.

„Und?", fragte der Kommissar rastlos, während er sich Paula näherte, um zu überprüfen, was in den Akten stand. „Was geht Dir durch den Kopf? Erzähl."

„Also", antwortete Paual. „So viel wissen wir: Die Mädchen wurden erwürgt. Dann wurden sie in eine umliegende Böschung geworfen. Ich schätze, bei dem Täter muss es sich um eine starke Person handeln. Komischerweise hat niemand weder etwas gehört, noch etwas gesehen. DNA-Spuren gibt es auch keine, der Mörder hat vermutlich Handschuhe getragen. Wahrscheinlich kannte der Täter die Umgebung", spekulierte Paula, „sonst hätte er nicht wissen können, wo die Mädchen entlanggehen wollten. Klingt alles nach einem gut geplanten Mord."

„Also keine Affekthandlung", stellte Kempner fest und wollte sich vergewissern, dass er Paula richtig verstanden hatte.

„Eher nicht", bestätigte Paula und schüttelte den Kopf.

Der Kommissar blätterte durch den Untersuchungsbericht. Tatsächlich. Es gab keine heiße Spur. Die ersten Ermittlungsergebnisse wiesen lediglich darauf hin, dass der Mörder brutal vorgegangen war. Es musste auf jeden Fall ein Mann gewesen sein. Eine Frau hätte nicht so viel Kraft gehabt. Oder gab es eine Komplizin?

Einen Menschen zu erwürgen, das wusste Kempner noch aus der Polizeischule, das erforderte sehr viel Energie – oder Wut. Und die richtige Technik. Das Vorgehen des Täters erfüllte alle drei Kriterien und wies auf einen psychischen Ausnahmezustand hin, vielleicht auf extreme Rachegefühle.

„Niemand hat also etwas bemerkt“, sagte Kempner und wunderte sich. „Wie ist das möglich, bei so einer kleinen Insel?“

Paula war weniger verblüfft. Sie kannte Helgoland noch aus Jugendjahren und konnte sich den Tatort ungefähr vorstellen. „Das ist gar nicht mal so verwunderlich“, erklärte sie. „Dazu musst Du allerdings die Insel kennen: Helgoland ist in zwei Teile geteilt – in einen Felsenteil, das Oberland, und einen unteren Teil, wo sich die Fähranleger befinden, das sogenannte Unterland. Die Tat wurde, wenn ich die Aufzeichnungen hier richtig verstehe, zwischen Ober- und Unterland verübt, also auf einem Plateau zwischen zwei Treppen, die beide Inselteile miteinander verbinden“, sagte Paula und malte in der Luft die Beschreibung nach.

„Okay. Zwei Teile: Oberland und Unterland. Hab verstanden“, wiederholte Kempner und lächelte.

„Es gibt allerdings noch einen weiteren Teil, eine Art Düne.“

„Eine was?“, fragte Kempner und machte ein erstauntes Gesicht.

„Pass auf, ich erklär’s Dir: Das ist keine echte Düne, also keine Sanddüne, wie man sie von der Ostsee kennt. So nennt man den zweiten Teil der Insel. Helgoland ist irgendwann in zwei Stücke zerfallen. Im 18. Jahrhundert, glaube ich. Bei einem Sturm hat eine große Flut die Landverbindung verschluckt. Der zweite Teil ist ganz klein und bis heute kaum bevölkert, fast eine Art großer Strand, eine Sandfläche, die von Robben als Rast- und Gebärplatz verwendet wird. Sieht ganz anders aus als der Felsenteil von Helgoland. Wenn ich mich richtig erinnere, stehen da ein paar kleine Ferienhäuser und der Flughafen für Sportflugzeuge. Sonst nichts.“

„Und wie gelangt man auf diesen Teil?“, fragte Kempner.

„Nur mit einer Fähre. Ich glaube, sie fährt nachts nicht mehr“, sagte Paula und kaute nachdenklich auf ihrer Unterlippe herum. „Lass mich nachdenken... Die Mädchen wurden zwischen Ober- und Unterland umgebracht, in der Nähe dieser Plattform. In der nächsten Umgebung steht kein einziges Haus, dazu ist der Abhang zu steil. Da ist nur Gestrüpp. Der Mörder musste also die beiden Mädchen länger observiert oder vielleicht sogar gekannt haben. Er wartete darauf, dass sie herunterkommen, um zum Hotel zu gelangen. Dann hat er zugeschlagen. Nur so kann ich mir erklären, weshalb er wusste, dass die beiden jungen Frauen einen Diskobesuch planten. Wer weiß, vielleicht war er sogar in der Bar?“, spekulierte Paula.

„Stimmt, das könnte sein“, antwortete Kempner und strich seiner Kollegin vorsichtig über den Arm. „Vielleicht haben sich die Mädchen und der Mörder auf der Insel kennengelernt? Vielleicht sogar in dieser ‚Disko Krebs'? Das würde dann für ein sexuelles Motiv sprechen."

„Nun ja, das wäre möglich...", entgegnete Paula. Sie schloss kurz die Augen und stellte sich alle potentiellen Tatverläufe vor. „Möglich wäre auch, dass der Mann die Mädchen vorher angebaggert hatte. Dann erteilten sie ihm eine Abfuhr. Anschließend wollte er sich an den jungen Frauen rächen", rätselte die Kommissarin und kratze sich am Hals.

„Starke Hypothese. Das müssen wir herausfinden." Kempner freute sich auf den Fall: Endlich keine langweilige Büroarbeit mehr. Er konnte es kaum erwarten, ins Auto zu steigen und zur Fähre zu fahren. Außerdem bekam er endlich wieder mal die Gelegenheit, ein paar Tage mit Paula allein zu verbringen.

„Nimm auf jeden Fall wetterfeste Kleidung mit... Und natürlich was zum Lesen. Die Insel ist klein. Ich sag Dir, da kann es schnell langweilig werden," erwiderte Paula, ohne sich ein Schmunzeln verkneifen zu können.

„Woher kennst Du Dich eigentlich so gut aus? Klingt fast so, als hättest Du die Insel schon mal besucht", rätselte der Kommissar. „Dein Wissen ist ja beeindruckend."

„Tja, so bin ich eben", scherzte Paula. „Immer bestens informiert." Sie räusperte sich. „Aber nein, jetzt mal im Ernst. Ich war als Jugendliche mit meinen Eltern auf Helgoland. Wir sind von Hamburg auf die Insel gefahren, mit dem Schiff, um Urlaub zu machen. Normalerweise fahren die meisten Touristen nur für einige Stunden hin, wegen der zollfreien Geschäfte. Für viele Reisende sind die niedrigen Preise der Grund, die Insel mal zu besuchen. Auf Helgoland herrscht wegen einer Sonderregelung keine Zollpflicht, musst Du wissen. Übrigens schon seit Jahrhunderten. Deshalb ist der Tagestourismus so beliebt. Du weißt schon... wegen des billigen Alkohols. Meine lieben Eltern haben sich allerdings für einen einwöchigen Urlaub entschieden."

„Eine Woche?", wunderte sich Kempner. Das klang nach ziemlich viel Zeit.

„Richtig gehört: eine Woche auf einer klitzekleinen Insel. Und das als 16-Jährige!" Paula lachte. „Für mich war das schon ganz schön hart... In diesem Alter hatte ich anderes im Kopf als in der Nordsee zu schwimmen oder Vögel zu beobachten. Ich dachte eher an Clubs und so."

„Du meinst: Jungs kennenlernen, was?" Kempner konnte sich die neckische Frage nicht verkneifen.

„Ach, Jürgen, jetzt hör doch auf! Nein, nicht Jungs... Ich war tanzbesessen. Ehrlich. Ich hab wahnsinnig gern getanzt, als ich noch eine Teenagerin war. Das war auf Helgoland nicht so leicht zu machen. Da gab es nur diese ‚Disko Krebs' und ein paar heruntergekommene Kneipen, die zu allem Unglück auch noch sauteuer waren. Als ob seit Jahrzehnten niemand mehr in die Insel investiert hätte. Nicht gerade das, was ein junges Herz begehrt." Paula schmunzelte und rückte sich ihre Handtasche zurecht, die über ihrer Schulter hing. „Na ja, das waren eben die neunziger Jahre", spöttelte Paula und winkte ab. „Ich erinnere mich noch: Da wurde geraucht und gesoffen wie zu Prohibitionszeiten in den USA. Manche Helgoländer bekamen von der Sonne und vom ganzen Alkohol richtig rote Köpfe", erinnerte sich die Kommissarin und verfiel in ein herzhaftes Lachen. „Oh Gott, jetzt kommen die ganzen

Erinnerungen wieder hoch: Ich hab' mich mit meinen Eltern gestritten, die ganze Woche lang. Allerdings wusste ich die Natur noch nicht richtig zu schätzen. Heute wär' das anders. Heute würd' ich die Insel mit anderen Augen sehen. Die Natur ist wirklich einmalig!"

Kempner lächelte und zwickte Paula am Arm. „Bald hast Du ja die Möglichkeit..." Auch wenn es Paula nicht für möglich hielt – er konnte die Meinung seiner Kollegin verstehen. Er war mit 16 ja selbst nicht anders gewesen; wollte niemals an die Nordsee, sondern nach Italien und Frankreich ans Mittelmeer reisen. Seine Liebe zu Norddeutschland wuchs erst mit dem Alter. Erst mit 40 erkannte er die Schönheit des Nordens. Er begann sogar, Erkundungsfahrten zu machen, um die Küsten in Niedersachsen und Schleswig-Holstein kennenzulernen.

„Klingt wie der perfekte Ort für mich", schob er nach und grinste breit. Er spielte auf seine heimliche Sehnsucht an, die Großstadt zu verlassen und an einen einsamen Ort zu flüchten – eine Sehnsucht, die er schon seit Längerem verspürte. Es war immer ein ewiges Hin und Her: Eigentlich konnte sich Kempner nicht vorstellen, seiner Wahlheimat Hannover den Rücken zu kehren. Auf der anderen Seite war ständig dieses Verlangen da: nach Natur, nach Ruhe und Einkehr, nach Abgeschiedenheit, die ihn umtrieb und nicht mehr loslassen wollte.

Kempner träumte davon, ganz für sich allein zu sein und Urlaub vom Leben zu nehmen. Ohne Verkehr, ohne die stressigen Nachbarn, ohne den nervigen Alltag. Zugleich war er sich nicht sicher, ob er die Stille auf Dauer ertragen würde. Vielleicht war ja Helgoland der richtige Ort, um das Leben eines einsamen Wolfes für ein paar Tage zu testen?

„Stimmt ja", unterbrach Paula. „Das habe ich ja ganz vergessen! Du magst das ja. Diese romantische Idee der Isolation. Ist wohl eine Typ-Sache. Für mich wäre das nichts. Ich würde auf jeden Fall durchdrehen." Paula hielt kurz inne und strich sich mit der Hand durch die Haare.

„Ich schlag' vor, dass Du mich morgen um Punkt sechs Uhr abholst. Dann fahren wir nach Cuxhaven und nehmen die erste Fähre nach Helgoland. In Ordnung?"

„Einverstanden", sagte Kempner und fuhr den Rechner herunter. „Jetzt heißt es erst mal: packen... Und dann ab ins Bett."

Er warf die Papiere in seine Akten-Tasche und verließ mit Paula das Büro.

Soviel stand fest: Auf die Polizisten wartete ein heikler Fall.

3

Pünktlich um sechs Uhr morgens holte Kommissar Kempner seine Kollegin Paula Petersen von ihrer Wohnung ab. Sie befand sich in Hannover-Linden. Paula lebte noch in einer WG, zusammen mit einer Mitbewohnerin in genau jenem Stadtteil, wo sich die meisten Universitätsstudenten tummelten.

Das passte zu Paula. Sie war zwar Polizistin, aber irgendwie war sie anders als alle anderen Kollegen, die Kempner bisher kennengelernt hatte. Sie führte ein studentisches Leben. Ging gern ins Kino, las gute Bücher, besuchte exotische Restaurants. Man musste mit ihr nicht ausschließlich über Polizeiarbeit reden, sondern konnte auch Abseitiges besprechen.

Kempner fiel auf, wie jung seine Kollegin doch war. 31 Jahre alt. Gut 15 Jahre jünger als er. Das war schon ein ordentlicher Altersunterschied.

Er musste nur ein einziges Mal auf den Klingelknopf drücken, da stand Paula schon vor dem Hauseingang. Sie schob einen Rollkoffer über den Gehweg und wirkte so ausgelassen, als wäre bereits Wochenende.

Ihr blondes, langes Haar war noch nass. Es roch nach Orangen-Shampoo und Zimt.

Paula hatte sich in eine blaue, eng geschnittene Jeans gezwängt. Sie sah unverschämt gut aus in ihrem Outfit.

Außerdem hatte sie sich geschminkt. Auf den Lippen trug sie roten Lippenstift und die Augenbrauen waren zurecht gezupft.

War sie so aufreizend angezogen, um Kempner zu beeindrucken? Wieder begann das Kopfkino: Er und Paula, auf einer Insel, zu zweit, ohne Chef im Rücken...

Der Kommissar sah verträumt zu Paula hinüber und fand sie an diesem Tag besonders attraktiv. Er freute sich auf die gemeinsame Reise.

Paula löste ihre Hand vom Rollkoffer, um sich ihre blonden Haare zu einem Pferdeschwanz zu binden. „So. Jetzt kann's losgehen. Ich bin bereit", sagte sie und lächelte verschmitzt.

Jürgen Kempner nahm ihr das Gepäck ab und spielte den Gentleman. „Nach Dir", sagte er und schaute ihr freundlich hinterher, als sie sich setzte.

Der Kommissar packte das Gepäck in den Kofferraum seines BMW mit dem Hannoveraner Dienstkennzeichen und startete den Motor. Mit Vollgas fuhr er auf die Autobahn Richtung Cuxhaven.

Kempner nutzte das uneingeschränkte Tempolimit, um so schnell wie möglich die „Alte Liebe" zu erreichen, wo sich der Fähranleger für ein Express-Schiff nach Helgoland befand.

Es war ein schöner Tag.

Man merkte zwar, dass die Sommermonate bereits vorüber waren. Doch die Herbstsonne, die langsam emporstieg und sich über die karge Nordseelandschaft mit all ihren Kühen, den weiten Feldern und den vielen kleinen Bächlein erstreckte, deutete an, dass die

Bewohner der Nordseeküste heute ein wenig mehr Wärme abbekommen würden.

Es gab nichts Schöneres, als im Auto zu sitzen und die verträumte Nordseelandschaft zu beobachten, während der Tag allmählich erwachte.

Die geraden Linien der Straße fügten sich in das geometrisch gezeichnete Bild der Äcker, die sich über das Land wie Quadrate verteilten.

Paula zuckte zusammen. „Ist es nicht komisch, dass wir nach nur einem Jahr zurück an die Nordsee fahren?“, sagte die Kommissarin, während sie in einer Zeitung blätterte.

„Stimmt, Paula. Komischer Zufall. Dabei habe ich seit unserem letzten Fall keinen Fuß mehr auf Cuxhavener Boden gesetzt. Aber so ist das mit dem Schicksal: Es kommt immer anders, als gedacht.“

Kempner wusste nicht wieso, aber er dachte an sein altes Leben zurück. Eigentlich wollte er sich nach der Polizeiausbildung in den Süden versetzen lassen. Aber die Beziehung zu seiner Frau Maria zwang ihn dazu, letztlich in Norddeutschland zu bleiben. Er dachte daran, dass sein Leben völlig anders ausgesehen hätte, wenn er diese Unbekannte, die später seine Frau werden sollte, nicht kennengelernt hätte. Es war ein komisches Treffen: Das erste Mal, als er sie sah, sprintete sie zum Zug, in dem Kempner bereits auf die Abfahrt wartete. Kempner hielt Maria die Tür auf, als sie sich zu schließen begann. Er wollte verhindern, dass sie ihren Zug verpasste.

Mit Erfolg.

Anschließend fuhren Maria und Kempner gemeinsam von Bremen nach Braunschweig. Er, um seine Oma zu besuchen; sie, um einen Professor für ein juristisches Forschungsprojekt zu treffen.

Noch im Zug kamen sie ins Gespräch.

Er erinnerte sich noch gut an die erste Unterhaltung: Sie sprachen über Zeitungen. Maria las die *Süddeutsche*. Kempner hingegen versuchte sie zu überzeugen, dass die *Frankfurter Allgemeine* das bessere Feuilleton hatte und deshalb auch die bessere Zeitung war. Maria wiederum stritt das ab. Sie hatte eine eigene Meinung; eine eigene Perspektive auf die Welt. Sie war nicht unhöflich dabei, machte aber deutlich, was sie für richtig hielt. Maria war selbstbewusst. Das gefiel Kempner.

Das Gespräch war flapsig, nicht ernst zu nehmen. Aber die Anziehung, das Knistern, die Energie zwischen beiden stimmte. Sie stimmte sogar so gut, dass Kempner nach Marias Telefonnummer fragte. Sie zögerte keine Sekunde und notierte ihre Nummer auf einer kleinen Rechnung aus dem Bord-Restaurant. Daneben malte sie ein kleines Herz.

Als Kempner wieder allein im Zug saß und die Zeichnung bemerkte, fühlte er ein leichtes Kribbeln im Bauch. War er wirklich verliebt? Kein Zweifel. Marias Gesicht ging ihm nicht mehr aus dem Kopf.

Beim ersten Date stellte sich heraus, dass die beiden ein ähnliches Interesse teilten: Strafverfolgung. Maria war Juristin. Er angehender Kriminalpolizist. Zwei Seiten der gleichen Medaille. Verschieden genug, um sich interessant zu finden, aber ausreichend ähnlich, um eine gemeinsame Sprache zu sprechen.

Doch das Leben spielte nach seinen eigenen Regeln: Schlussendlich konnten die Gemeinsamkeiten die Differenzen nicht verdecken. Nachdem sie sich zu einem sehr guten Date getroffen hatten, sich verliebt und elf Monate später geheiratet hatten, zeigte der Alltag seine zerstörerische Dynamik.

Vielleicht waren sich beide zu ähnlich; vielleicht waren beide beruflich zu engagiert. Jedenfalls fühlte sich das Ende ihrer Beziehung wie das Gegenteil des überglücklichen Anfangs an: sie stritten nur noch, anstatt zu diskutieren. Sie übertrumpften sich mit Anschuldigungen, anstatt Kompromisse zu finden. Und das Merkwürdige war: Sie kamen sich wegen blöder Kleinigkeiten in die Haare, nicht wegen der großen Dinge im Leben wie Politik oder Religion. Ganz im Gegenteil: Es ging immer um Banalitäten, um einen zu spät getätigten Abwasch; um kleine, nervtötende Angewohnheiten.

Maria hasste es, wenn Kempner im Kino laut atmete. Es machte sie wahnsinnig. Kempner wiederum konnte es nicht ausstehen, wenn Maria beim Telefonieren in ein lautes Gackern verfiel. Jeder hatte seine Gründe, an dem Anderen etwas zu beanstanden.

Das Schicksal hatte Kempner ausgetrickst. Hätte der Kommissar damals, an diesem Tag vor 18 Jahren, seine Oma in Braunschweig nicht besucht, er wäre heute entweder mit einer anderen Frau zusammen – oder von einer anderen Frau geschieden. Wer wusste das schon so genau?

Der Kommissar war traurig darüber, dass es kein Orakel gab, um diese anderen Leben, die jeder auf seine eigene Art und Weise verpasste, nur ein einziges Mal wie einen Film auf einer Leinwand vorbeiziehen zu sehen. Aber vielleicht war es ja besser so, nicht zu wissen, was gewesen wäre, wenn...

Und wer wusste schon, was in den nächsten Lebensjahren Kempner noch widerfahren würde? Er versuchte, seine Lage optimistisch zu sehen. Vielleicht würde er, wider Erwarten, eine neue Frau finden und seine ungebrochene Liebe zum Alkohol in den Griff bekommen? Er wusste jedenfalls, was er in den vergangenen Jahren falsch gemacht hatte und was er niemals wieder tun würde.

Ein Pieps aus den Auto-Lautsprechern riss Kempner aus seiner Gedankenwelt. Es war die Ankündigung der Radionachrichten. Auf Bremen 4 war bereits mitgeteilt worden, dass die beiden Mädchen und Schülerinnen des Gymnasiums in Bad Bederkesa tot waren. Ein Lehrer wurde ins Radio geschaltet, der von der Fassungslosigkeit der Gemeinde berichtete und sich schockiert darüber zeigte, was auf Helgoland geschehen war.

„Anna und Ronja", sagte der Deutschlehrer Thomas Theesemann im Radio-Bericht, „waren zwei herausragende Persönlichkeiten. Unsere Schüler und das Kollegium schätzten sie für ihr Engagement, ihren Mut und ihren gescheiten Geist. Wir haben zwei vorbildliche Schülerinnen verloren, die wir sehr vermissen werden. Wir hoffen alle, dass die Polizei den Mörder schnell finden wird und mit allen Möglichkeiten, die der deutschen Justiz zur Verfügung stehen, bestraft." Dann schluckte der Mann, räusperte sich, um seine Tränen zu unterdrücken, und schloss mit dem Satz: „Gott stehe uns bei."

Anschließend spekulierte der Radioreporter in einem reißerischen Bericht über den möglichen Mörder und seine Motive. Er verwies auf die Recherchetätigkeiten der Mädchen und suggerierte, dass der Mord mit dem Streit zwischen den Inselbewohnern und der Hotelindustrie in Verbindung stehen könnte.

Jeder ahnte also den Zusammenhang, dachte sich Kempner. Jeder wusste, dass die Mädchen eine journalistische Spur verfolgt hatten.

Das ärgerte ihn.

Dem Kommissar wäre es recht gewesen, wenn diese Informationen nicht nach draußen gedrungen wären. Zudem hatte die Polizei keine weiteren Hinweise, die einen Vorsprung ermöglichten. Die Kommissare würden ihre Untersuchungen auf Helgoland an der gleichen Stelle und mit den gleichen Informationen beginnen wie die Presse. Das war ein Nachteil, besonders in schwierigen Fällen. Und dieser hier, das stand außer Frage, war ein extrem schwieriger Fall.

Nach zwei Stunden waren Jürgen Kempner und Paula Petersen an den Landungsbrücken der „Alten Liebe“ in Cuxhaven angekommen. Es war ein Dienstagmorgen im Oktober. Die Sonne hatte sich gänzlich durch die Wolken gebrochen, die Strahlen wärmten Kempners Haut. Einige Touristen warteten schon mit Rucksäcken und Koffern auf das Anlegen der Fähre, die aus Hamburg eintreffen und über Cuxhaven direkt nach Helgoland fahren würde.

Ein paar Kinder spielten am Fähranleger.

Pünktlich um 8 Uhr kam das Express-Schiff angeschippert, ein Katamaran, der ein bisschen so aussah wie ein maritimer Sportwagen. Das Boot hatte einen spitzen Rumpf, schräge Fenster und eine kecke gelbe Lackierung. Es war die Luxusvariante eines Schiffes. Es gab noch ein anderes, klassisches Seebäderboot, das regelmäßig auf Helgoland zusteuerte, aber es benötigte doppelt so viel Zeit wie der Katamaran. So viel Zeit hatten die Kommissare nicht.

Petersen und Kempner bestiegen das Schiff. Paula bemerkte, dass es ziemlich schlecht besucht war. Nur ein paar Dutzend Touristen befanden sich unter Deck. Ein Mann aß eine Banane. Eine ältere Frau klopfte sich Brotkrümel von ihren Knien. Kinder rannten herum und liefen an die Fensterscheiben, um ihre Nasen am Glas plattzudrücken und auf die Nordsee zu schauen. Man spürte, dass sich die Urlaubssaison dem Ende entgegen neigte.

Kempner kaufte im Fährkiosk ein paar Zeitungen, während das Schiff ablegte und sich ruckelnd vom Ufer zu entfernen begann.

Aus dem Schiffsfenster sah man, wie Cuxhaven immer kleiner wurde. Nach weniger als 20 Minuten verschwand das Nordseeheilbad gänzlich aus dem Blick. Selbst die Möwen kamen nicht mehr hinterher und drehten um, vermutlich aus Angst, sie würden das Festland nicht mehr finden.

Kempner kaufte sich einen Kaffee und eine Bockwurst und ging mit vollen Händen zum hinteren Teil des Schiffes, um aufs Deck zu gelangen. Man hörte noch das leise Kreischen der Möwen, als ob sie etwas sagen wollten, doch sicher war sich Kempner nicht. Sie schlugen mit den Flügeln wie wild umher und verschwanden in der Weite des Horizonts. Ihr Geschrei wurde jetzt vom Rauschen des Meeres und den Motorengeräuschen der Fähre übertönt.

Der Kommissar stellte den Kaffee und die Bockwurst auf einen Stehtisch, wonach er aus seiner Tasche die *Cuxhavener Nachrichten* herauszog und sie nach neuen Informationen durchsuchte.

Er las den Bericht auf Seite eins, während er sich die Bockwurst in den Mund schob:

„Anna S. war erst 18 Jahre alt. Sie engagierte sich im Deutschunterricht als Zeitungsreporterin. Sie wurde ausgezeichnet für einen Artikel, in dem sie die Schandtaten um einen Biologie-Lehrer aufgedeckt hat, der einen ausländischen Schüler wegen seiner Herkunft gemobbt hatte. Der Lehrer wurde abgemahnt und Anna für ihren Mut ausgezeichnet, den Vorfall trotz Risiken für die eigene Schullaufbahn zur Sprache zu bringen. Für ihr Abschlussprojekt kurz vor dem Abitur wollte sie die finanziellen Verstrickungen der Offshore-Energiewirtschaft auf der Hochseeinsel Helgoland untersuchen."

Um welche Verstrickungen es sich genau handelte, wurde im Text allerdings nicht erwähnt. Aber dafür wusste Kempner jetzt, dass er dringend mit diesem Lehrer sprechen musste, der in Bad Bederkesa im Internat unterrichtete und im Zusammenhang mit dem Mobbing-Fall abgemahnt worden war. Das durfte Kempner nicht aus den Augen verlieren. Schließlich hätte dies ein Motiv für den Mord sein können: Rache.

Neben dem Bericht war noch ein Bild abgedruckt. Es zeigte das Haus von Annas Familie. In dem Text darunter wurde erwähnt, dass sowohl Annas als auch Ronjas Eltern in einer Klinik unter psychologischer Betreuung standen.

Kempner konnte sich das gar nicht vorstellen, wie es sich anfühlte, eine Tochter zu verlieren. Was ging in den Eltern jetzt vor? Was für Qualen mussten sie erleiden? Obwohl der Kommissar selbst keine Kinder hatte, wurde ihm bei dem Gedanken speiübel. Da war selbst seine Erfahrung als Polizist kein Schutzgarant.

Außerdem war noch das Foto von einem Jungen abgedruckt, der von seinem Vater umarmt wurde. Der Junge wandte sein Gesicht zur Seite. In der Bildunterschrift hieß es: „Die Mitschüler von Ronja, wie hier Thorsten Kratz, reagierten ebenso schockiert auf die Todesnachricht."

Der Kommissar ging zurück zu Paula, die sich mit einer älteren Dame angeregt zu unterhalten schien.

„Wir fahren jedes Jahr nach Helgoland, wissen Sie? Immer dann, wenn die Saison vorbei ist", sagte die ältere Frau, die eine dicke Hornbrille und einen staubgrauen Trenchcoat aus den achtziger Jahren trug. Ihre Stimme war rostig, als ob sie in ihrem Leben lange geraucht hätte. „Mein Mann sitzt da vorn, der liebt Helgoland genauso wie ich. Rainer? Siehst Du mich?" Die Frau winkte ihrem Mann zu und schaute auf, als sie Kempner bemerkte.

„Oh, ich sehe, dass Sie eine Begleitung haben. So ein schöner Mann!", sagte die ältere Frau und lächelte. „Aber ich will nicht weiter stören. Sie wollen sicher die Zeit zu zweit genießen."

„Wir sind nur Kollegen", unterbrach Paula. Sie wurde ein wenig rot.

„Ja, ja, ich sehe schon", schmunzelte die Dame. „Ich will trotzdem nicht stören. Vielleicht eine Sache nur...", sagte sie, als sie sich schon wegdrehen wollte. „Ich empfehle ihnen, ein Fischbrötchen in der ‚Fischkiste' zu essen. Da gehe ich schon seit 15 Jahren hin. Der frischeste Fisch auf Helgoland. Vertrauen Sie mir!" Die Dame hob nach dem Satz den Zeigefinger, als ob sie sicher gehen wollte, dass die beiden Kriminalkommissare auch wirklich zugehört hatten. „Unbedingt ausprobieren. Der Laden könnte bald verschwunden sein."

„Und wieso das?", fragte Paula überrascht.

„Ach, wissen Sie", sagte die ältere Frau, während sie enttäuscht aus dem Fenster schaute. „Helgoland verändert sich. Und das nicht nur zum Guten. Wir alten Leute kommen nicht mehr hinterher. Ständig kommt was Neues. Dabei war Helgoland immer ein Fels in der Brandung – Jahrzehnte lang ein Ort der Ruhe. Die Insel war wie eine Zeitkapsel aus der Vergangenheit. Es war so schön...", stockte die Frau. „Was soll man machen? Ich bin ja eh bald unter der Erde. Ist mir egal", sagte die Dame resigniert und seufzte. Dann verließ sie die beiden Polizisten und spazierte, ohne sich umzudrehen, langsam Richtung Schiffsrumpf, zurück zu ihrem Mann.

Paula verzog das Gesicht. „Tja, das war direkt", sagte die Kommissarin mit einem irritierten Unterton.

„Stimmt. Anscheinend gefällt nicht jedem das neue Helgoland", schloss Kempner und spitzte die Lippen.

„Hast wohl recht... Aber was wollte sie uns damit sagen? Na ja, egal." Paula schüttelte sich. „Erzähl Du! Was hast Du getrieben? Schon was herausgefunden?", fragte Paula und zupfte an Kempners Jacke.

„Na ja, ich hab die Zeitung durchgeblättert. Es heißt, dass eines der Mädchen einen Skandal um einen

Biologie-Lehrer in Bad Bederkesa aufgedeckt hat. Wir sollten mit diesem Mann mal sprechen. Könnte ein Motiv sein", antwortete Kempner und schaute durch das Fenster aufs offene Meer.

„Eine erste Spur also. Das ist doch super", erwiderte Paula. „Da sollten wir dran bleiben. Wenn Du magst, kann ich mich drum kümmern."

Kempner nickte und blickte wieder in die Zeitung, während sich Paula von ihrem Sitz erhob, um sich einen Filterkaffee im Bootskiosk zu kaufen.

Nach nur zwei Stunden war der Katamaran am Fähranleger auf Helgoland angekommen.

Bereits beim Aussteigen bemerkte Kempner die vielen zollfreien Alkoholläden, die sich an der Inselküste aneinanderreihten – wie Fressbuden auf dem Jahrmarkt.

Die Touristen stürzten sich, ohne zu zögern, auf die Ramschsachen, die vor den Läden auf silbernen Gestellen ausgelegt waren: Gin, Wodka, T-Shirts, das Übliche eben. Alles zollfrei. Links davon gab es den Kiosk ‚Die kleine Fischkiste', von der die ältere Dame auf dem Schiff gesprochen hatte.

Schon von weiter Entfernung sah man eine Gruppe von bulligen Männern, die mit rosa Sicherheitswesten mit der Aufschrift ‚Sielo' genüsslich ihr Mittagessen verspeisten. Sie sprachen ausgelassen und tranken dabei Bier. Und das um 10 Uhr! Kein Zweifel: Es waren Offshore-Mitarbeiter. Vielleicht genossen sie die Ruhe nach einer Nachtschicht auf hoher See? Oder sie hatten bald Urlaub und bereiteten sich auf die Reise zurück aufs Festland vor?

Kempner stand am Ufer und schaute sich um. Er wollte keine Zeit verlieren und gleich mit den Ermittlungen beginnen.

Der Kommissar holte sein Smartphone hervor, um sich zu orientieren und zu überprüfen, wo sich der Tatort befand. „Okay, ich weiß, wo wir hingehen müssen", sagte Kempner. „In fünfhundert Metern Entfernung ist die Treppe, wo der Mord passiert ist", fügte er hinzu und wies mit dem ausgestreckten Zeigefinger in den Norden.

Paula reagierte verdutzt.

„Willst Du echt schon zum Tatort? Wollen wir nicht erst mal zum Hotel und einchecken?"

„Später. Lass uns zuerst schauen, was die Kollegen machen. In Ordnung?"

„Ja, ist okay", sagte Paula beschwichtigend. „Ich seh schon, Dir juckt's in den Fingern."

Kempner nickte. Seine Kollegin hatte ihn mal wieder durchschaut.

4

Jürgen Kempner und Paula Petersen sahen schon beim Hinaufgehen, wie Kollegen der forensischen Spurenanalyse am Tatort wüteten und sowohl im Gebüsch als auch auf dem Plateau nach neuen Hinweisen suchten. Die Gegend wurde weiträumig abgesperrt.

Vor den Kollegen stand ein Mann mit Trainingsjacke, Jeanshose, einem besorgt wirkenden Gesicht und zerfledderten braunen Haaren. Er sah nicht so aus wie ein typischer Polizist: Der Mann war vielleicht um die 40 und beobachtete die Frauen und Männer der Spurensicherung bei ihrer Arbeit, während er hastig eine Zigarette rauchte.

Er bemerkte Kempner und Petersen nicht, als sie unter das weiß-rot gestreifte Polizeiband krochen, um von dem Treppenaufgang zum Tatort auf das Plateau zu gelangen.

Doch plötzlich drehte er sich um.

Blitzschnell nahm er seine Zigarette aus dem Mund und schrie, als er die beiden Eindringlinge bemerkte: „Hey, hier ist Betreten verboten! Das ist ein...“

Der Mann konnte seinen Satz nicht zu Ende sprechen, da holte Kempner instinktiv seinen

Dienstausweis hervor und hielt das Dokument dem Kollegen vor die Nase.

„Ah, Sie sind es!“, lachte der Polizist. „Herr Kommissar Kempner. Man hat mir schon gesagt, Sie würden kommen. Das freut mich sehr! Ihre Hilfe wird dringend gebraucht.“

Der Mann schüttelte dem Kollegen freudig die Hand.

„Ich bin Tilo Hilbig von der Kripo Kiel. Ich hab schon gehört, dass wir aus Niedersachsen Unterstützung bekommen. Ein schlimmer Fall.“

Helgoland war Hoheitsgebiet des Landes Schleswig-Holstein und gehörte zum Kreis Pinneberg. Da aber die Opfer Bürger des Landes Niedersachsen waren, beschloss die Koordinierungsstelle in Kiel, ein Team von Beamten aus beiden Bundesländern zusammenzustellen.

„Freut mich, Sie kennenzulernen. Das ist Paula Petersen, meine Kollegin aus Hannover. Sie wird mich bei unserer Arbeit unterstützen.“

„Jede Hilfe ist gern gesehen“, sagte der Mann nervös. „Ich sag’s frei heraus: Hier ist die Scheiße am Dampfen. Die ganze Region steht unter Schock. Wir befinden uns unter extremem Handlungsdruck! Das wissen Sie hoffentlich, oder? Die Leute sind bestürzt, weil es sich um zwei Schülerinnen handelt. Sie können sich denken, was die Presse daraus macht.“

„Natürlich. Einen großen Skandal, wie immer“, sagte Kempner schnippisch.

„Richtig! Haben Sie schon die heutigen Schlagzeilen gelesen? In allen Zeitungsberichten nennt die Presse Helgoland ‚Todesinsel’. Da wird sich der Bürgermeister freuen. Es wird nur Unfug geschrieben, absoluter

Schwachsinn. Zum Kotzen! Angeblich soll ein Vergewaltiger den Mord verübt haben. Ein Serienkiller. So ein Quatsch!“

„Können wir denn ein Sexualverbrechen tatsächlich ausschließen?“, fragte Paula.

Kommissar Hilbig zog eine rote Marlboro-Packung aus seiner violetten Trainingsjacke und bot zuerst Paula eine Zigarette an, die kopfschüttelnd verneinte, um dann Kempner eine anzubieten, der nach kurzem Zögern nach einem der Glimmstängel griff.

„Ja, das können wir mit ziemlicher Sicherheit ausschließen“, sagte Kommissar Hilbig vorsichtig. „Die Leichen werden gerade noch obduziert, aber es sieht so aus, als ob die Mädchen erwürgt wurden. Wir konnten kein Sperma finden, eine Vergewaltigung ist also unwahrscheinlich. Trotzdem spricht vieles dafür, dass der Mord einen sexuellen Hintergrund hat: Die Mädchen waren tanzen, oben in der ‚Disko Krebs', so einem kleinen Tanzlokal auf dem Oberland. Kann sein, dass sie einem Besucher blöd aufgefallen sind.“

„Was sagen die Profiler?“, wollte Paula Petersen wissen.

„Beim Mörder muss es sich um eine starke Person handeln. Eventuell waren mehrere Täter am Werk. Das kann ich noch nicht genau sagen.“

„Ist das alles, was Sie bisher wissen?“, fragte Kempner, während er seine Zigarette rauchte und sich den Tatort anschaute.

„Leider ja. Wir sind erst am Anfang der Ermittlungen, wir tappen noch im Dunkeln. Was ich bislang sagen kann, ist Folgendes: Die Mädchen waren, wie uns ihr Deutschlehrer Thomas Theesemann in Bad Bederkesa mitgeteilt hat, hier, um mit ein paar

Inselbewohnern zu sprechen. Wir haben herausgefunden, dass sie mit dem Besitzer des Hotels ‚Meerblick', Peter Richter, ein Interview geführt haben. Es handelt sich um das Hotel, das die meisten Offshore-Mitarbeiter beherbergt und dessen Fensterscheiben vor zwei Wochen eingeschlagen wurden. Sie haben sicher davon gehört. Dann haben die Mädchen noch mit dem Vorsitzenden der Bürgerbewegung ‚Helgoländer in Wut' gesprochen. Doktor Dieter Wessels heißt der Mann. Er ist Arzt auf Helgoland, Allgemeinarzt."

Kempner war überrascht. Von den ‚Helgoländern in Wut' hatte er noch nichts gehört. Jedenfalls stand davon weder etwas in den Akten, noch in den Zeitungsberichten, die er sich durchgelesen hatte. War das also die politische Gruppe, die gegen die Hotelwirtschaft und die Offshore-Anlagen protestierte? Auch Paula Petersen war verblüfft.

„Was sind das für Leute, diese ‚Helgoländer in Wut'?", fragte die Kommissarin.

„Nun, ich habe den Verfassungsschutz kontaktiert", antwortete Kommissar Hilbig, während er einen langen Zug von seiner Zigarette nahm. „Denen liegen keine Informationen vor. Dürfte also keine rechtsradikale Gruppe sein, denke ich. Aber wer wird schon wissen, ob der Verfassungsschutz die Wahrheit sagt?" Hilbig grübelte. „Wie dem auch sei. Ich habe mit den Beteiligten noch nicht gesprochen. Ich wollte auf Ihre Ankunft warten. Es scheint so zu sein, dass es hier auf Helgoland in den letzten vier Wochen ziemlich heiß herging. Anscheinend sind die Miet- und Hotel-Preise auf Helgoland um das Doppelte gestiegen, seitdem die Offshore-Mitarbeiter der Firma ‚Sieso' auf der Insel stationiert sind... Können Sie sich das vorstellen? Um das Doppelte!“ Kommissar Hilbig schüttelte den Kopf. Er blickte starr auf die Kollegen. Dann nahm er einen kräftigen Zug von seiner Zigarette und sagte: „War doch klar, dass nicht jeder Inselbewohner diese Entwicklung mitmachen würde. Nach den krassen Preissteigerungen hat sich dann diese politische Gruppe zusammengetan, diese ‚Helgoländer in Wut’, mit diesem Arzt Wessels an der Spitze, um auf den Missstand aufmerksam zu machen. Die haben demonstriert und den Bürgermeister der Insel Helgoland aufgefordert, ein Gesetz zu erlassen, damit die Wohnungen nur an alteingesessene Inselbewohner vermietet werden dürfen. Außerdem fordern sie, den Bau der Windkrafträder zu stoppen.“

„Mhh. Könnte also sein, dass die Mädchen irgendjemandem aus der Gruppe auf die Füße getreten sind“, spekulierte Paula.

„Daran hab ich auch schon gedacht“, antwortete Hilbig. „Da könnte es einen Zusammenhang geben.... Die Offshore-Mitarbeiter werden jedenfalls von einigen Helgoländern als echtes Problem angesehen. Der Bürgermeister findet die Entwicklung natürlich super. Steuergelder. Sie verstehen“, sagte der Kiele Kommissar und schaute ernst.

Kempner wusste, worauf Hilbig hinaus wollte: Es ging um Geld. Wahrscheinlich um sehr viel Geld. Kempner hatte in der Zeitung gelesen, dass sich die Insel eine goldene Nase an den Windkrafträdern verdiente. Aber wer profitierte an dem Geschäft wirklich? Die Politiker? Oder auch die einfachen Bürger von Helgoland?

„Diese Windparks sind nicht nur auf Helgoland eine Revolution. Die sind überall an der Küste verstreut und ein riesiges Geschäft“, ergänzte Hilbig. „An der ganzen

Nordsee! Helgoland ist in diesem Zusammenhang besonders interessant – als jenes Fleckchen Erde, das am weitesten nördlich im Meer liegt, wo also besonders viel Wind weht und 'ne Menge Strom produziert werden kann. Die Mitarbeiter sind auf Helgoland stationiert, um sich auszuruhen, zu essen und zu schlafen. Den Rest der Zeit verbringen sie auf dem offenen Meer und helfen, die Windparks aufzubauen. Andere Arbeiter kümmern sich um die Wartung. Jeden Tag fliegen vom Flughafen, der sich auf der Düne befindet, Hubschrauber zu den Anlagen... Anscheinend hat diese Investition die Insel vollkommen umgekrempelt. Seitdem sind die Zimmer in den Hotels das ganze Jahr voll, immer ausgebucht. Aber der Platz wird knapp: Die Firmen mieten jetzt auch normale Wohnungen, ganz einfache Fischerhäuschen, und treiben dadurch die Preise in die Höhe. Auch in den Supermärkten und Restaurants ist das zu spüren. Ein Teufelskreis. Einige verdienen daran, andere kommen nicht hinterher und haben kein Geld, um die Mieten zu bezahlen. Sie können sich vorstellen, was das heißt: Nicht jedem Inselbewohner gefällt das. Vor allem jenen Insulanern nicht, die nichts daran verdienen.“ Hilbig schaute sich um und prüfte, ob ihn jemand hörte. „Aber wie gesagt, das habe ich heute Morgen von ein paar Offshore-Mitarbeitern erfahren. Mit den Hauptverdächtigen habe ich noch nicht richtig gesprochen, nur oberflächlich, um ein paar Informationen einzuholen.“ Hilbig zog noch einmal an der Zigarette und pustete den Rauch in die Luft. „Ich hab aber die Leute, die mit den Opfern in Verbindung standen, in Kenntnis gesetzt, dass sie die Insel eine Woche lang nicht verlassen dürfen. Das gibt uns Zeit.“

„Sehr gute Arbeit!“, sagte Kempner und klopfte dem Kollegen auf die Schulter. „Haben Sie Helgoland denn schon erkundet?“

Kommissar Hilbig grinste. „Ich bin seit gestern hier. Um das Stück Land einmal zu umrunden, brauchen sie keine 120 Minuten. Ich kann jetzt schon behaupten, dass ich mich bestens auskenne. Bin sozusagen Helgoland-Experte...“ Der Mann lachte und steckte seine Hände selbstzufrieden in die Hosentaschen, als ob er einen großen Treffer gelandet hätte. „Lassen Sie mich Ihr Tour-Guide sein“, ergänzte der Kieler Kommissar, bevor ihn ein Reizhusten ergriff. „Oh man, ich sollte mit diesem scheiß Rauchen echt aufhören. Das bringt mich noch ins Grab.“ Der Kommissar hustete sich aus und spuckte einen fiesen Schleimklumpen aus dem Rachen. Danach warf er die Zigarette auf den Boden und zerdrückte sie mit seinem Schuh.

Kempner schaute zu Paula hinüber. „Lass uns mit dem Mann sprechen, dem das Hotel ‚Meerblick‘ gehört. Du weißt schon, wo die Scheiben eingeschlagen wurden. Mit diesem Peter Richter. Da fangen wir am besten an.“

„Gute Idee!“

Kempner nickte und warf seine Zigarette weg. Er wandte sich wieder zu Hilbig: „Herr Kollege. Helfen Sie uns noch mal auf die Sprünge: Wo ist das Hotel?“

Der Kieler Polizist holte sein Smartphone hervor. „Hier, schauen Sie, da ist es. Sie sind bereits daran vorbeigelaufen. Es liegt auf dem Unterland, direkt am Fähranleger. Peter Richter wohnt seit zehn Jahren dort. Vorher war es eine alte Gastwirtschaft, die abgerissen wurde. Das Hotel war schon damals ein

Familienunternehmen und gehörte Richters Vater. Der Sohn hat es neu aufgebaut. Jetzt, nach der Fertigstellung des Neubaus, ist es das größte Hotel mit den meisten Zimmern. Für das nächste Jahrzehnt ist es restlos ausgebucht. Genau in diesem Hotel wurden die Scheiben eingeschlagen. Die Mädchen haben mit Richter gesprochen, soviel ist sicher. Einen Abend, bevor sie ermordet wurden."

Kempner entfuhr ein nachdenkliches „Mhhh".

„Komisch, nicht wahr?", setzte Hilbig nach.

„Sehr komisch", sagte Paula Petersen. „Können Sie uns zum Hotel führen?"

„Nichts leichter als das", antwortete der Kieler Beamte und hielt das Absperrband hoch. „Bitte, nach ihnen! Ich hoffe, Sie haben viel Zeit mitgebracht. Das wird kein einfacher Fall werden", scherzte der Kommissar.

„Da haben Sie wohl Recht", antwortete Kempner und kroch unter das Absperrband.

Der Wind wehte wie verrückt. Es schien fast so, als ob die Natur um Helgoland sich aufbäumen und sagen wollte, dass etwas Schreckliches passieren würde.

Die Frage war nur: was?

5

Die Kommissare Kempner, Hilbig und Petersen betraten die Hotelanlage, die sich auf dem Unterland der Insel befand, direkt vor den Fähranlegern. Es war ein glasiger Bau; ein moderner Komplex, der nicht so richtig in die traditionellen Hummerbuden passte, diese bunt bemalten nordfriesischen Häuser mit ihren Giebelprofilen und Holzverschalungen, die sich an der Inselpromenade aneinanderreihten.

Hinter der Rezeption saß eine Frau um die 30. Sie trug einen schwarzen, eleganten Blazer und eine weiße Bluse mit kleinen goldenen Knöpfen. Sie hatte blonde lange Haare, Reiterinnentyp.

Beim Eintreten in die Hotellobby stand die Mitarbeiterin wie einstudiert auf, als hätte sie mit dem Erscheinen der drei Beamten bereits gerechnet.

Sie streckte die Hand aus und sagte: „Guten Morgen. Sie sind von der Polizei, richtig?“

Kempner schaute der Dame in die Augen. „Ja, mein Name ist Jürgen Kempner, Kripo Hannover.“ Der Kommissar schüttelte der Mitarbeiterin die Hand und zeigte seinen Dienstausweis.

„Ich wurde schon informiert, dass Sie vorbeikommen würden. Bevor Sie etwas sagen... Darf ich Sie um einen Gefallen bitten?“

Kempner rümpfte die Nase.

„Worum geht’s denn?“, fragte Paula überrascht.

„Die Sache mit dem Mord hat uns alle sehr schockiert und natürlich auch mitgenommen. Ich kann mich nicht erinnern, dass auf unserer Insel so etwas Schreckliches schon mal vorgekommen ist. Trotzdem wollen wir unsere Gäste, so gut es geht, aus den polizeilichen Ermittlungen heraushalten. Wir müssen auch an unser Geschäft denken, wissen Sie? Deswegen habe ich eine Bitte: Wäre es in Ordnung, wenn ich Sie gleich in ein Nebenzimmer führe, ohne viel Aufsehen zu erregen? Die Berichterstattung und die Ermittlungen im Zusammenhang mit dem Mordfall machen den Menschen sehr viel Angst. Diese Angst wollen wir nicht weiter schüren. Sie verstehen das sicher!“ Die Frau schaute sich um und sprach etwas leiser, um sicherzustellen, dass von den Gästen niemand etwas hörte. „Sie wissen ja, der Mörder läuft immer noch frei herum. Einige Dorfbewohner sagen sogar, dass es sich um einen Serienkiller handelt. Die Leute reden über nichts anderes mehr. Wir wollen den Mord nicht an die große Glocke hängen, das tut unserer Insel nicht gut. Also warum gehen Sie nicht einfach ins Nebenzimmer? Ich hole Herrn Richter sofort herein, wenn er kommt. Ist das in Ordnung?“

Kempner nickte. Er fand die Begrüßung zwar etwas unangemessen, aber die Frau machte nur ihren Job.

Die Kommissare folgten der Dame in einen Nebenraum, wo bereits ein paar Flaschen Mineralwasser und Orangensaft auf sie warteten.

„Bedienen Sie sich. Der Chef ist gleich da“, sagte die Rezeptionistin.

Die Kommissare setzten sich, während die Hotelangestellte das Besprechungszimmer verließ.

Im Zimmer roch es nach künstlichem Teppich. An den Wänden hingen Bilder von Helgoland, außerdem Fotografien vom Hotel und diverse Landschaftsaufnahmen von den roten Sandsteinklippen der Insel. Auf der anderen Seite des Raumes hingen Vogelaufnahmen an der Wand. Zudem hörte man das Ticken einer Uhr.

Nach wenigen Minuten kam ein kahlköpfiger Mann mit weißem Hemd und braunem Sakko in das Besprechungszimmer hineingestürmt. Er wirkte gestresst, war aber elegant gekleidet und sah so aus wie der Prototyp eines Geschäftsmanns: Das Hemd war oben aufgeknöpft, die braunen Lederschuhe waren blank poliert. Trotzdem wirkte sein Auftreten bieder, ja fast etwas streng. Das Parfüm, das er aufgetragen hatte, roch unangenehm penetrant.

Der Mann streckte Kempner seine Hand entgegen. Der Kommissar schüttelte sie.

„Guten Tag die Damen und Herren, mein Name ist Peter Richter. Ich bin der Besitzer dieses wunderbaren Hotels. Wirklich schrecklich, was passiert ist. Ich bin immer noch ganz fassungslos.“ Er räusperte sich und schien nach den richtigen Ausdrücken zu suchen. „Wie kann ich Ihnen helfen, damit Sie den Mörder schnellstmöglich finden? Wir wollen diesen Schock verarbeiten und zu unserem Alltagsgeschäft zurückkehren. Ich möchte die ganze Sache so schnell wie möglich vergessen. Helgoland braucht solche Geschichten nicht! Dieser Gedanke, dass ein Mord auf unserer Insel passiert ist, ist einfach unerträglich", sagte der Hoteldirektor ergriffen und schaute verzweifelt durch den Raum. „Eine Tragödie. Auch für den Tourismus", fügte Richter leise hinzu.

Kempner traute seinen Ohren nicht und protestierte: „Hören Sie mal! Jetzt zeigen Sie bitte etwas Mitgefühl!"

Richter reagierte defensiv. „Tut mir leid. Das meinte ich nicht so", beschwichtigte er und schüttelte den Kopf. Dann hielt er sich schützend die Hände vor den Körper und bekräftigte seine Unschuld: „Ich denke nur an meine Mitarbeiter, wissen Sie? Wir haben alle Familien zu ernähren."

„Okay, ist schon gut", sagte der Kommissar etwas leiser. „Mein Name ist Kempner, das ist Kommissarin Petersen. Wir sind von der Kripo Hannover. Und das hier, das ist Herr Kommissar Hilbig von der Kripo Kiel... Wir stehen am Anfang der Ermittlungen. Deswegen kann ich noch keine Entwarnung geben, so leid es mir tut. Aber Sie können uns helfen, den Fall zügig zu lösen."

„Natürlich. Wie kann ich Ihnen helfen? Seien Sie ganz offen." Der Mann setzte sich in einen Bürosessel, lehnte sich zurück und öffnete eine Flasche Mineralwasser.

„Wir würden gern erfahren, was die Mädchen von Ihnen wollten. Worum ging es in dem Gespräch? Jedes Detail ist jetzt wichtig."

Peter Richter stand ruckartig auf, ging zum Fenster, schaute nachdenklich hinaus und beobachtete die aufbrausenden Fluten der Nordsee. Sein Blick wanderte unkoordiniert herum. Plötzlich begann er wieder zu sprechen: „Sie können sich vorstellen, wie sehr uns der Tod von Ronja und Anna schockiert hat." Er räusperte sich. „Vorhin, da hab ich mich falsch ausgedrückt, tut mir leid. Mir gehen so viele Gedanken durch den Kopf, da kommt man durcheinander…“ Der Mann schluckte. Dann schüttelte er sich und sagte mit lauter Stimme: „Ronja und Anna waren hier. Ja, es stimmt, was Sie sagen. Sie wollten einen Bericht schreiben über einen Streit, der seit einigen Monaten auf der Insel wütet. Ich wollte die jungen Reporterinnen darauf hinweisen, dass einige militante Querulanten auf unserer Insel sich weigern zu verstehen, was Recht und Ordnung ist – und gut für Helgoland.“ Der Mann nahm einen Schluck von seinem Mineralwasser. „Sie müssen wissen: Wir werden massiv unter Druck gesetzt. Das wollten die beiden Mädchen in ihrem Bericht beschreiben.“

„Sie meinen wohl mit Querulanten die ‚Helgoländer in Wut'?“, fragte Paula, während Tilo Hilbig sich Notizen machte.

„Ja, ganz genau. Hat sich also auf dem Festland rumgesprochen, wie? Und ganz besonders meine ich Dr. Wessels, der auf dem Oberland wohnt. Ich sage Ihnen, er stachelt die Leute an. Der will mich fertig machen. Er sorgt dafür, dass einige Helgoländer nicht einsehen wollen, wie wichtig die Offshore-Anlagen für unsere Insel sind. Für uns alle, nicht nur für mich.“

„Das dürfte Herr Wessels anders sehen“, ging Hilbig dazwischen.

„Ach. So ein Spinner! Ohne Offshore gibt es keine neuen Jobs. Dieser alte verbohrte Knacker tut alles dafür, damit die Leute denken, dass sich die Insel von der Windkraftindustrie abhängig macht, was totaler Quatsch ist. Er malt den Teufel an die Wand!“

„Mal ganz langsam.“ Kempner versuchte den Mann zu bremsen. „Fangen wir bei den Mädchen an… Was wollten die beiden Schülerinnen von Ihnen wissen?“, fragte der Kommissar und versuchte, die Anspannung aus dem Gespräch zu nehmen. „Wir wollen rekonstruieren, was Ronja und Anna vorhatten.“

„Genau das: Sie wollten wissen, was ich von den ‚Helgoländern in Wut‘ halte. Ich habe ihnen gesagt, dass sie aufschreiben sollen, dass das Kriminelle sind. Rechtsradikale. Ich bat sie darum, den Skandal aufzudecken und in der Zeitung zu beschreiben, dass ich von den ‚Helgoländern in Wut‘ terrorisiert werde. Meine Freunde ebenso. Dabei sollten mir alle Bewohner auf der Insel danken! Leute wie ich und der Bürgermeister sind dafür verantwortlich, dass sich Helgoland jetzt die erste Offshore-Serviceinsel Deutschlands nennen darf. Verstehen Sie das? Verstehen Sie, was das für eine Auszeichnung ist? 40 Kilometer vor Helgoland entsteht ein riesiger Windpark. 100 neue Jobs sind für die nächsten zehn Jahre gesichert. Das ist fantastisch. Dafür haben wir Grünen solange gekämpft.“ Der Mann redete sich in Rage. „Das ist eine riesengroße Leistung. Und die wird mit Füßen getreten.“ Während Peter Richter sprach, ballte er die Hände zu Fäusten.

Tilo Hilbig hakte ein: „Aber das heißt ja auch, dass die Mieten steigen und die Preise auf Helgoland teurer werden. Das kann sich nicht jeder leisten. Das wissen Sie auch, oder?“, fragte der Kommissar, mit der Absicht, den Hoteldirektor zu provozieren. „Reformen schön und gut – aber Sie dürfen die einfachen Menschen nicht vergessen.“

Der Mann plusterte sich auf, während er heftig den Kopf schüttelte. „Es gibt immer Leute, die meckern. Das wissen Sie doch auch, Herr Kommissar. Das ist immer so in Deutschland. Das ist unsere Mentalität.

Wir meckern eben. Wir meckern über alles! Von solchen negativen Leuten bin ich schon mein ganzes Leben lang umgeben. Von Leuten, die nicht anpacken wollen. Von Spinnern, die sich immer nur am Alten orientieren, anstatt Neues zu wagen. Ich bin nicht so ein Typ. Ich bin ein Macher. Ich will Veränderung! Außerdem müssen Sie mal an den Naturschutz denken! Wir retten Deutschland vor der Atomenergie... Wie soll unser Land das sonst schaffen, ohne Windkraft? Ich bin jemand, der den Zeitgeist begreift. Verstehen Sie das?“ Peter Richter spielte an seinen Manschettenknöpfen und rückte sie geistesabwesend zurecht.

„Sie haben ja noch den Tourismus“, warf Kempner ein.

„Pah! Tourismus. Davon kann doch auf lange Sicht keiner leben. Das ist doch alles Schnee von gestern. Wir sollten uns neu orientieren und uns die ‚Grüne Wende’ zunutze machen. Solarkraft ist tot, seitdem es keine Subventionen mehr gibt. Aber Windkraft hat Zukunft! Die Energiewende garantiert uns hohe Steuereinnahmen. Die kommen der ganzen Insel zugute, nicht nur den Geschäftsleuten. Trotzdem gibt es ein paar Romantiker, die sich zwanghaft ans Alte klammern, das dem Untergang geweiht ist. Auf lange Sicht machen wir uns mit so einer Einstellung lächerlich.“

„Wie meinen Sie das?“, fragte Paula.

„Wissen Sie, wie unsere Insel genannt wird?“

„Nein, aber Sie werden es mir sicher gleich sagen“, erwiderte die Kommissarin.

„Fuselinsel! Die Leute auf dem Festland nennen Helgoland Fuselinsel!“

Paula musste schmunzeln. „Sie meinen, weil hier so viel getrunken wird?“, fragte Paula, ohne ihr Grinsen ganz verbergen zu können.

„Genau! Weil wir so viel trinken und vom Alkoholverkauf leben. Bislang jedenfalls! Wollen Sie noch mehr hören?“

„Schießen Sie los“, sagte Hilbig amüsiert.

„Alles dreht sich um Alkohol und Tourismus, Alkohol und Tourismus, und das immer im Kreis, seit Jahrzehnten. Das ist doch nicht zum Aushalten! Aber was soll man auf so einem kleinen Fleckchen Erde schon anderes tun, als zu saufen? Helgoland ist eben keine Großstadt. Hier ist nicht viel los, jedenfalls nicht im Winter, wenn alle weg sind, die Touristen und die ganzen irren Vogelfetischisten.“

„Ornithologen!“, korrigierte Kempner.

„Meinetwegen.“

„Sieht nicht so aus, als würden Sie an dieser Insel besonders hängen“, sagte Hilbig.

Richter goss sich noch ein bisschen Mineralwasser ins Glas und trank es in drei großen Schlücken aus. „Das ist nicht wahr! Ich habe nur ein anderes Zukunftskonzept für die Insel.“ Der Hotelbesitzer atmete tief durch. „Wissen Sie, in den sechziger und siebziger Jahren hatten wir mehr als 800.000 Touristen im Jahr. Doch dann, in den neunziger Jahren, fielen die Zahlen in den Keller. Auf 250.000. Die Jugend wanderte ab und die Alten, die hier auf der Insel geblieben sind, fingen an zu saufen. Aus Frust und Kummer. Es kamen nur noch Rentner und irre Vogelbeobachter. Das kann doch nicht unsere Zukunft sein? Auch wenn die Zahlen wieder auf 330.000 gestiegen sind – ich habe zusammen mit dem

Bürgermeister viele Helgoländer überzeugen können, dass nur eine große Investition das Ruder wirklich herumreißen kann. Wir haben uns verschuldet und wichtige Energiekonzerne gewinnen können, um ein Stromimperium aufzubauen. Ich werde alles dafür tun, dass die Leute über uns nicht mehr lachen! Uns nicht mehr als dumme Insulaner und Saufköpfe verunglimpfen!"

„Vielleicht wollen das die Menschen einfach nicht?", konterte Hilbig.

„Ach, die Helgoländer schreien immer am Anfang. Veränderung ist uns ein Fremdwort. So denkt man eben, wenn man auf einer Insel wohnt – man bekommt den Wandel der Zeit nicht mit. Als 2007 das erste Auto angeschifft wurde, haben sich die Helgoländer ebenso lautstark beschwert und sahen sogar die Luftqualität in Gefahr. Können Sie sich das vorstellen?" Richter machte große Augen und runzelte die Stirn.

„Ja, aber der Protest war doch erfolgreich. Die Polizei, die damals das Auto gekauft hatte, musste das Spritfahrzeug durch ein Elektroauto ersetzen", sagte Hilbig. „Manchmal lohnt sich Bürgerprotest."

„Egal. Haben wir nun ein Auto oder nicht?"

„Nun..."

„Na sehen Sie!", antwortete Richter und grinste besserwisserisch.

Kommissar Kempner schaute sich den Hotelbesitzer ganz genau an. Hatte dieser Mann ein Motiv? Richter war in die Jahre gekommen. Er hatte nur noch ein paar Haare auf dem Kopf. Und die restlichen, die übrig geblieben waren, waren ergraut. Die Besessenheit ließ Peter Richter nur noch älter wirken. Ganz klar: Er wollte sich mit diesem Offshore-Projekt ein Denkmal setzen, sich als Erneuerer und Macher feiern lassen – und nebenbei sehr viel Geld verdienen. Er war süchtig nach dem Erfolg. Aber war er auch ein Mörder?

Obwohl Kempner die Argumente des Hotel-Managers nachvollziehen konnte, zog er in Zweifel, ob alles stimmte, was Richter gesagt hatte. Vielleicht wollten die Mädchen ja genau das Gegenteil beschreiben? Vielleicht hatten sie Sympathien für die ‚Helgoländer in Wut'? Vielleicht geriet Peter Richter in Rage, als er davon erfuhr? Vielleicht wollten die jungen Journalistinnen darauf aufmerksam machen, dass ein Industrieller die Kontrolle über seine Geschäftsideen verloren hatte und eine traditionsreiche Insel von Grund auf umkrempeln wollte, ohne die Bevölkerung zu fragen?

Kommissar Hilbig legte den Notizblock beiseite und schaute ernst auf Richter. „Zurück zum Fall. Wissen Sie, mit wem die Mädchen auf der Insel gesprochen haben, bevor sie gestorben sind – außer mit Ihnen, meine ich?"

„Nein, das kann ich Ihnen nicht beantworten", sagte Richter und kratzte sich an der Stirn. „Ich denke mal, dass sie zu Dr. Wessels gegangen sind, um sich seine Lügengeschichten anzuhören. Und dann haben sie wahrscheinlich noch mit ein paar anderen Inselbewohnern geredet, um Stimmen zu sammeln. Vielleicht auch mit ein paar Offshore-Mitarbeitern. Jedenfalls war das der Plan."

„Das haben die beiden Schülerinnen Ihnen gesagt?" Hilbig wurde hellhörig.

„Ja, richtig."

„Was sollte das für ein Bericht werden, wissen Sie das?"

„Eine Reportage für die Schülerzeitung. Aber die Mädchen sagten mir, dass sie den Text einem großen Magazin verkaufen wollten. Eines kann ich Ihnen sagen: die jungen Damen waren intelligent. Die hatten was drauf. Ich will ja keine voreiligen Schlüsse ziehen, aber wenn Sie mich fragen, sollten Sie mal bei den ‚Helgoländern in Wut' anklopfen... Diesen Rechtsradikalen ist alles zuzutrauen."

„Was soll das heißen?", fragte Paula Petersen. „Sie glauben, dass jemand von der Bürgerbewegung die Mädchen umgebracht hat?"

„Vielleicht sogar Herr Doktor Wessels persönlich", sagte der Hotelbesitzer mit einem eitlen Unterton.

„Seien Sie vorsichtig, was Sie da behaupten", belehrte Kommissar Hilbig den Geschäftsmann. „Falsche Anschuldigungen können strafrechtliche Konsequenzen haben. Bleiben Sie bei der Sache. Außerdem ist die Organisation, laut Verfassungsschutz, nicht rechtsradikal. Die Leute kämpfen bloß für das Erbe der Insel."

„Dass ich nicht lache!"

„Jetzt hören Sie mal!", protestierte Paula.

„Ist eh nicht mein Bier", entgegnete Richter. „Ich sag nur eins: Die zwei Mädels wussten Bescheid, die wollten die Wahrheit erfahren. Und das kam der Bürgerbewegung natürlich ungelegen. Ich bin überzeugt davon, dass die Mehrheit der knapp 1500 Menschen auf unserer Insel hinter mir steht. Da wollten die Leute um Dr. Wessels natürlich vermeiden, dass die Mädchen die Sache richtig stellen und über den Terror-Anschlag berichten."

Kempner konnte sich ein Lachen nicht verkneifen. „Im Ernst jetzt? Mit terroristischem Anschlag meinen Sie wohl die zwei kaputten Fensterscheiben?"

„Ja. Was denn sonst? Das ist doch eine Frechheit. Wo kommen wir denn da hin? Wir werden hier massiv unter Druck gesetzt. Wer Steine wirft, kann auch morden. Das wissen Sie genauso gut wie ich!"

Kempner hielt kurz inne, wandte sich zu Hilbig und flüsterte ihm zu: „Wurden die Steinewerfer geschnappt?"

Der Kollege schüttelte den Kopf.

Kempner schaute wieder zum Hotelbesitzer. „Herr Richter... Ich muss Sie das jetzt fragen: Was haben Sie Sonntag um circa 3 Uhr nachts gemacht?", fragte Kempner entschlossen.

Richter verzog das Gesicht. „Soll das ein Witz sein!?"

„Bitte, regen Sie sich nicht auf", sagte Paula Petersen und versuchte den Hotelbesitzer zu beruhigen. „Wir müssen das fragen. Reine Routine."

„Unfassbar..." Richter verschränkte die Arme. „Na gut, wenn Sie es wissen wollen, ich kann die Frage leicht beantworten. Ich war im Bett."

„Die Antwort überrascht mich nicht", erwiderte Paula lakonisch. „Kann das jemand bezeugen?"

„Nein, meine Frau ist gerade geschäftlich in Hamburg unterwegs. Aber ich kann Ihnen das garantieren. Ich war im Bett!"

„Na gut. Dann bleibt uns vorerst nur Ihr Wort. Wenn wir Fragen haben, kommen wir noch auf Sie zurück. Bitte verlassen Sie in den nächsten sieben Tagen die Insel nicht."

„Das hatte ich sowieso nicht vor. Ich stehe ganz zu Ihrer Verfügung... Darf ich mich jetzt wieder meinen Hotelgeschäften widmen? Geld verdient man nicht im Schlaf." Der Mann blickte eingeschnappt auf die Uhr. Die Frage von Paula Petersen hatte ihn beleidigt. Aber solche Reaktionen kannte die Kommissarin. Das gehörte zum Geschäft.

„Natürlich. Sie können sich Ihrer Arbeit widmen. Wir müssen sowieso gleich gehen. Allerdings würden wir gerne noch ein paar Dinge besprechen, wenn Sie erlauben", sagte Kempner. „Dürfen wir hierfür im Besprechungszimmer bleiben? Es wird nur 10 Minuten dauern."

„Gut. Nehmen Sie sich soviel Zeit, wie Sie wollen. Und probieren Sie den Orangensaft. Der ist frisch gepresst", sagte Peter Richter spöttisch, bevor er sich das Sakko zurechtrückte und dann eilig durch die Tür verschwand.

Die drei Kommissare saßen sich irritiert gegenüber. Der Auftritt von Richter hatte einen merkwürdigen Eindruck hinterlassen.

„Dem können wir nicht trauen, oder?", fragte Paula zaghaft.

„Es ist noch zu früh, das zu beurteilen", antwortete Kempner. „Aber es stimmt. Es ist mit Händen zu greifen, dass Richter unter Druck steht. Außerdem hat er Scheuklappen auf: Er sieht nur seinen eigenen Vorteil. Wenn jemand so viel zu verlieren hat wie er, dann hat er auch einen Grund, drastische Mittel einzusetzen. Wer weiß, worüber die Mädchen mit ihm reden wollten? Vielleicht haben sie ihn beschuldigt, dass er einen Fehler macht? Vielleicht wollten sie ihn als

Immobilienspekulanten denunzieren? Vielleicht hatten sie irgendein Druckmittel gegen ihn in der Hand?“

Kempner wandte sich zu Hilbig. „Sagen Sie, Herr Kollege. Konnten Sie am Tatort irgendwelche Beweise sichern, die uns Aufschluss darüber geben könnten, was die Mädchen schreiben wollten? Vielleicht haben Ronja und Anna ja bereits einen ersten Vorab-Bericht verfasst? Oder irgendwelche Notizen hinterlassen?“

Hilbig dachte nach und antwortete: „Das Smartphone wird gerade noch ausgewertet. Die Kollegen von der Kriminologie gehen alle Daten durch. Aber wir haben in dem Hotel der Opfer ein schwarzes Notizbuch gefunden. Sie wissen schon, so eins, das Journalisten immer benutzen, mit ein paar Aufzeichnungen und Rechercheergebnissen. Das könnte interessant sein.“

„Ausgezeichnet!“, erwiderte Kempner. Er klatsche in die Hände, als hätte er einen Treffer beim Dart gelandet. „Und? Stimmt es, was Richter sagt? Standen die Mädchen auf der Seite der Hotelwirtschaft oder der ‚Helgoländer in Wut'?“

„Das kann ich noch nicht beurteilen. Die Aufzeichnungen sind sehr skizzenhaft. Sie müssen noch ausgewertet werden. Ich habe den Notizblock zur Dorfpolizei gebracht, oben zur Polizeidienststelle. Wenn Sie wollen, können Sie ja selbst in das Büchlein schauen.“

„Dann schlage ich vor, dass Paula zu Dr. Wessels geht, um ihn zu befragen, und ich gehe zur Polizeidienststelle, um den Notizblock auszuwerten und mit den Helgoländer Kollegen von der Dorfpolizei zu sprechen.“

Hilbig korrigierte: „Verzeihung. Es handelt sich um einen einzigen Kollegen: um Herrn Rüdels."

„Umso besser", antwortete Kempner. „Dann können wir umso effizienter zusammenarbeiten. Herr Hilbig... Sie begleiten mich am besten zur Polizeidienststelle. Sie kennen den Helgoländer Beamten ja bereits."

„Gern!", sagte Tilo Hilbig.

Die Kommissare verließen das Hotel.

Draußen war bereits die Mittagsstunde angebrochen. Schon bald würden die ersten Fähren wieder ablegen, um die Tagestouristen aufs Festland zu bringen.

Ein starker Wind wehte über das Helgoländer Land, der den Beamten die Haare zerzauste und selbst die Möwen ins Straucheln brachte.

6

Jürgen Kempner spazierte zur Dorfpolizei, um den Notizblock von Anna und Ronja auszuwerten. Tilo Hilbig begleitete ihn und rauchte dabei eine Zigarette.

Die Sonne schien immer noch in warmen, herbstlichen Tönen. Man hörte Vogellaute und die leisen Motorengeräusche der Fähren, die einige Touristen zurück aufs Festland brachten.

Als die Kommissare nach circa drei Gehminuten an der Wache angekommen waren, stand Kempner vor einem der kleinsten Polizeidienststellen des Landes Schleswig-Holstein. Davor parkte ein e-Golf in blau-silbernen Farben – das erste Elektroauto der deutschen Polizei, das seinen Dienst ohne Spritverbrauch verrichtete.

Ein buckeliger Kerl gab Kempner einen Klaps.

„Na, schauen Sie sich unser Auto an? Toll, was!?“

Kempner hatte mit so einer Begrüßung nicht gerechnet. Erst als er die Uniform des breit grinsenden Mannes bemerkte, realisierte er, dass es sich bei dem kauzigen, rothaarigen Menschen um den Kollegen der Helgoländer Polizei handelte. Das verriet auch sein Dienstabzeichen an der Schulter.

„Äh... Ja, genau. Sehr schönes Modell!“, antwortete Kempner irritiert.

„116 PS hat das gute Stück. Damit dürfen wir aber nur 10 Kilometer pro Stunde fahren. Außer wenn ein Betrunkener befördert werden muss. Dann dürfen wir richtig Gas geben: dann heißt es 60 Km/h“, schmunzelte der Mann und grunzte beim Lachen wie ein kleines Ferkel.

Kempner wusste nicht, was er erwidern sollte. „Tolle Sache“, sagte er.

„Ich sehe schon“, setzte der Dorfpolizist nach, „Sie sind neu hier. Ich merke das sofort... Sie sind der Kollege von Herrn Hilbig, richtig?“ Der Kieler Kommissar nickte aus dem Hintergrund. Dann wechselte der Helgoländer von einem amüsierten in einen belehrenden Ton: „Nun, Sie müssen wissen: Auf der Insel herrscht Fahrverbot. Nur einige wenige Elektro-Autos sind zugelassen. Zwei Taxen, eine Bimmelbahn auf Rädern und dieses wunderbare Schmuckstück hier. Ist doch ein tolles Gerät, oder?“ Der Mann lachte.

Dieser Insel-Sheriff schaute so verliebt auf den Golf, als stünde kein Auto vor ihm, sondern ein Lustobjekt. Es fehlte noch, dass er anfangen würde, den Wagen zu streicheln.

„In der Tat. Toll! Ich gratuliere.“ Kempner wusste nicht, wie lange er diese Begeisterung noch heucheln sollte.

„Rainer Rüdels mein Name, Polizei Helgoland“, stellte sich der Mann mit den roten Haaren und Sommersprossen vor. Er reichte Kempner die Hand. „Ich bin für die Dienststelle Helgoland zuständig. Das ist meine Insel, sozusagen“, sagte er stolz.

„Freut mich sehr. Ich bin Jürgen Kempner von der Polizei Hannover. Den Kollegen Hilbig aus Kiel kennen Sie ja schon. Wir sind beide für den Fall zuständig. Meine Kollegin Paula Petersen wird auch noch dazustoßen."

„Schön, dass Sie hier sind. Willkommen auf Helgoland!" Die Polizisten gaben sich die Hand. „Schlimmer Fall, oder? Richtig tragisch. Ich muss zugeben: Ich bin total aufgeregt. Einen Mord wie diesen hatten wir lange nicht mehr... Das letzte Mal 1719. Da hat eine Frau ihre Nebenbuhlerin mit einer Mistgabel getötet."

„Abgefahren", entfuhr es Hilbig unkontrolliert.

Kempner zog die Augenbrauen hoch und schaute seinen Kollegen warnend an. „Also bitte..."

Rüdels ging dazwischen. „Nur damit eins gleich klar ist. Ich bin ganz für Sie da. Wenn Sie mich brauchen, dann bitte keine falsche Bescheidenheit. Sie können mich mit Arbeit zuwerfen. Tag und Nacht. Gar kein Problem. An Zeit mangelt es mir nicht", sagte der Helgoländer Polizist und lächelte erwartungsvoll.

Kempner irritierte dieser freudige Ausbruch im Angesicht eines Mordes, aber er wollte es sich mit dem Kollegen nicht gleich verscherzen. Es war das erste Mal, dass die Polizeidienststelle Helgoland einen so schweren Mordfall aufzuklären hatte. Der Helgoländer Polizist sah vermutlich seine Lebenschance aufziehen.

„Ich bin überzeugt davon, dass ich auf Sie noch zurückkommen werde. Vielen Dank jedenfalls für das Angebot."

Der Kommissar wollte schon in die Dienststelle laufen, als ihm plötzlich eine Aufgabe einfiel. „Da wäre wirklich etwas, das Sie für mich erledigen könnten."

„Ja???“ Die Augen des emsigen Insulaners leuchteten auf.

„Könnten Sie mir den Notizblock der beiden Opfer bringen?“

Rainer Rüdels schaute wie ein Kind, dem man gerade gesagt hätte, Weihnachten würde ausfallen. „Ah, ja verstehe! Natürlich.“ Gesenkten Blickes verschwand Rüdels in der Dienststelle, aus der er nach circa fünf Minuten mit einem Aktenordner und einer Plastiktüte zurückkam. Aus der Plastiktüte holte er das Notizheft hervor.

„Da ist das Beweisstück, das Sie wollten, Herr Kommissar.“

Kempner schlug den Notizblock auf und blätterte darin.

„Und?“, fragte Rainer Rüdels aufgeregt. „Was steht drin?“

Auch Tilo Hilbigs Neugier war geweckt.

Kempner las die Seiten durch. Nach ein paar Minuten sagte er dann: „Also, es scheint sich wirklich nur um ein paar lose Aufzeichnungen zu handeln.“ In dem Notizblock waren lediglich Zitate des Arztes und des Hotelbesitzers zusammengefasst. Außerdem befanden sich hinten am Buchrücken ein paar Zeitungsschnipsel und Reportagen über die Streitereien auf der Insel. Erst nach längerem Blättern bemerkte Kempner eine Notiz, die zu dem Rest der Aufzeichnungen nicht passte: ‚Thorsten wegen der Puppe fragen', hieß es in dem Büchlein.

„Was ist los? Warum schauen Sie so komisch?“, fragte Rainer Rüdels verwirrt.

„Mh, hier ist ein komischer Satz. Den sollten wir mal überprüfen.“

Und schon wieder erstrahlte der Helgoländer Polizist. „Gern. Was soll ich tun?"

„Können Sie bitte feststellen, ob sich jemand auf der Insel Thorsten nennt? Und ob es einen Freund oder Klassenkameraden in Bad Bederkesa gibt, der Thorsten heißt und der mit den Mädchen in Kontakt stand?"

„Aber natürlich", sagte Rüdels und war schon dabei, sich seine regenfeste Dienstjacke anzuziehen.

„Was machen Sie da?"

„Nun, ich dachte, ich soll nach Bad Bederkesa..."

„Ach Quatsch. Das können Sie alles auch telefonisch erledigen", sagte Kempner und enttäuschte die Erwartungen des Helgoländers zum zweiten Mal.

Der Mann zog geknickt seine Jacke aus. „Ah ja, klar. Ich wollte nur..."

Als Kempner die traurigen Augen des rothaarigen Kollegen sah, tat ihm die Abfuhr leid. „Schon okay. Vielleicht finden wir ja noch was Spannenderes für Sie."

„Wie gesagt, an Zeit mangelt es mir nicht."

„In Ordnung. Könnten Sie mir noch etwas über die Insel verraten?"

„Natürlich. Ich lebe schon seit meiner Kindheit hier. Was wollen Sie wissen?"

„Was denken Sie über den Konflikt zwischen den Bewohnern und den Leuten von der Hotel- und Offshore-Industrie? Sie kennen sich doch aus. Welche Meinung haben Sie, ich meine, Sie als Insulaner?" Kempner pausierte, dann setzte er neu an. „Tut mir leid, dass ich Sie nach Ihrer persönlichen Meinung frage, aber das könnte uns helfen, das Mordmotiv besser zu verstehen."

„Nun, was soll ich sagen..." Rainer Rüdels kratzte sich am Nacken. „Es stimmt schon, was die Leute sagen. In letzter Zeit ging es ziemlich heiß her, hier auf Helgoland. Ich habe die ganzen Auseinandersetzungen mitbekommen. Sogar meine Freunde sind in den Streit involviert. Wobei ich einige Helgoländer kenne, die in den Hotels von Peter Richter arbeiten, als auch Leute, die von den Mietsteigerungen betroffen sind. Insofern kann ich beide Seiten verstehen."

„Wie meinen Sie das?"

„Ich werde ja vom Land Schleswig-Holstein bezahlt. Mich geht der Streit nichts an. Ich bin Beamter. Aber wenn ich mir die Argumente von Dr. Wessels anhöre, so schlimm er auch ist, so muss ich ihm doch manchmal Recht geben. Auf der anderen Seite..." Rainer Rüdels machte eine kurze Pause, um nachzudenken. Dann sagte er: „Auf der anderen Seite ist Tourismus wirklich keine Lösung. Irgendwie müssen wir uns verändern, damit sich die Leute nicht mehr lustig machen über uns."

„Ich habe erst kürzlich erfahren, dass es viele Helgoland-Witze gibt. Meinen Sie das damit?"

„Ja. Das liegt vor allem an einigen Großstadtjournalisten, die uns mit Spott überziehen. Da gab es mal einen Typen von der ‚tageszeitung', der hat einen ganz fiesen, übertriebenen Text über uns verfasst. Der Bericht war schon ziemlich gemein. Der hat uns Saufköppe genannt. Echt unverschämt", sagte Rüdels eingeschnappt.

„Aber in jeder Übertreibung steckt immer ein bisschen Wahrheit, nicht wahr?"

„Na ja", antwortete Rüdels und winkte ab. „Ich finde, wir schlagen uns ganz gut."

„Und was denken Sie über den Konflikt? Seien Sie ganz ehrlich.“ Kempner erwartete von Rainer Rüdels eine konkrete Antwort: pro oder contra Windkraft. Aber auf eine eindeutige Aussage hoffte er vergebens.

„Ach, herrje. Ich kann mich wirklich nicht entscheiden! Ich finde, beide Argumente sind richtig.“ Rüdels kratzte sich am Kopf. „Man versprach uns, dass die Windräder von der Insel nicht zu sehen sein würden. Aber bei gutem Wetter kann man die Anlagen deutlich erkennen. Das hat man uns anders versprochen.“ Der Polizist hielt kurz inne, schaute schräg zur Decke und sagte dann: „Andererseits schaffen die Anlagen viele Jobs...“

Der Kommissar atmete tief durch.

Der Helgoländer bemerkte, wie Kempner reagierte, und versuchte sich für seine Unentschlossenheit zu entschuldigen: „Tut mir wirklich leid, dass ich so unpräzise antworte. Aber so ist nun mal die Lage: verworren.“

Kempner realisierte, dass er übertrieben reagiert hatte. Er lief auf Rainer Rüdels zu und berührte ihn freundlich am Arm. „Schon in Ordnung. Sie sagen ja nur, wie es ist. Die Lage auf Helgoland ist eben komplexer, als ich vermutet hatte.“

„Da haben Sie Recht“, antwortete Rüdels und schmunzelte. „Sie haben uns Helgoländer unterschätzt, nicht wahr?“

Kempner zeigte ein verschämtes Lächeln. Der Helgoländer hatte sein Herz erobert. Der Kommissar wusste nicht wieso, aber plötzlich kam ihm dieser kauzige Polizist liebenswert vor. Vielleicht lag es an seiner grundtiefen Ehrlichkeit? Vielleicht an seiner sympathischen Stimme?

Was es auch war: der Helgoländer und der Hannoveraner – von nun an vertrauten sie einander.

7

Während Kempner mit dem Dorfpolizisten sprach, ging Paula Petersen auf dem Oberland spazieren. Sie wollte vor dem Treffen mit Dr. Wessels erste Eindrücke auf der Insel sammeln. Deshalb umrundete sie das Eiland und blieb auf dem höchsten Punkt der Insel stehen, wo sie sich umschaute und den fesselnden Anblick genoss.

Die Kommissarin stand knapp hundert Meter über dem Meeresspiegel und überblickte die Insel und das Wasser drumherum: die rosaroten Felswände, die Wellen des Meeres, die Vögel, die über ihrem Kopf kreisten und auf der Suche nach einer Möglichkeit waren, sich an den felsigen Abhängen niederzulassen.

Am Lummenfelsen, der am westlichen Teil von Helgoland lag, krächzten Dreizehenmöwen und andere Vogelarten.

Paula setzte sich auf eine Bank. Dabei inhalierte sie die frische Meeresluft und schaute verträumt in den Horizont.

Der Tag war erst angebrochen.

Es roch nach Wasser, nach Unbeschwertheit, nach Freiheit.

Paula Petersen fühlte sich wohl. ‚Wenn dieser Fall beendet ist', dachte sich die Kommissarin, ‚komme ich wieder. Ganz allein.'

Sie wandte ihren Blick von der Landschaft ab und spazierte durch die kleinen Gassen auf dem Oberland. Die Umgebung schien aus einer vergangenen Zeit zu stammen.

Das Inseldorf sah ein bisschen aus wie Hannover in den fünfziger Jahren: die Laternen wirkten veraltet – sie wurden lange nicht mehr ausgetauscht. Die Häuser erinnerten an eine vergangene Ära. ‚Sehr bundesrepublikanisch', dachte sich die Kommissarin. Wie Überbleibsel aus der Nachkriegszeit. Dabei wirkte das Dorf eigentlich sehr gemütlich und charmant. Ein komischer Kontrast.

Das Gleiche dachte Paula Petersen über den kleinen Edeka-Laden, der eine Art Zentrum auf dem Oberland bildete. Hierher kamen alle Inselbewohner, um einigermaßen günstig einzukaufen. Unten, bei den Fähren, waren die Lebensmittelpreise ein großes Stück teurer. Solche Tante-Emma-Läden hatte Kommissarin Petersen lange nicht mehr gesehen. Höchstens auf der Durchreise; in kleinen Orten, wenn sich zwischen Hamburg und Hannover ein Stau gebildet hatte und sie einen Umweg über die Landstraße fahren musste.

Gleich beim Edeka war auch die ‚Disko Krebs', wo die beiden Mädchen vor ihrem Tod noch getanzt hatten.

Auch wenn die Gebäude etwas altmodisch wirkten, gefiel Paula die Mischung aus Gemütlichkeit und Urigkeit. Sie fühlte sich ein wenig in die eigene Kindheit versetzt, in die Kindheit in Hannover oder den fast vergessenen Urlaub auf Helgoland als Jugendliche. Es war gut, dass es noch Orte gab, wo die Zeit still stand – so wie auf dieser Insel. Die Gerüche, der Anblick der Häuser – all das weckte Erinnerungen an eine unbeschwerte Zeit.

Kommissarin Petersen blickte auf ihr Handy. Es war spät geworden. Sie öffnete die Landkarten-App und bemerkte, dass das Haus des Arztes keine 50 Meter Luftlinie vom Edeka-Markt entfernt war.

Sie lief zum Haus von Dr. Wessels und legte sich im Kopf einige Fragen zurecht. Vor allem wollte sie herausfinden, ob der Arzt und die ‚Helgoländer in Wut' Groll gehegt hatten gegen die Mädchen, wie es Peter Richter im Hotel angedeutet hatte.

Als Paula Petersen vor dem Gebäude stand, musterte sie die Fassade. Das Haus passte perfekt in die Fünfziger-Jahre-Architektur der Insel. Das Gebäude brauchte einen neuen Anstrich. Vom Regen und vom aufgewirbelten Sand war die Häuserfassade grau geworden. Nur die roten Ziegelsteine des Daches schienen sich tapfer gegen den Verfall und das schlechte Wetter aus den Herbst- und Wintermonaten zu wehren. Auf der Fußmatte stand ein Spruch geschrieben: „Willkommen zu Hause." Außerdem war neben dem Haus ein Mast errichtet, an dessen Spitze die grün-rot-weiß gestreifte Flagge von Helgoland flatterte.

Die Kommissarin betätigte den Klingelknopf.

Ein älterer Herr mit großer, brauner, altmodischer Brille öffnete die Tür. Es war Dr. Wessels höchstpersönlich. Er hatte einen grauen Schnurrbart, in den sich vom vielen Rauchen Gelbtöne gemischt hatten. Auf dem Kopf hatte er noch ein paar weiße Haare. Sein grüner Pullover wollte lässig wirken, unterstrich aber in Wahrheit die Strenge seines Auftretens.

Der Arzt blieb kurz stehen, schaute Paula Petersen verdutzt in die Augen und fragte: „Was wollen Sie? Die Praxis ist heute geschlossen."

Kommissarin Petersen zeigte ihren Dienstausweis mit den Insignien der Polizei Hannover und trat ein Stück näher. „Ich bin von der Kripo. Mein Name ist Paula Petersen. Dürfte ich reinkommen?"

Dr. Wessels musterte den Dienstausweis. Er ließ ein paar Sekunden verstreichen, bevor er etwas tat. Erst dann öffnete er mit einem großen Schwung die Tür und machte eine nachlässige Handbewegung, die andeuten sollte, dass die Kommissarin eintreten dürfte.

Zögerlich betrat Paula Petersen das Haus.

Im Innern war es düster. An den Wänden hingen alte Tapeten mit Blumenmustern. Es standen alte Kommoden an den Seiten des Flures. Außerdem bemerkte Paula eine laut tickende Wanduhr und ausgestopfte Nager in Vitrinen, die nahelegten, dass Dr. Wessels schon lange kein Möbelhaus mehr besucht hatte. Zumindest keinen IKEA. Die Einrichtung erinnerte Paula eher an ein Museum als an eine Wohnung. Ein staubiger Geruch verbreitete sich im Raum.

Der Blick der Kommissarin blieb an alten Familienfotos hängen. Es waren Schwarz-Weiß-Aufnahmen des Helgoländer Leuchtturms von 1952. Außerdem war das Zimmer mit ein paar maritimen Schiffsabzeichen und alten Werbeschildern von Fährverbindungen der Hapag-Lloyd dekoriert.

Dazwischen hingen Bilderrahmen mit Sprüchen von berühmten Schriftstellern, die Helgoland besucht hatten: von Heine und von Fallersleben. Neben den Bildern war sogar ein ganzes Gedicht abgedruckt. Paula überflog die ersten beiden Strophen:

„Kennt ihr das Land, auf roten Fels geweht?
Wo frisches Grün auf zartem Teppich steht?
Das Lamm gepflegt am jähen Abhang weidet?
Der Krone Schmuck dem Baum der Sturm beneidet?

Kennt ihr den Strand, vom blauen Meer umspült?
Des dürren Sand ein milder Wind stets wühlt?
Von Möwen und von hundegleichen Wesen
Zur Ruh, zum Sammelplatz auserlesen?“

Ganz klar. Ein Gedicht über Helgoland, dachte sich Paula. Es war eine Neu-Interpretation von Goethes Gedicht über Italien: „Wisst ihr, wo die goldenen Zitronen blühen?“

Dann sah sie sich weiter um und blieb an einer neueren Fotografie hängen, auf der man sehen konnte, wie Dr. Wessels einen streng gekämmten, dicklich-runden Herrn in einer gelben Friesenjacke fest umarmte. Der Arzt hatte ein Lächeln auf dem Gesicht. Er schaute voller Stolz in die Kamera.

„Wer ist das?“, wollte Paula Petersen wissen.

„Wie? Was meinen Sie?“, fragte Dr. Wessels verdutzt. Er blieb ruckartig stehen, orientierte sich und versuchte nachzuvollziehen, worauf Paula anspielte.

Er näherte sich dem Foto, hob die schwere Brille von der Nase und sagte beschwichtigend: „Ach, das ist ein Freund von mir. Carsten Wohlers. Der besitzt unten die Fischbude. Na, Sie wissen schon. Den Kiosk auf dem Unterland, gleich bei den Fähranlegern."

„Ach so. Sie meinen den kleinen Fischladen?"

„Ja genau, ‚Die Fischkiste'. Da kann man sehr gute Fischbrötchen bekommen. Und das schon seit über zwei Jahrzehnten."

‚Merkwürdig', dachte Paula. Das Foto war das einzige Bild, das in den letzten Jahren aufgenommen wurde. Alle anderen Bilder schienen aus der Nachkriegszeit zu stammen. Warum hing ausgerechnet dieses Bild an der Wand? Es musste eine besondere Bedeutung haben.

„Kommen Sie mit", sagte Dr. Wessels. Der Arzt machte eine kommandierende Handbewegung und führte die Kommissarin ins Wohnzimmer. Er platzierte Paula auf eine grau-braune Stoffcouch.

‚An Hässlichkeit nicht zu überbieten', dachte sich die Kommissarin.

Dr. Wessels schaute Paula Petersen tief in die Augen. Er schien zu bemerken, dass sie die Wohnung suspekt fand. Große Sympathien waren auf beiden Seiten nicht zu verzeichnen.

„Hören Sie", sagte Dr. Wessels, ohne auf die erste Frage der Polizistin warten zu wollen. „Meine Frau schläft. Und ich würde ebenso gern meinen Mittagsschlaf halten. Also bringen wir die Sache hinter uns."

Mit so einer direkten Ansage hatte Paula Petersen nicht gerechnet. Normalerweise reagierten Menschen bei Verhören eher distanziert, wenn nicht sogar unterwürfig. Dr. Wessels schien sich aber vor nichts zu fürchten. Er wirkte selbstsicher und entschlossen.

„Sie wissen also, warum ich hier bin?"

„Also wahrscheinlich nicht, um sich untersuchen zu lassen. Oder sind Sie krank?"

Paula Petersen schmunzelte. „Nein, da haben Sie Recht. Ich bin wegen des Mordes an Ronja Karstensen und Anna Schimanke hier."

„Das habe ich mir schon gedacht." Dr. Wessels lehnte sich zurück. Er spitzte die Lippen, als wollte er etwas sagen. Doch er schwieg.

„Soweit ich weiß, haben die Mädchen Sie vor dem Mord besucht. Sie haben mit Ihnen über Ihre Protest-Aktionen gesprochen. Richtig?", fragte Kommissarin Petersen.

„Ja, das haben sie. Sie haben mich hier in meiner Praxis besucht. Es war ein sehr nettes Gespräch."

„Waren sie nachmittags bei Ihnen? Am Tag vor dem Mord?"

„Ja, am Samstag. So gegen 15.00 Uhr, denke ich."

„Ist Ihnen irgendetwas Merkwürdiges aufgefallen? Haben die Mädchen verängstigt gewirkt? Irgendwie eingeschüchtert?"

„Nein, überhaupt nicht. Es war ein ganz normales Gespräch. Die Mädchen wirkten aufgeweckt und interessiert. Beinahe ausgelassen." Der Arzt kratzte sich an der kahlen Stelle seines Kopfes und senkte den Blick. „Ich war fassungslos, als ich vom Mord erfahren habe. Sie können sich das gar nicht vorstellen."

„Erinnern Sie sich bitte an die Details. Was wollten die Mädchen von Ihnen? Sie müssen mir alles ganz genau erzählen."

„Eigentlich nichts Besonderes." Während Dr. Wessels sprach, stopfte er sich eine hölzerne Pfeife.

„Herr Wessels. Bitte etwas konkreter“, sagte die Kommissarin und berührte den Arzt am Knie, um ihn zum Sprechen zu bringen.

Dr. Wessels schaute auf. Dann steckte er sich die Pfeife in den Mund, zündete sie mit einem Streichholz an, wartete, bis der Tabak brannte, inhalierte den Dampf und blies ihn in das Zimmer, so dass sich die Sicht zwischen Paula und ihm für einige Sekunden vernebelte. Währenddessen stand er auf und zog ein Bündel Unterlagen aus dem Schrank.

„Da!“, sagte Dr. Wessels und knallte die Papiere auf den Couchtisch. „Da haben Sie alle wichtigen Informationen, die ich auch den beiden Mädchen gezeigt habe.“

„Was ist das?“, fragte Paula Petersen irritiert und blätterte in dem Bündel Papier.

„Die Statistiken über die steigenden Mieten. Unterschriften von dreißig Prozent aller Helgoländer, die sich gegen den Windpark aussprechen. Klageschriften von meinem Kollegen und Freund Carsten Wohlers vom Inselkiosk, der bald seine Geschäftsräume verlassen muss, weil dort ein neues Apartment für die Offshore-Mitarbeiter entstehen soll.“

Paula schaute in die Unterlagen. Dr. Wessels hatte Recht. In dem Ordner befanden sich zahlreiche Unterschriften und Beschwerdebriefe.

„Ihr Freund muss also seinen Kiosk aufgeben?“

„Ja. In seinem Haus soll ein neues Hotel entstehen. Und raten Sie mal, wer der Besitzer ist?“

„Etwa...?“

„Ganz genau!“ Dr. Wessels schnipste selbstgefällig mit seiner rechten Hand, die von lila Adern übersät war. „Unser Herr Peter Richter. Der Mann für alle Fälle, wenn es um Geld geht.“ Dr. Wessels zog erneut an der Pfeife. „Schlimm ist das! Vertreibung von innen. Das spüren wir alle, selbst mein Sohn, er ist Verkäufer im Edeka-Markt. Eigentlich wollte er ein Hotel auf Helgoland eröffnen. Aber bei den Immobilienpreisen? Unmöglich!“

Paula schaute verstört auf Dr. Wessels und blickte ihm tief in die Augen. „Als wir heute Morgen mit Herrn Richter gesprochen haben, sagte er uns, dass viele Helgoländer die Offshore-Anlagen befürworten. Sie sehen das wahrscheinlich anders.“

„Ah, dieser Fatzke. Ist alles manipuliert.“ Dr. Wessels machte eine abschätzige Handbewegung. „Haben Sie mit dem Raffzahn gesprochen, ja? Das dachte ich mir, dass er Ihnen sowas sagt. Aber ich kann Ihnen versichern: Er lügt. Er setzt sich über den Willen des Volkes hinweg. Anstatt etwas Sinnvolles zu tun, etwa ein Altersheim zu bauen, damit wir betagten Helgoländer nicht auf dem Festland sterben müssen, hat er den Bürgermeister überzeugt, sich zu verschulden und in Hotels und Windparks zu investieren. Richter hat den Bürgermeister geschmiert, damit es zu keinem Volksentscheid kommt.“

„Wie meinen Sie das? Was für ein Volksentscheid?“, wollte Paula Petersen wissen.

„Die ‚Helgoländer in Wut’ haben einen Volksentscheid über eine Mietpreisbremse in die Wege geleitet, aber dieser Entscheid wurde abgelehnt mit der Begründung, dass Plebiszite im Bundesland Schleswig-Holstein nicht bindend sind und damit Geldverschwendung seien. Können Sie sich das vorstellen? Noch vor ein paar Monaten hörte sich die Meinung des Bürgermeisters ganz anders an. Dabei hatten wir schon mal einen Volksentscheid über die

Frage, ob die Sand-Düne mit der Hauptinsel verbunden werden soll. Plötzlich soll es Bürgerbefragungen nicht mehr geben. Was glauben Sie, wer für diesen plötzlichen Meinungswandel verantwortlich ist?"

Dr. Wessels nahm einen tiefen Zug von seiner Pfeife, die dabei knisterte.

„Ich hab keine Ahnung", antwortete Paula. „Aber ich kann es mir schon denken."

„Ich brauch also nichts zu sagen, ja?" Dr. Wessels atmete tief durch. „Wissen Sie, Frau Petersen. Wir haben hier viele alte Leute auf der Insel. Leute, die so denken wie ich und keine Veränderung mögen. Wir sehen uns der Tradition verpflichtet. Wir mögen den Tourismus, davon leben wir schließlich. Wir mögen es aber auch, wenn die Touristen am Nachmittag oder nach ein-zwei Tagen wieder ins Boot steigen und verschwinden." Dr. Wessels grinste. Er verhielt sich wie der heimliche Helgoländer König, als hätte er die Weisheit mit Löffeln gefressen. „Doch einige durchgeknallte Geldgeier wollen, dass wir uns zu einer Service-Insel für die Industrie entwickeln und immer mehr Menschen auf die Insel holen. Das können wir nicht stemmen. Das ist eine Verballhornung der Ideen der Gründungsväter von Helgoland. Dagegen protestierte ich. Und wenn es das Letzte ist, was ich tue."

Paula Petersen sah sich den Arzt genauer an. Er wirkte zerbrechlich, wie er da zurückgelehnt auf seiner Couch saß und mit seiner Pfeife im Mund wild gestikulierte. Ein frustrierter, alter Dickkopf, keine Frage. Aber auch ein Mörder?

Dr. Wessels hatte ein Motiv, sicher. Aber er war zu alt und zu schwach, um zwei junge Mädchen zu erwürgen. Wenn er in den Mord verwickelt war, würde es einen Komplizen geben.

„Ich verstehe Sie, wirklich. Aber trotzdem ist mir noch nicht klar, was das alles mit dem Mord zu tun hat. Vielleicht können Sie mir ja auf die Sprünge helfen?" Paula lehnte sich zu Dr. Wessels und stimmte einen ernsten Ton an: „Hand aufs Herz: Können Sie sich vorstellen, wer die Mädchen ermordet hat?"

Dr. Wessels spitzte die Lippen. „Oh ja, das kann ich mir sogar sehr gut vorstellen. Die Leute von der Offshore-Industrie haben ihre Finger mit im Spiel. Da bin ich mir sicher. Ronja und Anna waren mir sehr zugeneigt, müssen Sie wissen. Sie wollten den Skandal aufdecken. Sie wollten ihren Bericht an eine große Tageszeitung schicken, damit die bundesrepublikanische Politik endlich auf den Missstand auf Helgoland aufmerksam wird. Aber bevor das passieren konnte, wurden sie kaltblütig umgebracht. Einfach so. Soll das ein Zufall sein? Das glauben Sie doch selbst nicht. Die Leute von der Industrie wissen genau, dass unser Bürgerbegehren, wenn es wie in anderen Teilen der Bundesrepublik Erfolg hätte, den Ausbau der Anlagen zum Stillstand bringen könnte. Die Leute um Peter Richter wollen einfach nicht, dass Staub aufgewirbelt wird. Ich weiß nicht, welche Informationen die beiden Mädchen sonst noch gesammelt hatten, aber anscheinend waren die Enthüllungen pikant genug, um die Strippenzieher hinter den Windkraft-Rädern ernsthaft zu beunruhigen. Darauf würde ich meine Ermittlungen konzentrieren, wenn ich Sie wäre." Dr. Wessels lehnte sich zufrieden zurück. Niemand hätte ihn vom Gegenteil überzeugen können.

„Sind Sie sich im Klaren, was Sie den Helgoländer Geschäftsleuten damit unterstellen?“

„Oh ja, das weiß ich sehr genau. Das sind Mörder!“ Er zog wieder an seiner Pfeife. „Mörder, sage ich Ihnen. Die wollen nicht, dass die Öffentlichkeit von der Wahrheit erfährt. Wir wurden alle belogen: Man hat uns gesagt, dass die Windanlagen in einem Abstand von 40 Kilometern montiert würden, um sie unsichtbar zu machen. Und was müssen wir feststellen? Man sieht die Windkraftanlagen bei gutem Wetter, sehr gut sogar, das war so gar nicht vorgesehen. Schauen Sie mal...“ Dr. Wessels stand auf und wühlte in den Papieren. „Da... Da ist das Gutachten der Naturschutzorganisation ‚Webu'. Vögel kommen in den Rädern der Windanlagen um. Außerdem ist die Reparatur dieser Ungetüme so aufwendig, dass sich die Frage stellt, ob sich der Aufwand überhaupt lohnt. Warum können die Windanlagen nicht kostengünstig auf dem Festland stehen? Da stören sie doch niemanden. Warum ausgerechnet hier?“

Paula Petersen versuchte Dr. Wessels zu beruhigen. „Es ist in Ordnung, wenn Sie gegen die Anlagen sind“, sagte die Kommissarin. „Wir leben in einer Demokratie. Aber das heißt nicht, dass Sie deshalb Gesetze brechen dürfen. Der Bürgermeister wurde demokratisch gewählt. Er hat das Recht, für das Volk zu entscheiden.“

„Ach, hören Sie doch auf!“ Dr. Wessels schmetterte den Einwand ab. Seine finsteren Gesichtzüge spiegelten seinen Zorn.

„Herr Richter hat uns erzählt, dass einige Scheiben in seinem Hotel eingeschlagen wurden. Haben Sie etwas damit zu tun?“

Dr. Wessels kniff die Augen zusammen und schüttelte heftig den Kopf. „Nein, keineswegs! Damit habe ich rein gar nichts zu tun! Das sind bloße Unterstellungen.“

„Und Ihre Freunde? Die anderen Mitglieder von den ‚Helgoländern in Wut‘?“

„Ach. Das hat doch alles der Richter inszeniert, um die Aufmerksamkeit auf uns zu lenken. Das ist doch ganz klar! Wir sollen wie Idioten und Reaktionäre dastehen. Dabei sind wir eine Bürgervereinigung, die einfach nur für den Erhalt des Helgoländer Erbes kämpft. Daran ist nichts auszusetzen! Wir sind keine Querulanten!“

„Ich verstehe. Dürfte ich trotzdem wissen, was Sie am Sonntag um 3.00 Uhr morgens getrieben haben?“

Dr. Wessels schwieg, als wollte er die Frage gar nicht erst beantworten. Nach einer Weile sagte er trotzig: „Ich schlief. Im Bett. Neben meiner Frau.“

„Das kann...“

Paula Petersen konnte den Satz nicht zu Ende sprechen, da redete der Arzt schon dazwischen: „Ja, das kann meine Frau auch bezeugen.“

Dr. Wessels stand auf und schaute Paula Petersen mit weit geöffneten Augen an. Beim Sprechen zitterten seine Lippen: „Wenn Sie einen Tipp haben wollen: Überprüfen Sie alle Mitarbeiter aus dem Umfeld von Herrn Richter. Fragen Sie nach, was seine Angestellten in der Nacht zum Sonntag gemacht haben. Für ihre Hotel-Jobs würden die alles tun. Wirklich alles. Sogar die ganze Insel an den Teufel höchstpersönlich verkaufen. Die liegen ihrem Chef zu Füßen. Glauben Sie mir!“

Paula Petersen verstand, was Dr. Wessels wollte: Er versuchte mit allen Mitteln den Verdacht auf Richter zu lenken.

„Vielen Dank für Ihre Einschätzung. Aber an Ihrer Stelle würde ich Ihren Zorn im Zaum halten. Denken Sie daran, dass es hier um keine politische Kampagne geht, sondern um einen Mord. Alte Rechnungen können Sie später begleichen."

„Ist ja gut, ist ja gut." Dr. Wessel machte eine Handbewegung, die unmissverständlich verdeutlichte, dass er nichts mehr hören wollte. „Ich teile Ihnen lediglich meine Vermutungen mit. Deswegen sind Sie doch hier, oder? Aber Sie arbeiten ja für den Staat. Sie wollen die Wahrheit sowieso nicht hören."

„Wie meinen Sie das?"

„Na, wer bezahlt Sie denn? Der Staat, der die Steuergelder eintreibt. Da wird die Polizei doch sowieso nichts unternehmen! Der Staat hat doch Interesse an den Windparks. Egal was wir dazu sagen. Aber glauben Sie mir, die Bürger wissen sich zu wehren!"

Dr. Wessels wirkte eingeschnappt, wie ein kleines Kind, dem soeben der Schnuller weggenommen wurde. Man sah es ihm an: Er empfand es als Beleidigung, dass die Kommissarin ihm unterstellte, dass er den Mord für seine politischen Zwecke instrumentalisieren würde. Er hielt die Kommissarin für eine Handlangerin des Bürgermeisters und eine Schergin der korrupten Politik. Trotzdem war sich Paula nicht sicher, was der Arzt im Schilde führte. Auf alle Fragen reagierte er gelassen. Keine Anzeichen von Nervosität. War er abgebrüht oder einfach nur unschuldig? Dr. Wessels war als Arzt sicher wohlhabend und bestimmt kurz vor seiner

Emeritierung. Warum lag ihm soviel am Erhalt der Insel? Warum setzte er seinen Ruf aufs Spiel?

„Vielen Dank für Ihre Hilfe. Ich weiß das wirklich zu schätzen, auch wenn ich glaube, dass Sie sich zu stark von Ihren Gefühlen leiten lassen."

Dr. Wessel blickte zornig auf Paula. „Ja, reden Sie nur! Sie werden schon sehen!"

„Ja, genau, ich werde schon sehen", wiederholte Paula abschätzig. „Bis dahin wäre es schön, wenn Sie Helgoland nicht verlassen. Ist das machbar?"

„Glauben Sie mir, ich hatte auch nichts anderes vor."

„Dann lasse ich Sie mal den Mittagsschlaf machen." Paula Petersen wollte schon gehen, als Dr. Wessel etwas Merkwürdiges flüsterte. Die Kommissarin hätte schwören können, das Wort „Heine" gehört zu haben. Sie wandte sich zum Arzt, rümpfte die Nase und fragte: „Haben Sie etwas gesagt?"

„Ja, Sie haben mich schon richtig verstanden. Ich sagte ‚Heine'."

Was hatte Heine, bitte schön, in diesem Gespräch zu suchen? Worauf wollte Dr. Wessels hinaus?

„Kennen Sie Heinrich Heine, Frau Petersen?", fragte Dr. Wessels und entließ ein hämisches Grinsen. Seine dunkelblauen Augen funkelten.

Paula Petersen wusste nicht, worauf der Arzt hinauswollte. „Sie meinen den Schriftsteller?"

„Ganz genau. Den Autor Heinrich Heine, den Sie sicherlich aus der Schule kennen."

Der Kommissarin war aufgefallen, dass sich am Fähranleger eine Gedenktafel zwischen den Pflastersteinen befand. Auf dem silbernen Gedenkstein war ein Gedicht von Heinrich Heine eingraviert: „Das

Meer ist mein wahlverwandtes Element und schon sein Anblick ist mir heilsam."

„Worum geht es Ihnen?", fragte Paula genervt. „Klären Sie mich auf."

„Sie mögen denken," antwortete Dr. Wessels und schniefte die Nase, „dass ich ein vernarrter alter Mann bin. Meinetwegen. Aber worum es mir bei meinem Kampf geht, ist das Erbe von Heinrich Heine und all den Freiheitskämpfern, die auf Helgoland die deutsche Nation, die Einheit und Freiheit dieser Insel verteidigten. Schauen Sie sich mal diese ganzen Zitate an."

Paula blickte sich um und sah auch im Wohnzimmer einige gedruckte Sätze in Bilderrahmen. Sie waren in Fraktur-Schrift verfasst und mit blauen Fäden in weiße Stoffe gewoben. Da war tatsächlich auch ein Spruch von Heinrich Heine: ‚Ich bin, jetzt fühle ich es erst, unsäglich elend gewesen, als ich mich in Berlin befand.' Unter dem Satz war auch die Quelle angegeben: ‚Heinrich Heine auf Helgoland. 1829.'

Paula rümpfte die Nase. „Glauben Sie nicht, dass Sie Heinrich Heine missverstehen, wenn Sie seine politischen Ziele aus dem 19. Jahrhundert mit Ihrem privaten Insel-Kampf in Verbindung bringen?"

„Ganz und gar nicht!", protestierte Dr. Wessels wüst. „Heine war ein großer Patriot. Er kam auf die Insel, um einige seiner schönsten Werke hier zu dichten. Ohne die Ruhe Helgolands wäre dies nie möglich gewesen. So wie August von Fallersleben, der, wie Sie sicher ebenfalls aus der Schule wissen, den Text zur deutschen Nationalhymne auf Helgoland verfasst hat."

„Und Sie glauben, Heinrich Heine und August von Fallersleben wären gegen Windkraft, oder was wollen Sie damit sagen?“ Paula Petersen ging langsam die Geduld aus. Sie lächelte spöttisch, um Dr. Wessels zu provozieren.

„Machen Sie sich nur lustig über mich!“

„Nein, ganz im Ernst. Was ist Ihr Argument?“

„Das kann ich Ihnen sagen!“, antwortete der Arzt erbost. Jähzorn flammte in seinen Augen auf. „Durch die ganzen Unternehmen, die auf Helgoland ihr Unwesen treiben, geht der ursprüngliche Charme unserer Insel verloren. Wir wollen unsere Tradition bewahren...“ Dr. Wessels musste schlucken. Dann stand er plötzlich auf und sagte in staatstragendem Ton: „‚Oh Freiheit! Du bist ein böser Traum!'... Na, klingelt's? Können Sie sich erinnern? Genau diese Verse hat Heinrich Heine auf Helgoland verfasst.“ Dr. Wessels räusperte sich. „Was ich damit sagen will: Unsere ursprünglichen Werte müssen gegen alle Vaterlandsverräter verteidigt werden!“

„Jetzt mal Stopp. Das hört sich ja wie eine Drohung an!“ Paula Petersen beugte sich vor und sagte in warnendem Ton: „Ihr Freiheitskampf in allen Ehren, aber Sie müssen verstehen, dass die Welt niemals, auch nicht zu Heines Zeiten, still stand, so wie Sie es andeuten. Diesen Ursprung, von dem Sie da faseln, den hat es nie gegeben. Wenn Sie sich auf Helgolands Wurzeln beziehen, dann müssen Sie auch die Dänen und die Briten erwähnen. Ihre ganzen Intellektuellen kamen nämlich nach Helgoland, als die Insel noch den Engländern gehörte. Das wissen Sie hoffentlich auch, oder?“

„Na und? Dann war das eben so.“ Dr. Wessels reagierte wie ein vernarrter alter Mann, der nur das hörte, was er hören wollte. Ein vernünftiges Gespräch war mit ihm kaum möglich.

„Die Intellektuellen und Schriftsteller galten damals als Vaterlandsverräter“, ergänzte Paula. „Ihr Vergleich hinkt also ein bisschen.“ Die Kommissarin grinste zynisch, um Dr. Wessels noch weiter aus der Reserve zu locken.

Es wirkte. Der Arzt wurde rot im Gesicht. „Ich sehe schon, Sie verstehen nichts. Sie sind durch die Lügenpresse genauso manipuliert wie alle anderen Deutschen – wie die Leute vom Festland, die den ganzen Tag nichts Besseres zu tun haben, als einzukaufen und sich ihren Alltag vom Politikergefasel vorschreiben zu lassen. Sie sind so blind!“

„Blind? Jetzt werden Sie mal nicht frech.“

Dr. Wessels ließ den Einspruch unbeantwortet. Dann ging er zur Tür, öffnete sie und machte der Kommissarin mit einem bösen Blick deutlich, dass es jetzt Zeit wäre zu gehen.

Paula Petersen verstand. Sie stand auf und verließ das Zimmer, ohne sich ein zweites Mal bitten zu lassen.

„Auf Wiedersehen“, sagte Dr. Wessels in beleidigtem Ton.

„Wir sprechen uns noch!“, warf Paula Petersen hinterher.

Der Arzt warf schließlich die Tür zu.

Als die Kommissarin wieder im Freien stand, atmete sie tief durch. Diese Begegnung musste sie erst mal verarbeiten, am besten am Meer. Also ging Paula zum nordwestlichen Teil des Oberlands, um den

Lummenfelsen in den Blick nehmen zu können. Von dort aus schaute sie auf die „Lange Anna“, eine 47 Meter hohe freistehende Felsennadel, die in der Nachmittagssonne in den Himmel ragte.

Paula setzte sich ins Gras. ‚Was für ein bornierter alter Mann’, dachte sie und zupfte an ein paar Halmen, während sie auf den Felsen schaute und sich vom Helgoländer Wind die blonden Haare durchwirbeln ließ.

Es war kühl geworden. Der Tag war beinahe vorbei – und die Begegnung war anstrengend gewesen.

‚Was soll ich mit diesem alten Mann nur machen?’, dachte sich Paula.

Sie wusste nicht wieso, aber dieser glühende Hass in Wessels Augen – es hätte auch der Hass eines Mörders sein können.

8

Nachdem Paula Petersen sich nach dem Gespräch auf dem Oberland ausgeruht hatte, ging sie zur Helgoländer Polizeistation zurück, um mit den anderen Kollegen die Lage zu besprechen. Im Sitzungsraum saßen die Kommissare bereits am Tisch. Jürgen Kempner biss auf einem Bleistift herum, während Hilbig die Untersuchungsakten studierte.

„Habt ihr schon etwas herausgefunden?", fragte Paula Petersen erschöpft. Sie warf sich in einen Bürostuhl und legte die Füße hoch.

„Noch nicht viel", antwortete Hilbig gelangweilt. „Du?"

„Ich habe mit Dr. Wessels gesprochen", antwortete Petersen. „Komischer Kautz. Er hat seine Unschuld beteuert. Außerdem hat er zu verstehen gegeben, dass er überzeugt ist, Peter Richter stehe in Verbindung mit dem Mord. Zudem hat er mich mit irgendwelchen nationalistischen Sprüchen vollgequatscht. Von wegen Heine und so."

„Hä?", fragte Hilbig und runzelte die Stirn. „Heine? Was soll das denn jetzt?"

„Frag besser nicht", antwortete Petersen.

„Hört mal kurz zu“, raunte Kempner dazwischen und verschaffte sich Gehör. Er saß über dem Notizbuch der beiden Mädchen und grübelte: „Wir haben jetzt mehrere Leute, die ein Motiv haben. Aber wir dürfen das Notizbuch nicht vergessen. Ich glaube, es könnte entscheidend für unsere Ermittlungen sein.“ Kempner blickte auf das schwarze Heft, in das die Opfer ihre Aufzeichnungen nach ihren Interviews geschrieben hatten, und blätterte darin.

„Hast Du die Notizen denn schon ausgewertet?“, fragte Paula Petersen neugierig.

„Ja. Auf den ersten Blick wirken die Aufzeichnungen nicht besonders spektakulär. Die Gründe für oder wider die Windkraft werden sachlich dargestellt. Eigentlich gibt es keine Stelle, die darüber Auskunft erteilt, welcher Seite die beiden Mädchen zugeneigt waren.“

„Mist“, sagte Hilbig und knallte mit der Faust auf den Tisch. „Und da ist wirklich nichts?“

„Na ja“, sagte Kempner. „Dieser eine Satz... Dieser eine Satz will mir nicht aus dem Kopf.“

„Über diesen Thorsten?“, wollte Paula Petersen wissen. Ihr Körper war angespannt, ihre Augen leuchteten.

„Ja, genau. Dieser Satz: ‚Thorsten nach der Puppe fragen.‘“ Kempner starrte auf das Papier. „Alle anderen Informationen lesen sich wie ein Untersuchungsbericht. Keine Bewertung, nirgends. Ich weiß nicht wieso. Aber das ist der einzige Kommentar im ganzen Heft, der irgendwie nicht zum Rest passt. Wir sollten versuchen herauszufinden, was die Mädchen damit sagen wollten.“

Paula Petersen wollte schon die erste Vermutung aufstellen, als plötzlich Dorfpolizist Rüdels, völlig außer

Atem, in den Raum platzte. Er hielt sich mit beiden Händen am Türrahmen fest, als ob er Angst hätte, gleich umzufallen. Er schwitzte und schnappte nach Luft.

„Herrgott! Was ist denn los mit Ihnen? Sie sehen ja aus wie ein nasser Fisch", scherzte Hilbig und schaute sich den Kollegen an: Rüdels war so durchnässt, als ob es draußen geregnet hätte.

Doch seinem Gegenüber war nicht zum Spaßen zumute: „Da... Auf dem Unterland... Sie müssen alle..."

„Jetzt beruhigen Sie sich!", sagte Kempner. Er stand auf und reichte dem Helgoländer ein Glas Mineralwasser. „Setzen Sie sich und trinken Sie das."

Rainer Rüdels nahm das Glas und trank es hastig aus. Dabei setzte sein Atem aus und wurde durch drei große Schluckgeräusche ersetzt. Dann sagte Rüdels: „Unten, auf dem Unterland, da ist eine Spontan-Demo, die aus dem Ruder läuft. Direkt am Hotel ‚Meerblick'. Wir müssen da sofort hin! Sofort!", schrie Rainer Rüdels immer noch aufgewühlt.

Kempner zögerte nicht, griff nach seiner Jacke und sprang vom Stuhl. „Habt ihr das gehört? Los jetzt! Wir dürfen keine Zeit verlieren!" Petersen schüttelte sich, ließ ihren Stift fallen und hüpfte vom Stuhl. Auch Tilo Hilbig sprang auf. Die Kommissare rannten zum Hotel, so schnell sie nur konnten.

Als sie auf dem Unterland angekommen waren, erwartete sie ein wütender Mob. Es handelte sich um eine Gruppe von circa 30 Leuten. Sie hielten Transparente in die Luft und schrien wütende Parolen in Richtung des Hotels. Einige Demonstranten hatten ihre Gesichter mit weißen Masken verdeckt. „Mörder! Mörder! Mörder!“, schrie die Menge pausenlos.

Die Drohungen konnten nur einem einzigen Mann gelten: Peter Richter.

Es war bereits Abend geworden. Einige hatten lodernde Fackeln dabei.

Kempner sprach zu Rüdels: „Die Demo ist nicht genehmigt, oder?“

„Keineswegs!“, antwortete er.

„Na gut, dann müssen wir eingreifen und sie auflösen. Hilbig, kommen Sie mit. Sie, Rüdels, versuchen Sie auf die Leute einzureden. Sie kennen doch diese Sippschaft hier. Paula, Du sicherst den Eingang zum Hotel, in Ordnung?“

Die Kommissarin nickte und tat, was ihr Kempner gesagt hatte.

Plötzlich hörte der Kommissar eine krächzende Stimme, die, von einem Megaphon verstärkt, aus der Mitte der Masse kam: „Wir, die ‚Helgoländer in Wut‘, verlangen, dass Sie, Peter Richter, herauskommen und sich stellen. Erklären Sie, warum Sie nicht nur die Insel zerstören, sondern jetzt auch Menschenleben vernichten... Wenn die Polizei nichts tut, schreiten wir zur Tat! Wir sind zu allem bereit!“ Die Stimme machte eine Pause. Dann hörte man noch: „Einige nennen es Selbstjustiz, wir Gerechtigkeit!“

Die Menge applaudierte. Es gab immer wieder Zwischenrufe wie ‚Mörder‘ oder ‚Dreckskerl‘ oder ‚Kapitalistenschwein‘. Kempner hatte Angst, die Situation könnte außer Kontrolle geraten. Er fürchtete, dass die Menge das Hotel in Brand setzen könnte. Deshalb versuchte er, mit seiner Stimme, so laut es ging, auf die Menge einzureden: „Schluss damit“, rief

Kempner und gab sein Bestes, sich Gehör zu verschaffen. „Alle mal herhören!“ Er schrie, pfiff und klatschte. Doch niemand reagierte. Die Menschen schauten wie besessen auf den Hoteleingang, vor dem sich Paula Petersen bereits positioniert hatte, in der Hoffnung, dass Peter Richter das Gebäude nicht verlassen würde. Aber das war sowieso ausgeschlossen: Man musste schon ziemlich verrückt sein oder lebensmüde, sich dieser tobenden Horde zu stellen.

„Hey. Alle mal herhören!“, schrie Kempner laut. Doch nichts half: Die Menschenansammlung wirkte wie in Trance. Niemand machte auch nur Anstalten, sich Kempners Geschrei anzuhören.

Der Kommissar wählte eine andere Strategie. Er kämpfte sich durch die Menge, ging ins Zentrum der Versammlung und riss dem Mann, der die Gruppe anstachelte, das Megaphon aus der Hand. Dann betätigte er den Einschalt-Knopf: „Alle mal herhören! Hier spricht die Polizei“, schrie Kempner durch den aufheulenden Verstärker. Er drehte sich von einer Richtung zur anderen, damit jeder der Demonstranten ihn hören konnte. Dann rief er: „Dies ist eine nicht genehmigte Demonstration. Entweder Sie lösen sich in fünf Minuten auf, oder wir bringen Sie alle nach Cuxhaven in Untersuchungshaft.“

Die Menge pfiff und buhte, so laut sie nur konnte. Es war ein ohrenbetäubender Lärm.

„Du Bullenschwein“, rief einer von ganz hinten.

Plötzlich schrie auch der Mann, der vorher das Megaphon in der Hand gehalten hatte, wütend und wie besessen auf Kempner ein: „Anstatt uns die Meinungsfreiheit zu nehmen, sollten Sie endlich Ihren Arsch hochbekommen und diesen Verbrecher da im

Hotel verhaften. Warum stehen Sie so blöd herum? Warum schützt die Polizei immer die Täter? Warum nie die Opfer?" Der bös dreinblickende, etwas dicklich wirkende Schreihals erhob seinen Zeigefinger und richtete ihn zornig auf Kempner. „Wissen Sie, was?! Sie sind alle Teil des Problems. Sie sind Handlanger eines perfiden Systems. Sind Sie sich eigentlich im Klaren darüber?"

Die Menge applaudierte.

„So, jetzt reicht's", erwiderte Kempner. Ihm riss der Geduldsfaden, also zog er seine Handschellen aus der Jackentasche, packte den Mann am Arm, so dass Kempner ihn um 180 Grad wenden, die Hände zusammenführen und die Handschellen umlegen konnte. Der Schreihals protestierte: „Sagen Sie! Spinnen Sie? Das ist doch ein schlechter Scherz!"

Kempner packte den festgebundenen Kerl an der Schulter. Dann hielt er sich dessen Megaphon vor den Mund: „Wenn Sie nicht sofort verschwinden, wird mit jedem Einzelnen von Ihnen genau das Gleiche passieren. Also, Abmarsch!"

Die Menge weigerte sich. Niemand schien Kempners Aufforderung zu folgen. Alle stimmten mit ein: „Schweinerei! Lügenpolizei! Schweinerei! Lügenpolizei!"

Doch dann zog Kempner Pfefferspray aus der Tasche. „Verschwinden Sie! Oder wir lösen die Demonstration mit Gewalt auf!" Sein strenger Blick und die spontane Drohung zeigten nach ein paar Minuten Wirkung. Die Menschenmenge beruhigte sich langsam. Die Demonstranten begannen sich endlich aufzulösen.

Paula Petersen ließ einen erleichterten Luftstoß frei. Die Situation war unter Kontrolle. Dann ging sie zu Kempner, um ihm zu helfen.

„Gut gemacht!“, sagte sie.

Der Kommissar nickte zufrieden.

„Nun“, sagte Kempner und richtete den Blick auf den Verhafteten. „Jetzt erklären Sie mal: Wer sind Sie? Und was sollte das?“

Nachdem der Kriminalkommissar die Frage gestellt hatte, kam Rainer Rüdels angerannt. Er war immer noch außer Puste. Sein rotes Gesicht wirkte wegen der Anspannung nur noch rötlicher.

„Sag mal, Carsten, bist Du denn völlig verrückt geworden?“, schrie Rainer Rüdels entsetzt. Die beiden Männer schienen sich zu kennen. „Mitten in den Ermittlungen organisierst Du eine Demo? Mit einem Fackelzug? Vor den Augen der Kripo? Du bist doch nicht ganz dicht! Du kannst Dich ja gleich freiwillig ins Gefängnis werfen lassen, Du Idiot.“

„Oh, wie ich sehe, sind Sie Bekannte“, stellte Jürgen Kempner überrascht fest. „Dann verraten Sie mir mal, wie unser Schreihals hier heißt.“

„Verzeihen Sie! Das ist Carsten Wohlers. Er ist der Betreiber der Fischkiste am Fähranlegern. Eigentlich ist er ganz harmlos. Der meint es nicht so.“

„Doch, ich meine es sehr wohl so!“, entgegnete Wohlers. „Jetzt ist Schluss mit lustig.“

„Sie sind also der Besitzer der Fischkiste?“, fragte Paula Petersen. Sie erinnerte sich, dass Dr. Wessels bei dem Verhör Carsten Wohlers als seinen Freund erwähnt hatte. Außerdem war er auf dem neueren Foto in Wessels‘ Flur zu sehen.

„Genau der bin ich. Der Besitzer der Fischkiste, die bald geschlossen wird. Wegen diesem Verbrecher hier, der über Leichen geht.“ Wohlers machte eine wütende Kopfbewegung Richtung Hotel, in dem sich Peter Richter versteckte.

„Beruhigen Sie sich!“, erwiderte Kempner.

Die Situation nahm eine neue Wendung, als Richter aus dem Gebäude nach draußen rannte. Er kam aus dem Hotel gesprintet, lief direkt zu Wohlers und begann ihn zu beschimpfen: „Du Arschloch! Du altes, fieses Arschloch! Willst Du mir mein ganzes Geschäft kaputt machen? Hörst Du erst auf, wenn ich ruiniert bin?“

Paula Petersen fasste Richter am Arm und redete beruhigend auf ihn ein. „Herr Richter, kommen Sie am besten mit. Wir gehen zurück ins Gebäude. Zu Ihrer eigenen Sicherheit“, sagte die Kommissarin und legte ihren Arm über Richters Schulter. „Das nützt hier nichts.“

„Nein, lassen Sie mich. Ich werde nirgendwohin gehen.“ Er stieß Paulas Arm weg, schaute auf Wohlers und brüllte ihn an. „Ich sag Dir, Du Arsch, wenn so etwas noch einmal passiert, dann verklag ich Dich auf Schadensersatz. Und zwar kräftig. So dass Dir Hören und Sehen vergeht. Was sollen denn meine Gäste denken?“ Richter guckte wie ein Bulle mit einem Pfeil im Po.

„Pah!“, konterte Wohlers. Zwischen seinen Lippen bildeten sich ekelerregende Speichelfäden, die sich beim Sprechen langzogen wie Gummi. „Als ob das irgendetwas ändern würde. In drei Monaten muss ich sowieso aus meiner Fischkiste raus. Seit 15 Jahren gibt’s schon meinen Laden. Und jetzt soll ich dicht machen, nur wegen so eines Kredithais wie Dir?“

Peter Richter lachte. „Jetzt hab Dich nicht so. Die Schließung tut der Insel gut. 4,50 Euro für vergammelte Backfischbrötchen? Du hast doch nicht alle Tassen im Schrank. Ich tu den Touristen einen Gefallen, indem ich Deine scheiß Hütte abreißen lasse, Du Halsabschneider.“

Das saß. Carsten Wohlers konnte sich nicht länger zügeln. Er riss sich aus Kempners Armen, näherte sich Richter und gab ihm eine so heftige Kopfnuss, dass der Knall selbst auf dem Oberland zu hören war. Richter schrie vor Schmerz, griff sich reflexhaft ins Gesicht und stürzte zu Boden. Dabei flennte er: „Ich mach Dich fertig, Du Arschloch. Ich mach Dich so was von fertig.“

„So, das reicht jetzt“, sagte Kempner. „Wohlers. Sie sind verhaftet. Sie kommen jetzt mit aufs Revier... Hilbig?“ Der Kieler Kommissar schaute auf. „Bringen Sie diesen Mistkerl in eine Zelle. Ich kümmere mich währenddessen um Richter.“

Während Hilbig den Verhafteten aufs Oberland führte, half der Kommissar dem Hotelbesitzer vom Boden auf.

„Geht's Ihnen gut?“

Peter Richter stand auf und klopfte sich den Staub von seinem Anzug. „Schon in Ordnung.“ Seine Augen waren feucht. Er schaute Carsten Wohlers, der gerade abgeführt wurde, mit hasserfüllten Blicken hinterher.

9

Die Stimmung in der Polizeidirektion war angespannt.

Wohlers schaute trotzig durch den Vernehmungsraum. Seine beiden mit Handschellen verbundenen Arme lagen auf dem Tisch. Der Kioskbesitzer schien nach dem Protest immer noch aufgebracht zu sein.

Mittlerweile war Jürgen Kempner zurück auf der Wache. Nachdem er die Zeugenaussage von Peter Richter aufgenommen hatte, versicherte er ihm, dass die Polizei gegen Wohlers eine Strafanzeige wegen Körperverletzung, Hausfriedensbruch und versuchter Brandstiftung einleiten würde.

Hilbig kratzte sich am Kopf. „Oh man, das letzte Mal, dass die Polizei auf Helgoland soviel zu tun hatte, da muss noch Störtebeker am Leben gewesen sein", scherzte der Kieler Polizist und spielte auf die Piraten-Geschichte der Insel an.

Die Kommissare saßen gemeinsam mit Wohlers im Besprechungsraum, als Dorfpolizist Rüdels hereinkam und eine Tasse frischen, ostfriesischen Tee in der Hand hielt. Anschließend stellte er die Tasse vor Carsten Wohlers.

Der Häftling sagte leise „Danke“.

Rüdels vergaß auch seine Kollegen nicht und brachte Kempner, Petersen und Hilbig einen Tee.

Wohlers schaute verdutzt auf sein Getränk. „Wie soll ich das jetzt trinken?“ Er hob seine Hände, schüttelte sie, so dass die Handschellen klirrten.

Kempner erwiderte: „In Ordnung, ich mach sie ab. Aber als Gegenleistung versprechen Sie, dass Sie kein Unsinn machen, okay?“

Wohlers verzerrte die Mundwinkel und zischelte: „Ist schon gut. Ich verspreche.“

Kempner öffnete die Handschellen, wonach sich Wohlers an seinen Handgelenken rieb.

„Na, dann erzählen Sie mal. Was ist vorhin in Sie gefahren?“, fragte Kommissar Hilbig, während er sich eine Zigarette anzündete. „Legen Sie los.“

„Was soll schon in mich gefahren sein? Der Kerl hat es nicht anders verdient, dieser Mörder“, antwortete Wohlers zornig.

„Carsten, komm mal runter. Warum bist Du Dir denn so sicher, dass Peter Richter die Mädchen umgebracht hat?“, fragte Rainer Rüdels in ruhigem Ton. Er nippte an seinem Tee.

„Wer soll es sonst gewesen sein? Du etwa?“

„Hör auf“, sagte Rüdels und verschluckte sich fast am Getränk. „Jetzt mal ernsthaft.“

„Wir lassen uns das nicht mehr gefallen“, antwortete Wohlers. „Was auf Helgoland seit ein paar Jahren los ist, übersteigt die Grenzen des Erträglichen. Das weißt Du auch, Rainer! Schau Dir doch mal die Insel an! Ständig kommen und gehen irgendwelche Offshore-Mitarbeiter. Das ist doch eine Massenzuwanderung ungeahnten Ausmaßes. Findest Du das gut?“

„Meine Meinung tut hier nichts zur Sache", sagte Rainer Rüdels nervös.

„Unsere ganze Gemeinschaft droht auseinanderzubrechen. Wir haben überhaupt keine Sicherheiten mehr. Die Politik ignoriert uns. Die wollen einfach nur viel Geld verdienen, aber was mit uns kleinen Leuten passiert, das ist denen doch völlig egal. Von wegen demographischer Wandel!"

„Und was hat der Mord damit zu tun?", fragte Paula Petersen erstaunt.

„Ich habe mit den beiden Mädchen gesprochen. Die haben mich in meinem Kiosk besucht und mit mir über den Ausverkauf Helgolands geredet. Das war am Samstag am hellichten Tag. Irgendjemand aus dem Kreis von Peter Richter muss das wohl gesehen haben. Glauben Sie mir: Richter würde alles tun für sein Geschäft. Der merkt natürlich, dass sich die Helgoländer fremd fühlen, fremd auf der eigenen Insel, und dass die Sache mit den Offshore-Anlagen ihre Schattenseiten hat. Überall diese neuen Gesichter, diese ganzen Arbeiter aus dem Ausland. Nicht zum Aushalten. Das macht uns alle kaputt. Auch den Tourismus!"

„Bist Du lebensmüde? Wie kannst Du, ohne Beweise, solche Anschuldigungen machen und dann auch noch auf offener Straße demonstrieren?" Rainer Rüdels hatte schon viele dumme Aktionen erlebt, aber diese hier war wirklich die dümmste.

„Wie lange kennen Sie Peter Richter schon?", fragte Kempner.

„Viel zu lange", antwortete Wohlers störrisch. „Wir sind zusammen zur Schule gegangen. Damals, in den siebziger Jahren, da war der Richter noch ein großer

Marxist. Hat immer irgendwelche Reden geschwungen und sich gegen die spießige Dorfgemeinschaft aufgelehnt. Aber Sie wissen ja, wie das ist mit den Idealen, wenn man älter wird. Irgendwann hat er seine Karl-Marx-Bücher in den Schrank gelegt und angefangen, mit dem Hotel seiner Eltern richtig Geld zu verdienen. Dabei wollte er nie so werden wie sein Vater! Eigentlich wollte er ja Lehrer werden, aber aus den noblen Ansprüchen ist nichts geworden. Dieser Heuchler!"

„Und dann haben Sie sich den ‚Helgoländern in Wut' angeschlossen?"", fragte Kempner.

„Genau. Dr. Wessels ist einer der Dorfältesten. Der merkt, dass Peter Richter uns schaden will. Manchmal ist mir Dr. Wessels ein bisschen zu rechts. Geschenkt! Aber insgesamt ist er ein kluger Mann. Das sag ich Ihnen, ein sehr kluger Mann. Auf den kann man hören. Bei den anderen politischen Organisationen fühle ich mich nicht mehr aufgehoben. Die reden einfach nur nach, was die Politik auf dem Festland predigt. Aber Dr. Wessels ist anders. Er kennt die Bedürfnisse des Volkes, die unser Bürgermeister in seinem Erneuerungswahn total ignoriert." Wohlers schüttelte den Kopf und schaute wütend aus dem Fenster der Polizeiwache. „Dr. Wessels hat uns Mut gegeben, dass es sich lohnt, auf die Straße zu gehen und sich den Ausverkauf unseres Erbes nicht länger gefallen zu lassen. Das hat eine Welle des Protests ausgelöst! Er hat uns gelehrt, dass es sich lohnt, aufzustehen und ‚Nein' zu sagen."

„Wenn nötig mit Gewalt?", fragte Kempner provokant.

Wohlers schaute trotzig in die Luft. Er ließ die Frage unbeantwortet.

„Ich frag' Sie ganz direkt: Haben Sie die Steine geworfen?", setzte Kempner nach.

Wohlers schwieg.

„Carsten! Warst Du der Steinewerfer?", fragte Rüdels ein weiteres Mal. Er erhob sich und stützte sich am Tisch ab. Dann ging er zu Wohlers, bückte sich und fasste ihn am Arm. „Carsten, jetzt erzähl schon."

„Herrgott, ja! Ich habe die Steine geworfen." Wohlers ließ einen lauten Luftstoß frei. „Ich hab das gemacht, um ein Zeichen zu setzen. Ich hab doch eh nichts mehr zu verlieren. Meinetwegen: Bringt mich in den Knast! In ein paar Wochen hab ich keinen Kiosk mehr und kein Einkommen. Rentenansprüche hab ich auch keine. Also zeigt mich doch an! Die Bürgerwut werdet ihr damit ohnehin nicht aufhalten können. Unsere Bewegung ist nicht mehr zu stoppen! Sie rollt wie eine Lawine."

Kempner dachte nach. Das Geständnis war keine große Überraschung. Wohlers war am Ende. Vielleicht wollte er zum Märtyrer aufsteigen? Die ‚Helgoländer in Wut' würden ihn dafür verehren, wenn herauskäme, dass er die Steine gegen das Hotel geworfen hatte. Die Frage war nur: Hatte er auch etwas mit dem Mord zu tun?

Wohlers war ein Abgehängter, sicher. Aber würde er so weit gehen, sein eigenes Schicksal aufs Spiel zu setzen, nur um Peter Richter einen Mord in die Schuhe zu schieben? Das ergab keinen Sinn. Oder war etwas zwischen ihm und den Mädchen vorgefallen, das erst zum Streit und dann zum Mord geführt hatte?

Alle schwiegen. Niemand wollte etwas sagen. Die Kommissare blickten sich in die Augen, als ob sie sichergehen wollten, keinem der Kollegen ins Wort zu fallen.

„Haben Sie die Mädchen umgebracht?“, fragte Kempner, ohne zu zögern. Er wollte sehen, wie Wohlers reagiert.

„Spinnen Sie?“ Der Fischbudenbesitzer erhob sich, doch Paula Petersen, die in seiner Nähe war, drückte ihn zurück auf den Stuhl. „Verstehen Sie mich nicht? Nicht ich habe die Mädchen umgebracht, sondern Peter Richter. Das versuche ich Ihnen doch die ganze Zeit zu erklären. Ich wollte die Mädchen rächen“, schnaubte Wohlers.

„Haben Sie auch Beweise für Ihre Anschuldigungen?“, wollte Jürgen Kempner wissen.

„Nein, aber Indizien. Wollen Sie mir wirklich die Tat in die Schuhe schieben? Das ist doch ein Skandal, eine Staatsverschwörung!“

„Sind Sie übergeschnappt?“, fragte Paula Petersen. Sie zweifelte an Wohlers’ Vernunft.

Doch der Kioskbesitzer antwortete nicht. Er wurde nervös. Schweiß stand ihm auf der Stirn. Erst nach einer Weile sagte er: „Ich war es nicht... Ich kann’s beweisen. Wussten Sie, dass die beiden Mädchen Umweltaktivistinnen waren?“

„Na und? Dann sollten sie ja umso mehr für Windkraft sein“, entgegnete Kempner.

Wohlers lachte höhnisch. „Ha! Sie sind genauso blöd wie alle anderen Deutschen.“

„Wie meinen Sie das?“

„Windkraft schön und gut, aber Offshore schadet der Umwelt mehr, als dass sie ihr nützt. Vögel sterben in den Flügeln der Windräder. Sie verlieren die Orientierung. Außerdem greifen die Unternehmen in die Ökolandschaft ein. Haben Sie darüber nachgedacht? Das können Sie alles im Internet nachlesen."

„So. Das reicht jetzt", erwiderte Kempner. „Mit Ihrem Geständnis haben Sie gezeigt, dass die ‚Helgoländer in Wut' zu allem bereit sind. Ich nehme Sie vorläufig fest."

„Wie bitte? Wer soll denn jetzt meinen Laden führen? Das geht nicht! Sie haben doch gar keine Beweise", protestierte Wohlers.

„Jetzt hören Sie auf. Das haben Sie sich alles selbst eingebrockt", sagte Hilbig und mischte sich ein. „Protest kann man auch anders ausdrücken als mit dummen Sprüchen. Demokratisch!"

Rainer Rüdels mochte nicht, was er sah. Wohlers' Aktion war dumm gewesen, aber er wusste, dass es es sich um eine Verzweiflungstat gehandelt hatte. Ihm tat Carsten Wohlers leid. „Muss das mit der Verhaftung wirklich sein?", flüsterte Rüdels seinem Kollegen Kempner ins Ohr.

„Keine Sorge. Nur für ein paar Stunden. Ich weiß, was ich tue. Heute Abend können Sie ihn wieder freilassen", antwortete der Kommissar leise. Er dachte darüber nach, Wohlers' und Wessels' Häuser zu durchsuchen. Aber vorher musste etwas ganz anderes geschehen.

10

Als das Verhör beendet war und Carsten Wohlers in die Zelle gebracht wurde, verließen die Kommissare Petersen und Kempner die Polizeidienststelle und gingen zu ihrer Pension, nicht weit weg vom Hotel ‚Meerblick', um endlich einzuchecken und sich auszuruhen.

Es war eine kleine Gastwirtschaft, ein familienbetriebenes Unternehmen, das mit seinem winzigen, grünen Vorgarten, der Terrasse, den Gartenstühlen vor dem Eingang und den zwei Stockwerken geradezu idyllisch wirkte – zumindest im Vergleich zum nüchternen Gebäudekomplex von Peter Richter.

Als sich Kempner von Paula verabschiedet hatte, sein Hotelzimmer betreten und seine Reisetasche abgestellt hatte, legte er sich auf das Doppelbett und starrte an die Decke. Er hatte noch nicht mal Lust, den Fernseher anzumachen. In seinem Kopf schwirrten quälende Gedanken – über den Fall, über Helgoland, über seine Arbeit, aber auch über ihn selbst.

Kempner stellte fest, dass dieses Fleckchen Erde mit seinen Konflikten mehr spiegelte als nur die Probleme einer geschlossenen Dorfgemeinschaft. Es stimmte, was

Goethe über die Insel sagte: Sie war ein „merkwürdiger Erdpunkt“.

Die Phantasien der Helgoländer kamen ihm vor wie die verzerrten Brechungen bizarrer Wünsche und Träume, Ängste und Obsessionen. Bei diesem Fall ging es um mehr als um Helgoland; mehr als um einen Mord.

Kempner entdeckte die Mini-Bar im Zimmer. Er erhob sich mühsam vom Bett, trat zum Kühlschrank heran, öffnete die Tür und sah ein paar Flaschen ‚Flensburger' und eine Auswahl an Spirituosen. Eigentlich hatte er sich geschworen, an Wochentagen nicht mehr zu trinken. Aber der Anblick war einfach zu verführerisch. Es kribbelte in seinen Fingern. Er wollte nach einer Flasche Schnaps greifen und ein paar Schlücke zur Beruhigung trinken. Dann noch diese herrliche Sicht aus dem Fenster: Man sah die Weite der Nordsee, den rotierenden Lichtkegel des Leuchtturms und wie er den Horizont abtastete.

Kempner hatte Glück gehabt und ein Zimmer mit Meeresblick erwischt. Er dachte darüber nach, auf dem Balkon einen Wodka zu trinken und ganz für sich allein in den dunklen Himmel zu schauen. Doch dann besann er sich wieder. Er wollte sich nicht betrinken. Nicht jetzt. Und nicht hier.

Der Kommissar war ein wenig außer Form geraten und wusste, dass es auch am Alkohol lag. Innerlich versuchte er, seine Gedanken auf andere Dinge zu lenken. ‚Denk an Maria', sagte er zu sich selbst. ‚Denk daran, warum sie Dich verlassen hat.'

Es war zum Verrücktwerden! Tagsüber, wenn er mit der Arbeit beschäftigt war, störte ihn diese Einsamkeit nicht, aber abends fühlte sich das Alleinsein wie ein

Stachel in der Haut an. Diese innere Leere, dieses Auf-sich-zurückgeworfen-Sein, diese faden Stunden ohne Partner waren nicht immer einfach zu ertragen. Kempner galt in der Polizeidirektion Hannover als besonders starker Charakter, als zäher Hund, der selbst in den schwierigsten Situationen einen kühlen Kopf bewahrte. Vielleicht war das der Grund, warum ihm diese Momente der Einsamkeit so unglaublich peinlich waren: Er wollte an seinem eigenen Selbstbild nicht zweifeln.

Andererseits gab es diese Momente in seiner Ein-Zimmer-Wohnung in Hannover, die er einsam und allein und völlig deprimiert vor dem Fernseher verbrachte. Wenn die Kollegen gewusst hätten, was er in diesen Momenten tat, hätten sie ihn für verrückt erklärt. Aber so war es nun mal: Bei Kempner gab es immer diese Kluft zwischen seinem privaten und seinem öffentlichen Auftreten. Aber war das nicht bei jedem Menschen so?

„Jetzt reicht's", sagte er vor sich hin.

Kempner schmiss die Kühlschranktür zu, ging zum Spiegel und schaute hinein. Er fuhr sich mit der Hand durch die lichten Haare und sagte: „Komm, Jürgen. Gib Dir einen Ruck!" Dann atmete er tief durch und nahm alle Kraft zusammen, um diesem Abend noch eine andere Wendung zu geben. Er wollte sich nicht einsam, mit einem Glas Wodka in der Hand, weinerlich in den Schlaf saufen. Also griff Kempner zu seinem Sakko, zog sich die Schuhe an und verließ das Zimmer. Schnurstracks lief er über den Gang auf die andere Seite des Korridors, wo Paula eingecheckt hatte. Er klopfte mit der Faust zwei Mal gegen die Tür – entschlossen und doch sanft.

„Ja?", fragte Paula überrascht.

Kempner erwiderte: „Keine Angst, Paula. Ich bin's... Jürgen."

Kommissarin Petersen öffnete die Tür. Sie hatte sich bereits eine Jogginghose angezogen und war ungeschminkt vor die Schwelle getreten.

„Ist was passiert?", wollte Paula Petersen wissen. Vermutlich dachte sie, dass Kempner aus beruflichen Gründen mit ihr sprechen wollte.

„Nein, gar nichts. Weißt Du...," Kempner wusste nicht, wie er es ausdrücken sollte. Er wollte sich nicht blamieren. „...Das klingt jetzt bescheuert. Aber hast Du vielleicht Lust, noch ein Bier zu trinken? Irgendwo draußen? Ich hab da eine nette Kneipe gesehen. Es sind nur fünf Gehminuten von hier... Ich könnte ein kühles ‚Flens' vertragen. Was denkst Du? Kommst Du mit?" Kempners Augen strahlten.

Paula Petersen reagierte mit einem sanften Lächeln. „Warum eigentlich nicht?! Aber...", sie schaute verstohlen hinab und betrachtete ihre Jogginghose, „...so kann ich nicht gehen, oder? Ich zieh' mich kurz um."

„Okay, ich warte draußen. Aber bitte nicht schminken und nicht aufbrezeln. Wir gehen schließlich in kein Fünf-Sterne-Restaurant, sondern in eine Nordsee-Spelunke. Okay?"

Paula schmunzelte. „Keine Angst. Gib mir fünf Minuten."

Während Paula sich umzog, ging Kempner nach draußen vor das Hotel und rauchte eine Zigarette. Helgoland wirkte jetzt wie das ruhigste Fleckchen auf Erden, das man nördlich des Äquators hätte finden können. Die letzten Touristen hatten die Boote gen

Festland verlassen; die Offshore-Arbeiter saßen bereits zu Hause oder in den Kneipen. Die Straßen waren leer. Draußen hörte man keinen Mucks. Nicht mal die Vögel machten sich bemerkbar.

Kempner genoss die Ruhe, während er das Meer in der Dunkelheit betrachtete. Es war eine ganz andere Insel, wenn keine Touristen mehr da waren.

Endlich kam Paula aus dem Hotel geeilt. Sie hatte sich eine Jeans und einen Kapuzenpulli angezogen. Kempners Kollegin war lässig gekleidet, hatte sich aber doch noch etwas Lippenstift aufgetragen.

„Bereit?“, fragte Kempner und lächelte. Er knickte seinen Arm ein, so dass sich ein Hohlraum bildete, in den Paula sich einhaken konnte. Körper an Körper liefen die beiden Kollegen zur Kneipe ‚Der Finkus'.

Als Kempner die Spelunke betrat, fühlte er sich an Cuxhaven erinnert: Der Laden sah wie eine typische Seemannskaschemme aus – wie aus den fünfziger Jahren. Der Kommissar sah einen alten, schweren Tresen im Saal, auf dem mittig eine Taucherglocke angebracht war, zu Dekorationszwecken vermutlich. Rechts oben in der Ecke hing ein alter Röhrenfernseher, auf dem die Wiederholung eines alten Bundesliga-Spiels flimmerte. An den Seiten standen runde, braune Holztische, an denen einige wenige ältere Gäste saßen, sich hitzig unterhielten, dabei Bier tranken und Karten spielten. Es roch nach Zigaretten und verschüttetem Alkohol. Das Licht war gedimmt und durchdrang den blauen, durch den Raum wabernden Rauch, der wie ein Gespenst seine Kreise zog. Trotzdem konnte Kempner links an der Wand ein

Stofftuch erkennen, auf dem ein Spruch stand: „Irgendwo ins grüne Meer / hat ein Gott mit leichtem Pinsel / lächelnd, wie von ungefähr / einen Fleck getupft: Die Insel." Darunter stand der Name des Autors: James Krüss.

Kempner und Petersen setzten sich auf zwei Barhocker mit blauem Velours-Bezug. Ein Kellner trat heran und fragte: „Was darf's denn sein?" Er hatte sich ein Geschirrtuch lässig über die Schulter geworfen.

„Ein frisch gezapftes ‚Flens', bitte", antwortete Kempner.

„Für mich auch!", setzte Petersen nach.

„Was Norddeutsches also? Gern!" Der Wirt kam nach fünf Minuten mit zwei frisch gezapften Bieren zurück und stellte sie auf den Tresen. „Zum Wohl!" Er wollte schon gehen, als ihm noch etwas einfiel: „Wollen Sie vielleicht auch etwas essen? Ich habe noch Knieper-Häppchen da. Mit Curry-Dip. Muss raus, bevor es schlecht wird..."

„Knieper was?", fragte Kempner, als ob er den Wirt nicht richtig verstanden hätte.

„Knieper. Das ist eine Helgoländer Spezialität: Scheren von Taschenkrebsen."

„Ich weiß ja nicht...", brummte Kempner skeptisch. Klang eklig, dachte der Kommissar.

„Ach, probieren Sie mal. Ich bring Ihnen einen Teller mit. Die Krebse werden hier im Helgoländer Felsenwatt gezüchtet", sagte der Wirt und verschwand in der Kneipenküche, um das Essen zu holen.

Als die Teller kamen, begann das Pulen. Die Kommissare schoben sich die Krebsstücke in den Mund und stellten fest, dass es besser schmeckte, als es aussah. Selbst das Bier passte dazu.

Nach dem Essen schworen sich Paula und Kempner, an ihrem freien Abend nicht über den Mordfall zu sprechen. Sie wollten an etwas Anderes denken, auch wenn es schwer fiel.

Kempner fühlte sich komisch. Noch immer hatte er dieses merkwürdige Gefühl aus dem Hotel im Bauch.

Paula bemerkte das. „Was ist denn los?“, bohrte sie. „Ist irgendetwas nicht okay? Du wirkst so in Dich gekehrt.“

Kempner verzog den Mund und deutete mit einer Handbewegung an, dass es ihm unangenehm war, darüber zu sprechen. Er wusste nicht, was er antworten sollte. Er wollte seine Kollegin nicht verstören. Oder schlimmer noch: sich lächerlich machen. „Ach, nichts. Ist schon gut“, wiegelte er ab und nahm einen Schluck von seinem ‚Flens’.

„Nein, jetzt sag schon. Hab Dich nicht so. Wir können doch ehrlich zueinander sein, oder?“, beharrte Paula und lehnte sich leicht zu Kempner hinüber.

„Ach, keine Ahnung.“ Der Kommissar seufzte. „Irgendwie fallen mir diese Abende manchmal schwer. Na, Du weißt schon... Diese Abende, wenn ich alleine bin.“

Paula Petersen presste die Lippen zusammen und nickte verständnisvoll. „Ich verstehe, was Du meinst...“

„Wirklich?“, fragte Kempner verdutzt.

„Es ist ja nicht so, dass ich nicht wüsste, wie sich das anfühlt“, antwortete Paula und kratzte mit ihren rot lackierten Fingernägeln am Glas.

Der Kommissar traute seinen Ohren nicht. Ausgerechnet Paula würde wissen, was Einsamkeit bedeutet? In ihrem Alter? Unmöglich. „Ach, komm schon, Du willst mich doch auf den Arm nehmen. Du bist doch noch jung. Du könntest jederzeit um die Häuser ziehen und Dir Gesellschaft suchen. Ich fühle mich lächerlich dabei. Sowas habe ich vor 10 Jahren gemacht. Heute geht so was nicht mehr“, antwortete der Kommissar.

„Du übertreibst. Ich bin 31. Es ist ja nicht so, dass ich ständig in die Diskos renne. Ich bin ja auch keine 18. So groß ist unser Altersunterschied nun auch wieder nicht“, hielt Paula dagegen und berührte Kempners Hand mit der Spitze ihres Ellbogens, was den Kommissar zusammenzucken ließ. Er tat so, als ob er nichts gespürt hätte.

Anschließend fingen sie an zu diskutieren und sich über die verrücktesten Dinge aus ihrem Beziehungsleben auszutauschen. Nach jedem Bier, das sie getrunken hatten, wurde die Stimmung lockerer und ausgelassener. Sie redeten darüber, wie es ist, in Hannover Single zu sein. Sie sprachen über die merkwürdigsten Verabredungen, die sie in den vergangenen Jahren erlebt hatten. Sie übertrumpften sich mit kuriosen Geschichten: Kempner erwähnte eine Frau, die ihn nach dem dritten Treffen bereits heiraten wollte, wodurch sie genau das Gegenteil erreicht hatte. Paula erzählte von einem Mann, der sich beim ersten Treffen – bei einem Spaziergang am Maschsee – als Anwalt ausgab. Später stellte sich heraus, dass er professioneller Koks-Dealer war, und auch noch polizeilich bekannt. Sie lachten und schauten tief ins Glas.

Der Rausch kam schnell – und die Hemmschwellen fielen. Kempner und Petersen diskutierten über die Magie der Ehe, das Für und Wider offener Beziehungen, den Zauber des Verliebtseins und die Gründe, warum dieses Gefühl manchmal so schnell verschwindet. Kempner schilderte sogar die Gründe für seine Scheidung und wie er den anschließenden Liebeskummer empfand.

„Weißt Du, Paula. Liebe ist wie eine Droge“, stellte Kempner fest. „Ein extremes Glücksgefühl, so extrem wie ein Rausch. Und wenn dieses Gefühl irgendwann nicht mehr da ist, kommen die Entzugserscheinungen. Man kann nicht schlafen, nicht klar denken, alles wirkt sinnentleert und grau. So wie das Verliebtsein am Anfang, nur eben umgekehrt. Es fühlt sich so an, als säße man auf einem abstürzenden Ast.“

„War das bei Dir so?“, wollte Paula wissen.

Kempner nickte. „Ja. Als Maria mich verließ, brach eine Welt zusammen. Ich habe nächtelang durchgesoffen. Ich konnte an nichts anderes denken als an sie. Überall sah ich Erinnerungen, Erlebnisse, dachte an gemeinsame Stunden, Momente... Ich hab das bis heute nicht begriffen: Wie kann man an einem Tag sich so nah und am nächsten Tag so fremd sein? Nicht das Verliebtsein ist das große Wunder der Menschen, sondern das Entlieben. Wer hat uns so eingerichtet?“

„Aber anders wäre es doch langweilig“, entgegnete Paula. „Das Leben muss eine Herausforderung sein. Auch in der Liebe.“

„Mag sein“, sagte Kempner. „Trotzdem ist es komisch, so wie wir Menschen leben: nie zufrieden, immer auf der Suche – und die Meisten finden ohnehin nicht das, wofür sie bestimmt sind. Nur einige Wenige haben das Glück, ihr Ziel zu finden. Ich war nicht darunter.“

Paula Petersen schaute starr in die Luft. „Die Einsamkeit hat Dich ziemlich fertig gemacht, wie?“

„Nicht nur das. Ich hab da so eine Theorie: Wenn man seinen Partner verliert, dann fängt man an, eigenartig zu werden."

„Wie meinst Du das?"

„Kennst Du das nicht, wenn Du alleine bist? Ich meine, ganz alleine in der Wohnung und dieser Moment kommt, wo Du Dich selbst beobachtest?"

Paula dachte nach. „Doch, das kenne ich."

„Dann fällt einem auf, dass man die verrücktesten Dinge macht. Man isst falsch, bewegt sich von Raum zu Raum, ohne Sinn, versucht sich abends abzulenken, sagt manchmal komische Sachen zu sich selbst, schaut irritiert aus dem Fenster. Man läuft wie ein Wahnsinniger durch die Wohnung oder trinkt Alkohol. All diese Sachen meine ich. Und dann bemerkt man, wie komisch man wird, und findet sich selbst peinlich."

„Und wenn der Partner dabei ist, macht man das nicht?"

„Ein Partner gewährt einem Zugang zur Normalität. Dass man pünktlich ins Bett geht, ein Buch liest, die Zähne putzt, den Pyjama anzieht, all diese Sachen, die den Alltag ausmachen, ja irgendwie auch die Realität."

„Und daran leidest Du immer noch? An dem Verlust der Wirklichkeit?"

„Wenn ich ehrlich bin, ein bisschen, ja. Aber es wird besser. Am Anfang war noch dieses Suchtgefühl da, diese herzzerreißende Trauer wie nach dem Tod eines Menschen, nur dass der Mensch eben noch da ist. Theoretisch könnte ich zum Hörer greifen und Maria anrufen. Aber das würde nichts nützen, das verbietet mir meine Vernunft. Maria würde mir ohnehin fremd erscheinen. Es wäre nicht das Gleiche."

„Du hast ja so Recht“, sagte Paula und stütze mit dem Arm ihren Kopf ab. „Das habe ich auch so erlebt. Den Ex anzurufen ist einfach nur eine dumme Idee. Dagegen sollte es im Handy eine Sperrfunktion geben“, ergänzte die Kommissarin und lachte.

Kempner nahm einen großen Schluck von seinem Bier. Dann seufzte er und schüttelte den Kopf, als ob er jede Erinnerung loswerden wollte.

Paula wollte Kempner aufmuntern. Sie beschrieb, wie sich ihre letzte Trennung anfühlte und versicherte Kempner, es würde Zeit kosten, solche Verletzungen zu überwinden. Sie verstand, was Kempner durchgemacht hatte. Auch wenn sie jünger war als er.

Je später der Abend wurde, desto jünger fühlte er sich. Wie Anfang 30. Als ob er wieder der agile Polizist wäre, der neu verbeamtete Kommissar, dem die Welt zu Füßen lag. Mit Paula zu sprechen, fühlte sich wie eine Verjüngungskur an. Kempner spürte wieder dieses Kribbeln im Bauch. Diese Schmetterlinge, die durch seinen Körper schwirrten und ihm zeigten, dass er noch am Leben war; dass er noch handeln, alles verändern, neu anfangen und ein anderer Mensch werden konnte.

Plötzlich verhaspelte er sich: „Paula, Du verstehst mich. Wenn ich nur ein bisschen jünger wäre, dann...“ , sagte er leise vor sich hin, während er mit dem Bierdeckel gegen den Tresen klopfte.

Wollte er, dass Paula ihn hörte?

Oder war es ein dummer Versprecher?

Was auch immer er beabsichtigt hatte: Paula horchte auf. Sie schaute vom Bierglas weg und zu Kempner hinüber. Sie blickte ihm tief in die Augen und fragte: „Was dann? Was dann, Jürgen?“

Paula hoffte, den zweiten Teil des Satzes noch zu hören. Doch Kempner sagte nichts und näherte sich seiner Kollegin. Langsam und entschlossen. Er strich ihr eine Strähne aus dem Gesicht und beugte sich zu Paula hinüber, um sie zu küssen...

Doch plötzlich rumste es im Lokal.

11

„Ich mach Dich fertig!“, schrie ein Mann von der anderen Ecke des Tresens. Ein älterer Herr mit grauen Haaren und dunkelblauem Wollpullover griff einen jüngeren Mann in einem bunten T-Shirt an.

„Ihr Spinner macht alles kaputt!“, schrie der Ältere und warf alles um, was auf dem Tresen stand. Der Krach war unerträglich.

„Geh doch arbeiten, Du mieser, kleiner Drecksack!“, erwiderte der Andere mit zusammengepressten Zähnen und erhobener Faust.

Die Gläser klirrten. Der Ältere packte den Jüngeren am Arm, was sich dieser wiederum nicht gefallen ließ und den Angreifer so heftig schubste, dass er vom Barhocker fiel. Er stieß sich dabei den Kopf.

Kempner sprang auf und trennte die beiden Männer.

„Jetzt reicht's! Aufhören!“ Kempner versuchte, so nüchtern wie möglich zu wirken. Er riss sich zusammen, obwohl sich in seinem Kopf alles drehte.

„Wir wollen solche Schweine nicht in dieser Kneipe! Nicht hier!“, sagte der alte Mann wuterhitzt, als er sich langsam vom Boden erhob und den Staub von seinem Pullover abzuklopfen begann. Die anderen Leute in der Bar murmelten laut.

Der Kommissar zog seine Dienstmarke. „Kripo Hannover“, sagte Kempner. „Jetzt beruhigen Sie sich. Und nennen Sie mir ihre Namen! Aber dalli!“

„Meinen Namen kann ich Ihnen sagen. Ich habe nichts zu verbergen: Ich heiße Helgo Schmitz. Ich wohne auf Helgoland seit 62 Jahren. Und dieser Spinner hier erzählt mir, was gut für meine Insel ist“, sagte dieser Helgo Schmitz barsch. „Hach, dass ich nicht lache! So weit ist es schon gekommen! Von einem Briten soll ich mir erklären lassen, was es heißt, Helgoländer zu sein.“ Der alte Mann fletschte die Zähne, wandte sich zu seinem Angreifer und drohte ihm mit dem Zeigefinger. „1890 haben wir euch vertrieben. Und wir werden es wieder tun!“

Der jüngere Mann schüttelte den Kopf, hob seine Hände und zeigte die Handflächen, um Kempner zu verdeutlichen, dass er mit der Eskalation nichts zu tun hatte. „Tut mir leid, ich wollte wirklich kein Aufsehen erregen“, sagte er mit einem starken britischen Akzent. „Ich bin Jeff Fitchet. Ich habe mich mit dem Herrn hier ganz normal unterhalten. Ich bin Ingenieur und arbeite seit einem Jahr auf der Insel. Wir haben einfach ein bisschen geplaudert. Doch dann wurde der Herr hier handgreiflich und die Situation ist eskaliert.“

„Und worüber haben Sie gesprochen?“, fragte Kempner und hielt den älteren Herrn am Arm fest, damit er nicht flüchten konnte. Aber dafür war der Mann ohnehin zu betrunken.

„Ach, über die Insel und die Offshore-Anlagen. Sie wissen schon...“, sagte Fitchet und senkte den Kopf. „Ich habe dem Herrn nüchtern erklärt, dass in Zukunft noch mehr Arbeiter aus dem Ausland kommen werden, um auf der Insel zu wohnen und zu arbeiten. Es werden momentan 100 neue Wohnungen gebaut. Das wird der Insel gut tun und den Mietmarkt entlasten. Als ich das erzählte, wollte mir der Herr hier eine knallen."

„Stimmt das?", fragte Kempner und schaute auf den Alten.

In dessen Augen sah man die pure Wut. „Ich habe mich nur verteidigt! Das ist doch ungeheuerlich. Wissen Sie, wie viel ein Haus mittlerweile auf Helgoland kostet?"

„Na, sagen Sie schon. Wie viel?", fragte Kempner ungeniert.

„Etwa eine halbe Million Euro. Die Häuser, die jetzt gebaut werden, sind nicht viel günstiger als die alten. Das ganze Projekt ist ein billiger Trick, um noch mehr fremde Menschen auf die Insel zu holen und uns das Leben schwer zu machen. Wer soll sich das bitte noch leisten können? Mein Sohn, er ist Tischler, muss bald aufs Festland nach Cuxhaven ziehen, weil er die scheiß Miete nicht mehr bezahlen kann. Das ist doch eine bodenlose Frechheit! Ich könnte kotzen!" Der Mann spuckte auf den Holzboden, direkt vor die Schuhe des Briten.

„Hey! Was soll das?", protestierte Fitchet. Er war kurz davor, den Alten wieder zu schubsen.

„Benehmen Sie sich! Alle beide!", befahl Kempner.

„Was denn?!", sagte Schmitz und spielte den zahmen Helgoländer. Seine grauen Haare waren nach dem Wutausbruch ganz nass geschwitzt. „Wie soll man denn mit solchen Leuten anders umgehen? Unser Bürgermeister und all die Energiekonzerne, die scheiß Offshore-Arbeiter und die Hotellobbyisten stecken unter einer Decke. Die Insel wird an ausländische Investoren verkauft. Die Franzosen, die Briten, die

Amerikaner... Alle wollen sie Helgoland haben. Das kennen wir ja schon aus der Geschichte."

„Sagen Sie..." Kempner traute seinen Ohren nicht. „Sind Sie völlig durchgeknallt? Niemand will Ihnen was wegnehmen!"

„Ich mach das nicht mehr mit", entgegnete der Alte. Er schaute so wütend durch den Raum, als wollte er nach einer Waffe greifen und gleich in den Krieg ziehen. „Wir wissen uns zu wehren! Wir müssen kämpfen! Der durchschnittliche Helgoländer ist 58 Jahre alt. Wenn wir bald nicht etwas gegen die Überfremdung tun, werden wir noch überrannt! Und verdrängt! Dann haben wir auf Helgoland ein kleines Berlin!" Der Mann machte ein abschätziges Gesicht. Dann blickte er sich in der Kneipe um und war auf der Suche nach Unterstützern. Er rief durch den Raum: „Leute, helft mir doch, sagt doch was! Ich weiß, dass ihr alle so denkt wie ich!" Er wollte, dass die anderen Besucher in den Protest mit einstimmten; dass sie reagierten und etwas sagten. Doch der Mann überschätzte die Lust der Kneipenbesucher auf Ärger. Alle schwiegen. Helgo Schmitz blieb nichts anderes übrig, als sich wieder Kempner zuzuwenden und ihn von seinen noblen Absichten zu überzeugen. „Hören Sie. Helgoland darf nicht so verkommen wie alle anderen deutschen Städte. Wir wollen das nicht. Helgoland muss in seiner ursprünglichen Form erhalten bleiben. Das ist unser Wille. Der Wille der Helgoländer, der Bewohner dieses heiligen Landes." Der Mann schluckte schwer. Dann rief er: „Wir sind das Volk!" und schlug sich voller Stolz mit der rechten Faust gegen die Brust. Dabei verlor er den Tritt und knickte kurz ein.

Kempner musste ihn stützen. Helgo Schmitz hatte definitiv zu viel getrunken. Zudem hatte er die Lage unterschätzt: Keiner der anderen Kneipenbesucher wollte ihm zu Hilfe kommen. So sah Solidarität aus: Die Meisten schauten peinlich berührt ins Glas oder blickten betroffen zu Boden.

Nur der Wirt mischte sich ein: „Jetzt komm schon, Helgo. Mach mal keinen Wind. Du hast schon genug geredet. Setz Dich wieder hin und halt die Schnauze."

„Kennen Sie den Herrn?", fragte Kempner besorgt und schaute auf den Thekenmann, der ihm zuvor das Bier und das Essen gebracht hatte.

„Ja. Das ist Helgo Schmitz. Er ist Rentner. Wenn der besoffen ist, dann brennen bei ihm die Sicherungen durch. Keine Sorge, der kann sich morgen an nichts mehr erinnern. Der ist einfach nur frustriert."

„Finden Sie das gut, dass er so einen Stuss redet? Hier in Ihrer Kneipe?", mischte sich Paula ein, die nach den Behauptungen dieses Mannes aus dem Staunen nicht mehr herauskam.

„Glauben Sie mir, ich gehöre nicht zu dieser bescheuerten Bürgerbewegung. Für mich sind das alles Kranke, die nicht begreifen, wofür Helgoland steht."

„Josef, jetzt sei kein Verräter!", sagte Helgo Schmitz wütend.

„Wie meinen Sie das?", hakte Paula ein.

„Hören Sie. Die meisten Leute hier auf Helgoland sind weltoffene Menschen, wie Sie und ich. Uns besucht die ganze Welt, das ganze Jahr über, und das schon seit Jahrhunderten. Das ist unser tägliches Brot. Helgoland hat eine lange Tradition der Widerstandbewegung. Aber die Ruhigen hört natürlich keiner. Weil wir nicht so einen Krach machen wie die

Leute aus der Affentruppe von Dr. Wessels. Wir sind die schweigende Mehrheit. Klar, ich bin auch gegen den Ausverkauf der Insel. Wie viele andere auch. Aber das richtige Maß muss man schon finden, bei aller Kritik. Wir erleben hier ja nicht den Untergang des Abendlandes. Helgoland hat schon viel Schlimmeres erlebt, zum Beispiel den Sieg der Nazis oder die Sprengung der Insel durch die Briten. Das waren echte Krisenmomente! Helgoland hätte es fast nicht mehr gegeben. Meine Väter – die mussten alles von Neuem aufbauen."

Endlich! Endlich traf Kempner einen klar denkenden Menschen, der die Situation nicht so emotional betrachtete wie die Helgoländer von der Bürgerbewegung. Dieser Wirt, den Schmitz als Josef angesprochen hatte, war eine angenehme Abwechslung auf einer Insel, unter deren Dächern es so zu brodeln schien wie unter einem Vulkan.

„Was sagen Sie dann zum Zustrom bei den ‚Helgoländern in Wut'? Wir waren heute unten vor Peter Richters Hotel. Da gab's eine riesengroße Demonstration", wandte Kempner ein. Er wollte wissen, wie sich der Wirt den Massenprotest erklärte.

„Ach, die finden einfach kein Gehör. Sie müssen das verstehen: Der Bürgermeister nimmt die Probleme der Inselbewohner nicht ernst. Der zieht einfach sein Ding durch. Dann suchen sich die Leute eben andere Interessensvertreter, ist doch klar. Unsere Insel ist nicht viel anders als der Rest der Republik. Wer wird sich da noch wundern, dass die Leute auf die Seite der dunklen Macht wechseln? Die Schere zwischen arm und reich, die wird auch auf Helgoland immer größer. Die meisten Inselbewohner denken einfach nur an ihr Geld und haben Angst, noch mehr zu verlieren von dem

Wenigen, das ihnen geblieben ist.“ Der Wirt nahm das Geschirrtuch zur Hand und wischte den Tresen sauber. „Meine Kneipe läuft gut. Ich profitiere von den ganzen Offshore-Arbeitern, die sich bei ihrem Landgang besaufen. Also bin ich nicht so bedroht. Aber Helgo? Der hat doch nur eine mickrige Rente.“

„Genau!“, lallte Helgo Schmitz und torkelte auf der Stelle.

Währenddessen reagierte Jeff Fitchet unbeeindruckt. Er lächelte und bewahrte stoische Ruhe. Er richtete seine Sätze wieder an Herrn Schmitz, der ihn eben noch angegriffen hatte und jetzt entürstet auf ihn schaute: „Ich finde, wir sollten uns alle freuen, dass so viele neue Leute aus dem Ausland nach Helgoland kommen und, wie ich, hier Arbeit und Unterschlupf finden. Helgoland braucht neue Menschen, ansonsten stirbt die Insel aus. Ist doch super, wenn investiert wird“, sagte der durchtrainierte Mann mit seinem starken britischen Akzent, ohne sich von Schmitz’ aggressiven Blicken einschüchtern zu lassen.

Doch Schmitz gab nicht nach: „Das würde Dir so gefallen, Du scheiß Parasit! Wer hat uns dabei gefragt? Mh? Wer hat diese Insel aufgebaut? Warum dürfen wir nicht mitreden? Warum soll die globalisierte Industrie unsere Zukunft bestimmen, dieser neue Weltgeist der Zerstörung...?“, fragte Schmitz erbost und stampfte wie ein kleines Kind mit den Füßen auf den Boden. „Nicht mir uns, sage ich! Wir haben die Dänen vertrieben, wir haben die Engländer vertrieben – und 1871 sogar die Franzosen. Mit euch werden wir auch noch fertig, Ihr Kapitalistenschweine!“ Der alte Mann ließ nicht locker. Seine Halsschlagader pulsierte, sein ganzer Körper zitterte und seine Stimme klang verbittert.

Kempner konnte es nicht fassen: Wohin er auch ging, wen er auch besuchte – es lag überall diese aggressive Stimmung in der Luft. Aber noch mehr ärgerte er sich darüber, was dieser Streit mit seinem Abend mit Paula angerichtete hatte. Diese bescheuerte Auseinandersetzung hatte ihm das spontane Date mit seiner Kollegin vermasselt. Dabei hatte er bereits allen Mut zusammengenommen, um Paula zu küssen.

‚Herrgott!', fluchte Kempner still in sich hinein. ‚Diese Idioten!'

Dann wandte er sich zu Paula und schaute zahm wie ein Welpe: „Tut mir leid. Das sollte so nicht enden... Lass uns die Namen und Adressen der beiden Herren festhalten und zurück ins Hotel gehen", sagte der Kommissar und versuchte, seine Fassung nicht zu verlieren. Er kratzte sich genervt am Kopf. „Ich glaube, unser kleiner Bier-Abend ist vorbei."

„Schon in Ordnung", sagte Paula und berührte Kempner zärtlich am Arm. „Wir holen das nach. Versprochen."

„Schmitz...", sagte Kempner. „Ich muss Sie noch was fragen. Was wissen Sie über den Mord an den jungen Journalistinnen?"

Der alte Mann lächelte zynisch. „Diese beiden Miststücke haben es doch verdient zu sterben."

„Sag mal, geht's noch?", ging Josef der Wirt dazwischen. „Bist Du nicht ganz dicht? Jetzt hör auf zu saufen." Der Wirt packte Helgo Schmitz am Arm und wollte ihn schütteln, aber der Alte befreite sich.

„Lass mich! Carsten hat doch erzählt, wie sich die beiden im ‚Krebs' benommen haben."

‚Carsten Wohlers war also in der Nacht zu Sonntag in der ‚Disko Krebs"!, dachte sich Kempner. Wieso hatte er nichts davon erzählt?

„Die haben wie zwei Schlampen getanzt! Da hat irgendeiner von den Offshore-Leuten sie vergewaltigt und getötet. Selber schuld, sage ich. Selber schuld! Wenn die sich so anziehen und benehmen."

„Sie widern mich an!", protestierte Paula. Sie konnte sich nicht länger zurückhalten.

„Schon gut", sagte Kempner und beruhigte seine Kollegin. Dann wandte er sich zu Schmitz und wies ihn zurecht: „Sie tun sich wirklich keinen Gefallen, indem Sie einen Mord rechtfertigen und mit solchen Parolen jonglieren."

„Wissen Sie, was? Ich habe keine Angst vor Ihnen! Wer gibt Ihnen das Recht, auf meiner Insel über mich zu richten? Bei den Schülerinnen war es genauso. Diese bescheuerten Mädchen kamen hierher und schnüffelten herum. Das rächt sich."

„Jetzt reicht's... Paula, notier die Daten von diesem Herrn. Sie verlassen die Insel nicht. Ist das klar?"

Helgo Schmitz schwieg und antwortete mit einem betrunkenen Nicken. „Ich bleibe hier. Da können Sie Gift drauf nehmen."

Paula zog ein Stück Papier und einen Kugelschreiber aus ihrer Handtasche. Dann wandte sie sich zu Schmitz und dem britischen Ingenieur: „Na dann legen Sie mal los", sagte Paula trocken. „Zeigen Sie mir bitte Ihre Personalausweise. Und beeilen Sie sich, damit wir alle schnell ins Bett können."

Es war spät geworden. Draußen funkelten die Sterne und spiegelten sich im kalten, schwarzen Meer der

Nordsee. Es herrschte Stille. Selbst der Wind hielt den Atem an.

12

Am nächsten Morgen wollte Kempner nicht glauben, was in der Kneipe passiert war. Hatte er geträumt? War das alles Einbildung gewesen, dieser Streit im ‚Finkus'?

Der Kommissar rieb sich mit der Hand die Stirn, als um 8.15 Uhr der Wecker klingelte. Sein Schädel brummte. Eigentlich wollte er so früh wie möglich mit der Arbeit beginnen, doch sein Kopf verlangte nach Ruhe.

Dafür blieb keine Zeit. Der Kommissar zwang sich aus dem Bett, ging zu seiner Reisetasche, kramte eine Aspirin hervor, schluckte sie und spülte sie mit einem Glas Wasser hinunter.

‚Verdammter Mist', dachte sich Kempner und rieb sich den Kopf.

Er schleppte sich in die Dusche, zog sich an und quälte sich in die Hotellobby.

Kempner war mit Paula Petersen zum Frühstück verabredet.

Als er den Frühstücksraum betreten hatte, war seine Kollegin bereits am Tisch. Die Begrüßung war kühl. Fast ein wenig unangenehm.

Sie saßen beieinander, ohne viel zu sprechen.

Paulas Augen wirkten müde. Sie schien ebenso verkatert zu sein wie Kempner. Paula kratzte desinteressiert mit der Gabel in ihrem Rührei herum, das sie nach fünfzehn Minuten unberührt stehen ließ.

„Ist alles okay?", fragte Kempner vorsichtig.

„Ja", antwortete Paula desinteressiert. „Ich bin nur etwas angeschlagen. Vom Bier."

Nach dem Frühstück, das einer Trauerfeier glich, machten sich die beiden Kommissare auf den Weg zur Helgoländer Polizeidienststelle. Sie taten so, als ob gestern Abend nichts vorgefallen wäre. Sie tauschten lediglich ein paar belanglose Floskeln aus.

Das überraschte Kempner. Er war gut darin, den eiskalten Kommissar zu spielen. Aber Paula? Sie wirkte so viel direkter als er. Aber heute war sie anders: verträumt, zurückgezogen, distanziert. Wahrscheinlich war ihr die Annäherung von gestern Abend unangenehm gewesen. Kempner wollte nicht so betroffen neben ihr herlaufen, also erwähnte er diesen Helgo Schmitz aus der Kneipe, um das Schweigen zu brechen. Der Kommissar versuchte, die Stimmung aufzulockern. Irgendwann klappte es endlich.

„Komischer Kerl, dieser Schmitz, oder? Ich hätte ihm fast eine gescheuert", sagte Kempner, lächelte und blickte vorsichtig zu Paula hinüber.

Sie regte sich, schaute auf und sagte mit heller Stimme: „Ja, furchtbarer Typ. Ich hätte ihm auch fast eine runtergehauen. Besoffen oder nicht – egal."

Jetzt war das Eis gebrochen. Sie sprachen über die beiden Männer und deren Verhalten. Paula hatte ihre

Personalien notiert und wollte sie an Rüdels weitergeben, damit er deren Alibis überprüfen konnte.

Als die Kommissare in der Polizeidienststelle Helgoland angekommen waren, gingen sie ins Besprechungszimmer und trafen dort auf Rainer Rüdels und Tilo Hilbig. Die beiden Kollegen brüteten über einigen Unterlagen und tranken dabei Espresso.

„Und?", fragte Kempner, während er sich aus einer Kanne einen starken, schwarzen Kaffee in seine Tasse goss. „Haben Sie schon etwas herausgefunden, Herr Rüdels?"

Der Helgoländer Polizist hob die Hand und antwortete: „Warten Sie kurz." Er stand auf und lief zu seinem Schreibtisch, wo er in einem Papierberg wühlte, als würde er eifrig nach einem Schatz suchen. „Herr Kommissar," sagte er fröhlich. „Sie werden zufrieden sein. Ich habe etwas über diesen Thorsten herausgefunden." Er zog aus dem Stapel einen bekritzelten Zettel. „Sie wissen schon, diesen Thorsten, über den ich was herausfinden sollte."

Kempner nickte, spitzte die Ohren und schaute konzentriert auf seinen Kollegen, während er einen kleinen Schluck Kaffee aus seiner Tasse schlürfte.

Rüdels las die Notiz vom Zettel ab: „Thorsten Kratz war, wie Sie vermutet hatten, Mitschüler von Ronja und Anna. Soviel wissen wir jetzt. Er ist ebenso 18 Jahre alt und war wohl mit Ronja liiert. Sie hatten eine Liebesbeziehung. Jedenfalls haben einige Mitschüler in Bad Bederkesa der Polizei zu Protokoll gegeben, dass die beiden oft miteinander Zeit verbracht hatten und sich sehr nah standen."

Kempner hatte das bereits geahnt: Dieser Thorsten, der in den Notizen erwähnt wurde, war kein Inselbewohner. Es war ein enger Vertrauter der beiden Mädchen! Das machte Thorsten zu einem wichtigen Zeugen.

„Hat Thorsten auch bei der Schülerzeitung mitgewirkt?", fragte Paula und versuchte ebenfalls, die Puzzlesteine zusammenzusetzen.

„Nein, anscheinend nicht", entgegnete Rüdels und schüttelte den Kopf. „Sie hatten in der Schule ein paar Kurse zusammen, zum Beispiel Deutsch, aber er war nicht Teil der Redaktion. Die Cuxhavener Polizei hat ihn schon vernommen. Aber vielleicht wäre es gut, wenn wir noch einmal nach Bad Bederkesa fahren, um persönlich mit ihm zu sprechen. Wir sollten überprüfen, ob der Junge irgendetwas über den Plan der Mädchen gewusst hatte. Vielleicht haben Ronja und Anna mit ihm über das Projekt gesprochen?"

„Ja, das sollten wir unbedingt tun", bestätigte Kempner.

„Wir müssen aber behutsam vorgehen", ergänzte Rüdels. „Anscheinend steht der Junge unter Schock. Jedenfalls hat mir das gestern ein Kollege aus Cuxhaven mitgeteilt. Es war wohl nicht einfach, ihn zu vernehmen." Rüdels schaute voller Stolz auf den Kommissar. Er hoffte auf ein kleines Lob, auf eine verbale Streicheleinheit.

„Gute Arbeit!", sagte Kempner schließlich, wonach Rüdels zufrieden lächelte. „Haben Sie denn auch die Adresse der Lehrer herausfinden können?", schob der Kommissar nach.

„Ja, habe ich. Sowohl vom Deutschlehrer sowie von der Direktorin als auch von diesem Biologielehrer, Herr

Korwind, der abgemahnt wurde. Und auch von Thorsten. Es steht alles hier auf dem Zettel", sagte Rainer Rüdels, während er mit dem Papier wedelte und es Kempner dann in die Hand drückte.

„Gut, dann heißt es wohl, dass wir heute nach Bad Bederkesa fahren", sagte der Kommissar mit einem ernsten Ton. „Aber unsere Ermittlungen auf Helgoland dürfen darunter nicht leiden. Wir müssen uns aufteilen. Sie, Herr Hilbig, bleiben mit Herrn Rüdels auf der Insel und ermitteln weiter. Petersen und ich fahren nach Bad Bederkesa."

„Wie sollen wir vorgehen?", wollte Hilbig wissen.

„Durchsuchen Sie die Häuser aller Verdächtigen. Schnüffeln Sie. Wir brauchen jetzt stichhaltige Beweise."

Der Helgoländer Polizist konnte es nicht fassen: „Ist das Ihr Ernst?", sagte Rüdels schockiert. Er wollte sich von seinem Stuhl erheben, blieb aber sitzen, um keine Nervosität zu verbreiten. „Aber das wird der Dorfgemeinde nicht gefallen. Wissen Sie eigentlich, was Sie damit anrichten?"

„Ich weiß. Aber es geht nicht anders", antwortete Kempner trocken und zeigte sich vom Einwand unbeeindruckt. „Wir müssen die Puzzle-Steine irgendwie zusammenfügen. Ohne weitere Indizien werden wir nicht weiterkommen. Wir müssen zumindest herausfinden, ob die Tat von einem Inselbewohner oder von einem Außenstehenden begangen wurde. Vielleicht ist ja ein verprellter Offshore-Mitarbeiter in die Tat verwickelt? Wir dürfen keine Möglichkeit ausschließen. Finden Sie die Leute aus der ‚Disko Krebs', die an Ronjas und Annas Tanzabend anwesend waren. Wir brauchen Namen.

Wenn wir wissen, wer sich in der Disko aufgehalten hat, können wir auch deren Wohnungen durchsuchen. Wir müssen die Insel auf den Kopf stellen! So groß ist Helgoland ja nicht."

Rainer Rüdels starrte auf den Tisch. Erst nach Sekunden fiel ihm ein: „Herr Kempner. Sie sind ein großartiger Polizist, das weiß ich sehr genau. Aber überlegen Sie bitte, was Sie tun. Das ist doch Wahnsinn! Die halbe Dorfgemeinschaft ist rasend vor Wut. Ich weiß nicht, wie lange ich die Gemüter noch ruhig halten kann. Wenn wir die Sache durchziehen, wie Sie vorschlagen, dann werden wir noch mehr Feinde auf der Insel haben. Dann wird es hier brennen. Dann ist ein großer Teil der Helgoländer gegen uns. Ich hoffe, das ist Ihnen klar. Gestern Abend habe ich mit einigen Leuten gesprochen von den ‚Helgoländern in Wut' und es gefällt ihnen nicht, dass sie als Mörder verdächtigt werden. Ihre Anschuldigungen, Herr Kempner, stören den Frieden auf der Insel. Das muss ich Ihnen ganz ehrlich sagen. Wir sollten erst noch ein bisschen warten und konkrete Indizien finden, bevor wir so drastische Maßnahmen ergreifen. Wir stellen damit die halbe Insel unter Generalverdacht!"

„Tut mir leid", wiegelte Kempner ab. „Das interessiert mich nicht. Meinetwegen soll mich jeder Einzelne auf der Insel hassen. Ich muss hier einen Mord aufklären und nicht den falschen Stolz einiger Fanatiker schützen. Ich kann nichts anderes tun, als meinem Gewissen zu folgen. Es sind schon mehrere Tage vergangen und wir haben immer noch keine heiße Spur." Kempner fasste seinen Helgoländer Kollegen am Arm und blickte ihm flehentlich in die Augen. „Rüdels, ich bitte Sie. Ich weiß, Sie haben es nicht leicht. Sie stehen zwischen den Stühlen. Aber Sie müssen meinem Instinkt vertrauen! Auf der Insel hat irgendjemand Dreck am Stecken, das spüre ich. Ich weiß noch nicht wer. Vielleicht Richter, vielleicht Wessels, vielleicht dieser Wirt oder auch die beiden Streithähne aus der Kneipe. Das müssen wir noch herausfinden, deswegen können wir auf Befindlichkeiten keine Rücksicht nehmen... Verstehen Sie das? Ich werde gleich Verstärkung aus Cuxhaven anfordern. Außerdem ist ja noch die Spurensicherung auf der Insel. Sie wird Ihnen helfen. Sie müssen sich vor allem auf die Wohnungen von Carsten Wohlers und Dr. Wessels konzentrieren."

Rüdels schwieg.

„Herr Kollege", setzte Kempner neu an. „Sie wollten doch eine verantwortungsvolle Aufgabe! Jetzt haben Sie eine. Die Menschen vertrauen Ihnen. Sie können aus den Inselbewohnern am ehesten etwas herauskriegen."

„Ich weiß ja nicht...", sagte Rainer Rüdels unsicher. Er schaute nachdenklich zu Boden. Doch der Helgoländer Polizist wirkte nicht mehr ganz so verunsichert wie zuvor. Kempners Argumente schienen ihn nachdenklich zu stimmen.

„Ich sag's noch mal: Bitte durchsuchen Sie die Häuser aller Verdächtigen", redete Kempner auf Rüdels ein. „Außerdem muss die ‚Disko Krebs' untersucht werden – und dann natürlich die Wohnungsräume von Peter Richter und dessen Hotel. Das ganze Programm. Sammeln Sie Handys ein, suchen Sie nach Nachrichten, nach Briefen, nach irgendwelchen Beweisen, die uns helfen könnten zu ermitteln, wer mit den beiden Mädchen in Kontakt stand. Es muss doch irgendwelche Hinweise geben! Der Mörder muss irgendwas vergessen haben. Vielleicht finden Sie ja Blut- oder andere DNA-Spuren. Wenn Sie jedem Einzelnen erklären, dass viele

Helgoländer von den Maßnahmen betroffen sind, sollte sich die Aufregung in Grenzen halten."

Rainer Rüdels runzelte besorgt die Stirn. „Ach, Herr Kempner. Sie wissen ja gar nicht, was Sie anrichten", sagte der Polizist mit gedämpfter Stimme.

„Wenn es Ihnen hilft, können Sie erstmal abwarten, bis Tilo Hilbig alle Verdächtigen über die Durchsuchungen informiert hat. Dann weiß die Dorfgemeinschaft Bescheid, dass Sie mit der Entscheidung nichts zu tun haben, sondern dass sie von oben kommt. Dann ist die Kieler Polizei schuld, die Idioten aus der Großstadt, wie immer." Kempner lächelte, schaute verständnisvoll auf Rüdels und berührte dessen Schulter. „Ich denke, damit kommen Sie durch, oder?"

„Nun gut, okay. Ist in Ordnung", antwortete Rüdels zögerlich und kratzte sich verlegen am Kinn. „Wenn Sie es unbedingt wollen, dann machen wir es so, wie Sie sagen. Aber beschweren Sie sich hinterher nicht, dass ich Sie nicht gewarnt hätte!"

„Schon in Ordnung", erwiderte Kempner, „ich werde gleich mal die Polizeidirektion in Hannover anrufen und die Durchsuchungsbefehle beauftragen. Es hilft nichts. Die Zeit läuft uns davon. Dieser Mörder", – Kempner schnaubte – „dieser Mörder sitzt irgendwo friedlich herum, erfreut sich seines Lebens und lacht uns aus. Das dürfen wir nicht zulassen!" Der Kommissar ballte die Hand zur Faust. Der Gedanke machte ihn rasend.

„Und was sollen wir währenddessen tun?", fragte Paula und wollte sich schon Notizen in ihrem Smartphone machen.

„Zuerst fahren wir zum Deutschlehrer der beiden Mädchen.“ Kempner blickte auf das Blatt Papier, auf dem die Adresse stand. Danach prüfte er seine Armbanduhr. „Lass uns keine Zeit verlieren und noch heute nach Bad Bederkesa fahren. Die nächste Fähre kommt in 70 Minuten. Wenn wir Glück haben, sind wir am Abend wieder auf der Insel, um die Untersuchungsergebnisse mit Rüdels und Hilbig zu besprechen.“

„Klingt vernünftig. Wenn's nach mir geht, kann es losgehen“, sagte Paula und zog sich ihre Jacke an.

„Einen Moment noch“, schob Kempner dazwischen und blickte auf Rüdels und Hilbig, die sich gegenseitig nervös anstarrten. „Bevor ich fahre, will ich wissen, ob ich mich auf Sie verlassen kann. Schaffen Sie das?“, fragte Kempner ernst. Er vertraute Hilbig, aber Rüdels war ein Risiko. Für den Dorfpolizisten stand viel auf dem Spiel.

Rüdels und Hilbig zögerten mit der Antwort, als wollten sie dem jeweils Anderen den Vorzug lassen. Erst Hilbig brach das Schweigen und sagte selbstsicher: „Ja, Sie können sich auf uns verlassen.“

„Und was sagen Sie, Herr Rüdels? Kann ich Ihnen vertrauen?“, fragte Kempner erneut und starrte auf den Helgoländer Polizisten.

Rüdels zögerte, senkte den Blick und nickte schließlich. Eine rote Haarsträhne fiel ihm über die Stirn.

„Gut, dann kann es ja losgehen“, sagte der Kommissar. „Wir sehen uns spätestens morgen. Und jetzt an die Arbeit!“

13

Nach sechzig Minuten kamen Kempner und Petersen am Helgoländer Fähranleger an, um das Schiff nach Cuxhaven zu erwischen. Das Wetter war schlecht. Es regnete und stürmte. Der Himmel war grau. Die Böen waren stärker geworden und wehten ostwärts auf die Insel ein. Die ‚MS Atlantis' schunkelte in der Helgoländer Bucht.

Kempner befürchtete, es könnte ein Problem werden, die Insel heute noch zu verlassen. Der Ticketverkäufer der Reederei sagte, dass die Fahrt storniert werden könnte, wegen des schlechten Wetters und der Gefahr für die Passagiere. Er schaute in seinem Kiosk, der sich an den Landungsbrücken befand, durchs Fenster in den Himmel und beurteilte die Wetterlage mit sorgenvollen Blicken: „Falls die Fähre heute nicht fährt, werden Sie per SMS informiert. Also prüfen Sie Ihr Handy."

Kempner konnte es nicht fassen und protestierte, aber gegen den Wettergott konnte selbst der umtriebigste Kommissar Niedersachsens nichts ausrichten.

Doch so schlimm sollte es nicht kommen.

Mit circa fünfzehnminütiger Verspätung gab ein Helgoländer Reederei-Mitarbeiter grünes Licht und bat die Gäste in kleine Holzboote, sogenannte Börteboote, um alle Reisenden zur Fähre zu bringen. Der schnelle Katamaran, der direkt am Helgoländer Fähranleger halten durfte, war schon abgefahren. Also mussten Kempner und Petersen mit der „MS Atlantis" vorlieb nehmen, einem Seebäderschiff, das tief im Wasser lag und deshalb auf die Landungsbrücken nicht zusteuern konnte. Das Schiff hielt in der Bucht, ein paar Dutzend Meter von der Küste entfernt.

„Mist. Jetzt müssen wir auch noch ausgebootet werden. Was für eine Zeitverschwendung," ärgerte sich Paula.

„Dumm gelaufen", sagte Kempner und wunderte sich: „Warum kann die Fähre eigentlich nicht an die Seebrücke fahren? Das konnte der Katamaran doch auch", setzte Kempner nach und verzog die Augenbrauen.

„Ah ja, Du kannst das ja nicht wissen", schmunzelte Paula. „Das hat auf Helgoland Tradition. Angeblich ist das Wasser am Fähranleger zu flach. Böse Zungen behaupten aber, dass das Ausbooten eine Art Folklore ist, die von den Helgoländern künstlich am Leben gehalten wird, um ein paar Jobs zu sichern."

„Im Ernst? Gewitzt, diese Insulaner!", sagte Kempner und schmunzelte. Diese Insel war wirklich etwas Besonderes. Selbst beim Transport beanspruchten die Helgoländer einen Sonderstatus.

Die Kommissare hüpften vom Steg in ein kleines Boot, das Platz für insgesamt zwanzig Passagiere hatte. Beim Einsteigen wurden die Passagiere von Helgoländer Matrosen am Arm gepackt, damit sie nicht ins Wasser fielen. Vier Börteboote brachten die Gäste zur Fähre.

An der ‚MS Atlantis' wartete bereits die Schiffsbesatzung und half den Passagieren aus den Holzbooten. Alles ging glatt über die Bühne.

Nach zwanzig Minuten war es endlich soweit. Alle Fahrgäste befanden sich unter Deck und saßen auf ihren Plätzen, so dass das Schiff starten und sich die ersten Seemeilen durch die Nordsee schaukeln konnte.

Kempner und Petersen waren vom Regen etwas nass geworden. Aber schlechtes Wetter waren sie gewöhnt. Die Überfahrt war dennoch unangenehm. Der Wind hatte an Stärke gewonnen. Paula Petersen kämpfte mit schlimmer Übelkeit und setzte sich deshalb an die Seite des Schiffrumpfes, um in Ruhe auf die Nordsee blicken zu können. Sie sprach kein Wort und wollte die Überfahrt so stressfrei wie möglich hinter sich bringen. Statt zu reden, konzentrierte sie sich auf ihren Magen und versuchte, nicht aufzustoßen. Jetzt war deutlich zu spüren, dass Helgoland eine Hochseeinsel war – auch wenn einige Experten diesen Status bestritten.

Angeblich war Helgoland durch eine Erhöhung im Meer immer noch mit dem Festland verbunden. Doch die meisten Helgoländer wollten das nicht wahrhaben. Sie akzeptierten das Urteil dieser ‚selbsternannten Experten' nicht und sagten, wenn man sie auf das Thema ansprach, dass jene Wissenschaftler von einigen Bewohnern der nordfriesischen Inseln bestochen wurden – vielleicht von den Norderneyern –, um die Einzigartigkeit Helgolands in Frage zu stellen. Ein billiger Trick der Konkurrenz, hieß es dann immer.

Kempner erfuhr diese Verschwörungstheorien von seinem Sitznachbarn auf der Fähre. Es war ein älterer

Herr um die 70 mit Stock und Hut, der sich zufällig neben den Kommissar gesetzt hatte. Er erzählte Kempner verschiedene Geschichten von der Insel, die dem Kommissar noch unbekannt waren. Während die Männer miteinander sprachen, blitzte es draußen. Die See zeigte ihre raue, gefährliche Seite.

„Helgoland ist wirklich faszinierend“, sagte der ältere Herr, während er seinen Hut abnahm: „Erst von Friesen bewohnt, dann von Dänen unterjocht, von Briten besetzt und wieder von Deutschen befreit.“ Der Mann klopfte mit seinen Fingern auf die Schenkel und schien sich am schlechten Wetter nicht zu stören. Er wirkte so gelassen wie ein erfahrener Seemann, trotz der heftigen Bewegungen, die das Schiff machte.

„Wurde die Insel nicht mal gegen Sansibar getauscht? Als Helgoland noch den Engländern gehörte...?“, erinnerte sich Kempner und dachte an den Abend in der Kneipe ‚Der Finkus' zurück. Jemand vom Nebentisch hatte so etwas behauptet.

„Das ist nicht ganz korrekt“, korrigierte ihn der ältere Herr mit Schnauzbart und grauer Jacke. „Sansibar gehörte niemals den Deutschen. Also konnte auch kein Tausch stattfinden.“

Kempner machte ein fragendes Gesicht und verwies auf einen Bericht, den er vor einigen Jahren zufällig im Reiseteil einer großen deutschen Tageszeitung gelesen hatte. „Aber warum denken viele das Gegenteil?“, fragte Kempner neugierig. „Es gibt doch sogar dieses Restaurant auf Helgoland, die ‚Sansibar'. Das kann doch kein Zufall sein.“

„Sehr gute Frage“, sagte der ältere Herr, sichtlich erfreut, dass er sich mit jemandem über Helgolands Geschichte austauschen konnte. „Um 1850 entdeckten die Europäer die afrikanischen Länder als Ziel für Besatzungen und Kolonialisierungen. Die Briten, Deutschen, Franzosen und alle anderen westeuropäischen Staaten wollten Afrika unterjochen. Deutschland machte eifrig mit und kolonialisierte Teile Südwest- und Ost-Afrikas. Bismarck war Reichskanzler und für die Expansionspolitik verantwortlich, wurde dann aber 1890 von Wilhelm dem Zweiten wegen einer Meinungsverschiedenheit entlassen."

Kempner befürchtete, dass jetzt ein langatmiger Geschichtsmonolog beginnen würde, aber sein Gesprächspartner wusste Kempners Aufmerksamkeit zurückzugewinnen.

„Dann passierte etwas Komisches: Leo von Caprivi wurde zu Bismarcks Nachfolger gewählt. Dieser Caprivi war es dann auch, der den sogenannten ‚Vertrag zwischen Deutschland und England über die Kolonien und Helgoland' unterzeichnete und sich bereit erklärte, die Gebietsansprüche auf Sansibar und andere afrikanische Länder fallen zu lassen – vorausgesetzt, Deutschland würde sein geliebtes Helgoland zurückbekommen. Seit dem 18. Jahrhundert war die Insel erst unter dänischer und dann unter britischer Kontrolle. Das Komische an dem Tausch war allerdings, dass Deutschland Sansibar nie besaß, nur Ost-Afrika, das heutige Tansania, aber eben ohne die Insel Sansibar." Kempner hörte zu und nickte verständnisvoll. „Der neue Kanzler erklärte sich bereit, nach Vertragsunterzeichnung Sansibar den Engländern zu überlassen. Die Insel blieb offiziell in britischer Hand. Es ging um den Verzicht auf zukünftige Besitzansprüche, nicht um einen Tausch."

„Und warum konnte sich das Tausch-Gerücht so hartnäckig halten?", wollte Kempner wissen.

„Haha!“, lachte der Mann laut auf. „Sehr gute Frage! Ich sehe, Sie sind ein guter Zuhörer... Das ist alles die Schuld von Bismarck. Der eiserne Kanzler kritisierte die Vertragsunterzeichnung als Fehler, als Zeichen der Schwäche. Er war ein beliebter und einflussreicher Politiker, also behauptete er, dass Caprivi einen Teil Afrikas gegen einen Felsen in der Nordsee getauscht hätte. Dadurch brachte er das Gerücht in Umlauf, dass das große Sansibar nicht mehr zu Deutschland gehörte, was natürlich totaler Quatsch war. Aber einige schlecht informierte Zeitgenossen glaubten ihm. Es war ein rhetorischer Trick, um seinem Nachfolger zu schaden.“

„Ah, jetzt verstehe ich“, sagte Kempner und hob seinem Zeigefinger, um seiner Überraschung Ausdruck zu verleihen. „Und bis heute hält sich das Gerücht? Ist ja irre.“

„Ja, ziemlich komisch. Das zeigt die ungebrochene Macht von Bismarck. Und wissen Sie, was die Ironie dabei ist?“

„Nein, sagen Sie es mir.“

„Später haben die Deutschen Helgoland als Stützpunkt genutzt, um die Briten zu bekämpfen – sowohl im Ersten als auch im Zweiten Weltkrieg. Merkwürdig, oder?“, sagte der ältere Herr, während er ein Brot aus seinem Rucksack holte. Er öffnete die Zellophanfolie, holte die beschmierten Scheiben heraus und biss genüsslich hinein. Es waren Schwarzbrote, die mit Heringstücken belegt waren. „Wie Sie sehen, gibt es auf der Insel viel Platz für Mythen und Märchen“, sagte der Mann mit vollem Mund und schmatzte fröhlich.

„Ja, das konnte ich während meines Aufenthalts bereits feststellen“, seufzte Kempner.

„Nehmen Sie die Leute nicht so ernst! Die sind einfach stolz auf ihre Insel." Der Mann klopfte Kempner auf die Schulter. „Kopf hoch! Wir sind ja gleich auf dem Festland."

„Danke", sagte Kempner, lächelte und zog eine Zeitung aus der Aktentasche, um ein bisschen zu entspannen, bevor die Polizeiarbeit wieder beginnen würde.

Das Wetter wurde immer schlechter. Das Schiff ruckelte ohne Unterlass, selbst kurz vor Cuxhaven schunkelte es heftig hin und her.

Nach zwei Stunden elender und wackliger Überfahrt kamen die Kommissare endlich an. Kempner begleitete Paula Petersen vom Schiff, die vom Schaukeln ganz grün und bleich geworden war. Er stützte sie ab. Sie konnte kaum ihr Gleichgewicht halten.

„Man, Jürgen. Ich dachte, als diese eine große Welle kam, wir würden untergehen", sagte Paula kreideblass. Ihr steckte der Schreck immer noch in den Knochen.

„Ha! Ich wusste gar nicht, dass Du so anfällig bist für schweren Seegang", wunderte sich Kempner und hielt Paula am Arm fest. Er wollte ihr das Gefühl geben, dass sie nichts zu befürchten hatte.

„Glaub mir, das wusste ich ebenso wenig", antwortete sie und wollte die unangenehme Überfahrt schnell vergessen.

Kempner führte seine Kollegin zum Dienstwagen, der in der Nähe des Cuxhavener Fähranlegers stand. Es regnete immer noch, als die Polizisten ins Auto stiegen. Die Scheiben waren beschlagen. Kempner drehte den Zündschlüssel um und warf die Lüftung an. Seine Kollegin atmete tief durch und rieb sich mit der Hand den Bauch. Danach kramte Kempner den Zettel mit den Adressen aus seiner Jeans und tippte die Anschrift des Deutschlehrers in das Navigationssystem. Nach ein paar Sekunden spuckte das Gerät die richtige Route aus, eine weibliche Stimme sagte: „Die Fahrtdauer beträgt voraussichtlich 33 Minuten."

Die Kommissare fuhren los, verließen Cuxhaven über die Bundesstraße und steuerten Bad Bederkesa an. Im Innern des Autos hörte man das Geräusch des plätschernden Regens und der rotierenden Scheibenwischer.

Kempner hatte ein ungutes Gefühl. War es richtig gewesen, die Insel zu verlassen und die Verantwortung Rüdels und Hilbig zu übertragen? Er hoffte, die beiden Kollegen würden die Durchsuchungen gründlich durchführen. Aber der Kommissar hatte seine Zweifel.

Es regnete immer noch stark, als Jürgen Kempner und Paula Petersen vor dem Haus des Deutschlehrers der beiden Mädchen hielten. Er hieß Thomas Theesemann und wohnte in einem Einfamilienhaus in einer Siedlung am Rand von Bad Bederkesa, einer kleinen Stadt in der Nähe von Cuxhaven. Thomas Theesemann betreute die Schülerzeitung „Zündstoff", für die Ronja und Anna den Helgoland-Bericht schreiben wollten. Kempner erinnerte sich noch, dass er die Stimme des Mannes aus den Radionachrichten kannte. Der Deutschlehrer hatte nach dem Mord sein Beileid ausgedrückt und die Öffentlichkeit über den Tod der beiden Schülerinnen informiert.

Es war ein regnerischer Herbsttag. Die Wolkendecke war dicht. Obwohl erst mittag war, hätte man denken können, die Nacht sei bereits angebrochen. Am Horizont leuchteten immer noch gewaltige Blitze auf.

Kempner und Petersen betätigten die Klingel am Einfamilienhaus. Es hätte einem Architektur-Katalog entsprungen sein können: Theesemanns Haus war ansehnlich, hatte einen gepflegten Garten und frisch geputzte rote Backsteine als Außenfassade. Insgesamt machte das Anwesen, so wie die ganze Siedlung, einen überaus ordentlichen Eindruck. Es war ein bildungsbürgerliches Paradies.

Ein stämmiger Mann mit Halbglatze und kantiger Brille öffnete die Tür.

„Ja, guten Tag? Was kann ich für Sie tun?"

„Wir sind von der Kripo Hannover. Mein Name ist Kempner, das ist Paula Petersen. Dürften wir Sie kurz sprechen?", fragte Jürgen Kempner und zeigte seinen Dienstausweis vor.

Der Mann wirkte nicht besonders überrascht. Als Lehrer und engster Vertrauter der beiden Mädchen hatte er wohl damit gerechnet, von der Polizei noch einen Besuch abgestattet zu bekommen. Die einzige Reaktion, die Thomas Theesemann für die Kommissare übrig hatte, war ein Nicken. Dann führte er die beiden Polizisten ins Wohnzimmer, das sich im Erdgeschoss des großen und nach Pinienholz riechenden Hauses befand. Der gebohnerte Boden verströmte einen frischen Geruch. Der Glanz passte zur bildungsbürgerlichen Optik des ganzen Anwesens: an den Wänden standen prall gefüllte Bücherregale. Auf dem schwarzen Steinway-Klavier thronten Büsten von Goethe und Schiller. Füllfederhalter lagen auf dem Schreibtisch in der Ecke, darauf die neueste Ausgabe der Wochenzeitung *DIE ZEIT*. Ein CD-Regal mit

Aufnahmen von Bach, Mozart, Beethoven, Schumann, Alban Berg und Wagner verriet, dass Herr Theesemann über einen exquisiten Kunst-Geschmack verfügte. Es war ausgesprochen ordentlich im Haus. Und dann noch das Erscheinungsbild des Deutschlehrers – es passte perfekt zur bildungsbürgerlichen Wohnung: Herr Theesemann trug eine braune Cord-Hose, einen grauen Pullover, unter dem sich ein Hemd mit blau-weißen Streifen verbarg. Das Hemd samt Kragen war ordentlich gebügelt.

„Sie sind wegen des Mordes hier, richtig?“, fragte Thomas Theesemann.

„Ja, ganz genau. Wir wollen wissen, was die Mädchen vorhatten. Sie haben die Schülerzeitung ‚Zündstoff‘ betreut. Stimmt das? Sie müssten doch Bescheid wissen.“

„Ja, ich habe die Mädchen auf die Reise vorbereitet. Ich wollte...“ Thomas Theesemann brach abrupt ab. Er schüttelte den Kopf, kniff die Augen zusammen und hielt sich die Hand vors Gesicht. „Tut mir leid. Es fällt mir immer noch schwer, über den Mord zu sprechen. Ich kann das alles nicht glauben...“

„Das kann ich mir sehr gut vorstellen“, sagte Kommissar Kempner. „Darf ich Ihnen trotzdem ein paar Fragen stellen?“

„Ja, natürlich. Setzen Sie sich doch. Darf ich Ihnen etwas zu trinken anbieten? Wasser, Tee?“

„Nein, danke“, sagte Paula Petersen und ließ sich in die Couch fallen.

Kempner setzte sich ebenfalls hin und stellte seine Aktentasche neben die Couch.

„Wir wollen keine Zeit verlieren, um ehrlich zu sein... Könnten Sie uns verraten, wonach die Mädchen auf der Insel suchten? Wie kamen sie auf die Idee, einen Bericht über Helgoland zu schreiben? Klingt ja eigentlich nach einem sehr ambitionierten Projekt."

Herr Theesemann schaute nachdenklich auf den Boden. Er stand auf, ging zur Fensterfront, durch die man den gepflegten Terrassengarten sehen konnte, steckte die Hände in die Hosentaschen und verharrte dort mit traurigem Blick, ohne sich zu rühren. Erst nach einer längeren Pause begann er zu sprechen: „Wissen Sie, die beiden Mädchen waren ganz außergewöhnliche Menschen. Sie wären phantastische Journalistinnen geworden. Das alles ist eine große Tragödie. Darüber werde ich lange nicht hinwegkommen." Theesemann räusperte sich. Dann blickte er zu Kempner hinüber und sagte: „Die Mädchen hatten einen sehr guten journalistischen Instinkt, aber die Geschichte mit Helgoland war meine Idee."

„Und wie kamen Sie darauf?", fragte der Kommissar.

„Nun... Hier in Bad Bederkesa bekommen wir die *Cuxhavener Nachrichten*. Ich habe einen Bericht über den Streit auf der Insel gelesen, über das Bürgerbegehren gegen die steigenden Mieten und die Auseinandersetzungen zwischen den Inselbewohnern und der Offshore- und Hotel-Industrie. Ich habe den Bericht in die Schule mitgebracht und ihn Ronja und Anna gezeigt. Sie waren begeistert und wollten daraus ein Thema für eine Reportage machen. Das sollte das Abschlussprojekt in meinem Deutsch-Leistungskurs werden, so haben wir es jedenfalls besprochen. Ich dachte, die Mädchen könnten damit einen Preis gewinnen. Die beiden waren extrem talentiert. Wenn ich gewusst hätte, wie die Sache ausgeht – ich hätte sie niemals auf die Insel geschickt.“ Herr Theesemann atmete tief durch. Dann flüsterte er: „Das werde ich mir nie verzeihen. Niemals!“

„Schon gut. Es ist nicht Ihre Schuld“, sagte Paula und versuchte, Theesemann zu trösten. „Waren Sie auf der Insel? Ich meine... in den letzten Wochen? Haben Sie die Mädchen besucht?“

„Nein, nein.“ Der Deutschlehrer schüttelte den Kopf. „Ronja und Anna sollten das alleine machen. Nächstes Jahr hätten sie ihr Abitur absolviert. Ich wollte, dass sie die Geschichte eigenständig recherchieren, damit sie sich bei der Henri-Nannen-Schule bewerben können. Das war jedenfalls der Plan, bis....“ Theesemann konnte den Satz nicht beenden, denn er musste schluchzen.

„Ist schon gut“, flüsterte Paula, stand vom Sofa auf und ging zum Deutschlehrer hinüber. Sie streichelte seinen Arm. „Wir wissen, dass die Situation alle Ihre Kräfte beansprucht. Wollen Sie vielleicht mit einem Psychologen sprechen, bevor wir weitermachen?“

„Nein, danke. Es geht schon wieder.“ Der Deutschlehrer wischte sich mit dem Ärmel die Tränen aus den Augen. „Sie tun nur Ihren Job. Ich muss die Sache einfach noch verarbeiten. Aber das soll Ihre Ermittlungen nicht beeinträchtigen. Es geht gleich wieder...“

„Natürlich. Wir würden Ihnen viel mehr Zeit geben, wenn die Lage nicht so ernst wäre. Der Mörder läuft immer noch frei herum. Das verstehen Sie doch, oder?“

„Ja, natürlich.“

„Wir würden gerne wissen,“ ergänzte Kempner, „auf welcher Seite die Mädchen standen. Aus den

Notizbüchern geht nicht klar hervor, wen die Schülerinnen unterstützten. Können Sie uns da helfen?"

„Sie glauben, dass jemand verhindern wollte, dass die Mädchen über den Konflikt berichten? Deswegen wurden sie umgebracht?", fragte Theesemann ungläubig.

„Das könnte durchaus sein", antwortete Kempner. „Es ist zumindest eine Hypothese."

„Ich verstehe", sagte der Deutschlehrer nachdenklich. „Leider kann ich Ihnen nichts dazu sagen. Ronja war sehr am Naturschutz interessiert. Sie hätte sicherlich ein gutes Wort für die Windkraft übrig gehabt. Auf der anderen Seite weiß ich, dass sie ebenso kritisch den Wandel auf der Insel beobachtete, der sich nach dem Zuzug der neuen Arbeiter einstellte. Dieses Dilemma haben wir noch vor der Abreise besprochen. Leider hatte ich keine Gelegenheit, die Mädchen auf der Insel zu treffen."

„Verstehe", sagte Kempner enttäuscht. „Wie sieht es denn mit anderen Verdächtigen aus? Kommt Ihnen jemand in den Sinn? Etwa Ihr Kollege, der wegen eines Berichts von Ronja und Anna abgemahnt wurde?"

„Ah, Sie meinen Herrn Korwind, unseren Biologie-Lehrer? Ich kann mir beim besten Willen nicht vorstellen, dass er etwas mit dem Mord zu tun hat", sagte Theesemann kopfschüttelnd. „Diese Sache mit dem Mobbing – das war eine einmalige Entgleisung."

„Ich weiß, es klingt unwahrscheinlich. Aber wir müssen jeder Spur nachgehen", sagte Paula Petersen und versuchte, Herr Theesemann zum Sprechen zu bringen.

„Nun, es ist mir unangenehm." Der Deutschlehrer war etwas ruhiger geworden. Er starrte auf seine

Hände, schien nachzudenken und irgendetwas abzuwägen.

Paula bemerkte das. Sie spürte, dass Theesemann haderte.

„Worüber denken Sie nach?“, fragte die Kommissarin.

„Nun, es fällt mir nicht leicht, schlecht über einen Kollegen zu sprechen...“

„Das verstehen wir“, sagte Kempner. „Aber nur so können Sie Anna und Ronja helfen. Die beiden Mädchen würden das Gleiche für Sie tun.“

„Nun gut“, sagte Theesemann entschlossener und ging zu der Couch zurück. Er blicke die Kommissare scharf an. „Ich sage Ihnen jetzt, was ich weiß, auch wenn es schmerzt: Wie Sie wahrscheinlich schon mitbekommen haben, hat Herr Korwind eine Abmahnung bekommen, weil Ronja und Anna einen Bericht geschrieben haben über sein Fehlverhalten gegenüber einem Mitschüler.“

„Ja“, sagte Kempner, „das wissen wir. Kerr Korwind soll einen Jungen gemobbt haben, der aus dem Ausland kommt, richtig?“

„Genau“, erwiderte Theesemann. Er ging zum Bücherregal und kramte nach einer Ausgabe der Zeitung ‚Zündstoff‘. Nachdem er das richtige Exemplar fand, blätterte er darin und reichte Kempner die Ausgabe mit der geöffneten Seite, wo sich der Zeitungsbericht über den Vorfall mit dem Biologielehrer befand. „Biologie-Lehrer mobbt Ausländer“ hieß die Titelzeile.

„Das ist der Text. Eine sehr unangenehme Geschichte, aber die Mädchen haben alles gegeben. Sie haben den schikanierten Jungen befragt. Ein Türke mit dem Namen Hasan. Dann haben sie nach Zeugen gesucht und Wirbel um die Sache gemacht. Immer mehr Schülerinnen und Schüler meldeten sich zu Wort, schriftlich oder persönlich, und erzählten, was an dem besagten Tag in der Biologie-Klasse passiert ist... Hasan hatte nicht aufgepasst und Quatsch gemacht. Da hat Herr Korwind böse reagiert, aus dem Affekt heraus, und gesagt: ‚Ihr Türken seid doch alle gleich. Immer macht Ihr nur Ärger!' Die Klasse war entsetzt, trotzdem sagte niemand ein Wort. Aber nach Ronjas und Annas Recherchen sah die Situation schon ganz anders aus. Plötzlich wurde über den Vorfall gesprochen. Viele Schüler aus dem Kurs trauten sich plötzlich, Herr Korwinds Verfehlung anzusprechen. Vorher herrschte eine Atmosphäre der Angst. Niemand wollte es sich mit dem Biologie-Lehrer verscherzen."

„Und was ist dann passiert?", wollte Paula Petersen wissen.

„Na ja, als unsere Direktorin, Frau Büsing, den Bericht in der Schülerzeitung las, berief sie eine Untersuchungskommission. Am Ende stellte sich heraus, dass die Anschuldigungen der Wahrheit entsprachen. Das war ziemlich mutig von den beiden jungen Mädchen. Für diese investigative Geschichte haben sie einen Preis bekommen."

„Und trotzdem können Sie sich nicht vorstellen", unterbrach Paula, „dass dieser Herr Korwind sich an den Mädchen rächen wollte?"

Thomas Theesemann grübelte. „Nun, vielleicht haben Sie Recht. Vielleicht unterschätze ich menschliche Rachegefühle und deren zerstörerische Kraft. Sie haben Recht: In dieser Situation sollte man allen Hinweisen nachgehen."

„Das denke ich auch. Herr Theesemann, ich danke Ihnen, dass Sie sich die Zeit genommen haben. Wir wollen Sie nicht weiter belästigen. Wir werden uns an die Arbeit machen und Sie informieren, sobald wir etwas wissen, in Ordnung?", sagte Paula vorsichtig.

„Danke. Jederzeit wieder."

Kempner und Petersen standen auf, schüttelten Thomas Theesemann die Hand und wandten sich zur Tür, als plötzlich Jürgen Kempner noch eine Frage einfiel.

„Herr Theesemann, eine Sache noch."

„Ja?"

„Wir haben das Notizheft der beiden Mädchen gefunden. Darin stand geschrieben: ‚Thorsten nach der Puppe fragen.' Können Sie sich vorstellen, was damit gemeint ist?"

Thomas Theesemann erstarrte. Er blickte wie versteinert zu Boden. Dann sagte er: „Nein, ich habe keine Ahnung." Er fummelte an seiner goldenen Uhr und rückte das Armband zurecht.

„Mh", murmelte Kempner. „Wissen Sie vielleicht, in welcher Beziehung Thorsten zu Anna und Ronja stand?"

„Ähm..." Theesemann räusperte sich. Er überlegte und ließ seine Blicke in alle Richtungen schweifen. „Sie waren Klassenkameraden, mehr nicht. Wieso fragen Sie?" Theesemanns Pupillen weiteten sich.

„Ach, nur so. Ist schon gut. Das war's auch schon. Mehr muss ich nicht wissen."

Der Deutschlehrer näherte sich Kempner und starrte ihn an. „Wollen Sie Thorsten befragen?", fragte er hastig. „Ich glaube, dem Jungen geht es nicht gut. Der braucht etwas Zeit, um die Sache zu verarbeiten."

„Vielleicht. Aus ermittlungstaktischen Gründen dürfen wir darüber nicht sprechen, das verstehen Sie hoffentlich."

„Natürlich, das verstehe ich", sagte Thomas Theesemann enttäuscht und schaute abwesend zur Seite. Er wirkte traurig und angeschlagen, nahezu entkräftet.

„Na gut, dann lassen wir Sie allein. Vielen Dank nochmals."

„Kein Problem..." Er verabschiedete sich, blinzelte schnell und schob den Satz nach: „Ich hoffe, Sie finden das Schwein."

Kempner und Petersen stiegen ins Auto.

„Und?", fragte Paula. „Was denkst Du?" Sie grübelte und kratzte sich mit der rechten Hand am Fingernagel ihres linken Daumens. Das tat sie immer, wenn Sie nervös war.

„Tja, wieder nichts", antwortete Kempner. „Ich kann nur hoffen, dass die Durchsuchungen auf der Insel mehr ergeben." Er drückte seine Hände aufs Gesicht und ließ sie über die Wangen gleiten. Kempner war erschöpft.

„Sollten wir jetzt zu Thorsten fahren?", schob Paula nach.

Der Kommissar überlegte. „Ich denke, wir teilen uns besser auf. Ich fahre Dich zum Biologielehrer, diesem Herrn Korwind. Und ich fahre zu Thorsten und befrage ihn."

„In Ordnung." Paula nickte und prüfte die Nachrichten auf ihrem Smartphone. Bislang hatte sich niemand aus Helgoland gemeldet.

Der Kommissar startete den Motor und fuhr los.

Hinter den Gardinen sah man noch den Deutschlehrer, wie er den Polizisten grübelnd hinterherschaute. Auf seiner Stirn hatten sich tiefe Sorgenfalten gebildet. Währenddessen blitzte es am Himmel.

14

Kempner fuhr Paula Petersen zum Internat der beiden Mädchen, das sich in der Nähe der Innenstadt von Bad Bederkesa befand, umringt von einem Waldstück, auf einer Anhöhe gelegen, die das Internat leicht erreichbar machte und zugleich gut versteckt hielt. Es handelte sich um einen Klinkerbau, der sich wie ein großer, schwer zu fassender Block den Blicken der Besucher entzog.

Kempner wusste, dass die Einrichtung während des Zweiten Weltkriegs als Reservelazarett genutzt wurde. Davor war es eine SS-Kommandatur. Seitdem der Krieg vorbei war, hatten viele Jungen und Mädchen – darunter auch ein wenig nierdersächsische Prominenz – die langen Hallen des Anwesens bewohnt. Es war ein Internat, von denen in Deutschland nicht mehr viele existierten. In der Umgebung kursierten Gerüchte, dass es in dem Anwesen spukte, aber diese Mythen waren nicht weiter verwunderlich, wenn man die Geschichte des Baus berücksichtigte. Es war wirklich eine Rarität: Es sah einladend und zugleich angsteinflößend aus.

Anders als die meisten Schüler hatten Ronja und Anna in dem Komplex nicht gewohnt, sondern sind jeden Morgen mit den Fahrrädern vom Haus ihrer

Eltern zum Unterricht gefahren. So war es auch bei Thorsten, den Kempner jetzt besuchen wollte. Er war, so hatte es ihm Rüdels mitgeteilt, ebenfalls kein Bewohner des Internats. Doch vor der Begegnung wollte Kempner seiner Kollegin Paula noch ein paar Tipps geben.

Er ließ sie aussteigen. Dann sagte er: „Nimm den Kerl hart dran. Schau, wie er reagiert. Vielleicht wird ihm unwohl, vielleicht fängt er an zu schwitzen. Du musst ihn sofort mitnehmen, falls Du einen Verdacht hast. Ich habe die Cuxhavener Polizei bereits informiert, dass wir in Bad Bederkesa ermitteln. Die Kollegen sind in Alarmbereitschaft. Sie können Dir zu Hilfe kommen, falls was passiert. Außerdem stehen einige freie Zellen zur Verfügung. Also keine..."

Paula nickte, rückte sich ihre Umhängetasche zurecht, stand etwas gebückt vor der geöffneten Autotür und hörte Kempner zu. Dann ging sie dazwischen: „Ist ja gut", unterbrach Paula. „Du brauchst keine Angst zu haben. Ich krieg das schon hin. Ich bin ein großes Mädchen." Paula zwinkerte Kempner selbstgewiss zu und schloss die Tür, ohne auf eine Antwort zu warten.

Kempner lehnte sich zur Fensterscheibe und starrte seiner Kollegin peinlich berührt hinterher. Er atmete tief durch. Hatte er übertrieben? War er ihr wieder zu weit gegangen? Er wollte nicht den Besserwisser spielen, weiß Gott nicht.

Der Kommissar schüttelte den Kopf, um zur Besinnung zu kommen. Er wollte endlich abhauen, endlich weg von hier, und startete den Motor. Er drückte mit dem Fuß auf die Kupplung und legte den ersten Gang ein. Danach fuhr er zum Haus von Thorsten, voller Erwartung, dass ihn das Gespräch ein Stück weiterbringen würde. Er hatte bereits während der Autofahrt Herrn Kratz über sein Erscheinen informiert.

„Muss das sein?", fragte Thorstens Vater gequält durch den Hörer. „Ausgerechnet jetzt? Können wir das nicht ein anderes Mal machen?" Er bat Kempner um einen späteren Termin und verwies auf den Schockzustand seines Sohnes, doch Kempner blieb hartnäckig. Er machte ihm bewusst, dass die Polizei es eilig hatte, dass es um Leben und Tod ging. Es funktionierte: Der Mann ließ sich nach einigen Sätzen endlich breitschlagen und bestätigte Kempner, dass er und sein Sohn auf ihn warten würden.

Nach circa zehn Minuten Fahrtzeit, in denen Kempner die NDR-1-Radionachrichten hörte und sich über die aktuelle Berichterstattung zum Mordfall informierte, machte der Kommissar vor einem großen, braunen Häuserblock Halt. Die Balkone waren streng gegliedert und hatten einen weißen Anstrich. Diese Mischung aus Weiß und Braun passte nicht in die grüne Landschaft der Umgebung. Alle anderen Blöcke sahen ähnlich geschmacklos aus. Es war ein trister Anblick. Ein perfekter Ort für einen Suizid, dachte sich Kempner.

Thorsten wohnte in einem großen Mehrfamilienhaus. Die Siedlung zeugte davon, dass die Familie über nicht sehr viel Geld verfügte. Kempner war überrascht, so ein abgewirtschaftetes Gebäude im betuchten Bad Bederkesa überhaupt vorzufinden. Er sah einige kahle Fenster ohne Gardinen, die nahe legten, dass in dem Haus viele Wohnungen leer standen. Es hätte ein sozialer Brennpunkt sein können, wenn die Siedlung nicht in Bad Bederkesa, sondern in Hamburg-Harburg gelegen hätte. Kempner fand das bizarr: „Auf Helgoland klagen die Menschen über zu viele Bewohner, und hier steht alles frei. Versteh mal einer die Welt", flüsterte Kempner vor sich hin. Er nahm seinen Zettel heraus, stieg aus dem BWM und ging von Häusereingang zu Häusereingang auf der Suche nach der richtigen Adresse. Endlich fand er die Tür mit der Aufschrift 4B, wo Thorsten Kratz wohnte.

Kempner klingelte, wurde durch ein lautes Summen aufgeschreckt, öffnete die Tür und lief in den zweiten Stock des Hauses.

Der Vater, der ziemlich jung und sportlich aussah, wirkte in seinem Polo-Shirt und der frisch gewaschenen Bluejeans von *Levi's* gut gekleidet. Er schaute mit seinen grünen, leuchteten Augen Kempner beim Hinaufgehen zu und blickte durch den Freiraum zwischen den Treppen. „Herr Kommissar?", hallte es im Flur. Herr Kratz wirkte nervös und zeigte seine gelben Zähne beim Lächeln. Er hob von weiter Ferne zur Begrüßung die Hand. „Sind Sie das?"

„Ja, ich bin's, Jürgen Kempner. Vielen Dank, dass Sie Zeit für mich haben", antwortete der Kommissar, während er die Stufen hinauflief.

„Ja, kein Problem", sagte der Mann flüsternd. „Thorsten ist in seinem Zimmer. Wir können da gleich rein. Aber kommen Sie doch erst mal in die Wohnung." Er machte ein Zeichen mit der Hand, um Kempner verstehen zu geben, dass er eintreten sollte.

Kempner ging die letzten Stufen hinauf, gab dem Mann die Hand und betrat die Wohnung. Thorstens Vater schloss die Tür, nahm dessen Mantel ab und bot ihm ein Getränk an.

„Nein danke", sagte Kempner. „Ich möchte am liebsten gleich mit dem Jungen sprechen, wenn das in Ordnung ist."

Herr Kratz zuckte leicht zusammen und flüsterte immer noch ganz leise: „Erwarten Sie bitte nicht zu viel. Der Junge steht immer noch unter Schock. Er war mit beiden Mädchen befreundet. Er ist fix und fertig mit den Nerven."

„Sie brauchen sich keine Sorgen zu machen. Ich weiß, wie man vorgehen muss. Ich werde sensibel sein, das verspreche ich Ihnen."

Der Vater schaute Kempner skeptisch an. Es bildeten sich Falten auf seiner Stirn. Herr Kratz roch unangenehm nach Schweiß und wirkte ein wenig distanziert, als ob er seinen Sohn unbedingt schützen wollte – um jeden Preis.

Wieder war Kratz zögerlich. „Ich weiß nicht, ob das eine gute Idee ist. Thorsten ist in einem so schlechten Zustand. Das überfordert ihn alles."

Der Kommissar ließ keine Widerrede zu. Er schüttelte den Kopf. „Wir müssen da durch", sagte Kempner energisch. „Ich brauche den Zeugenbericht. Besser gestern als heute. Herr Kratz, verstehen Sie, es ist wirklich dringend."

„Na gut, aber seien Sie bitte vorsichtig." Er wirkte abgelenkt. Dann machte er mit einer Handbewegung deutlich, Kempner möge ihm folgen. Er ging vor die letzte Tür im Flur und hielt kurz inne. „Bitte gehen Sie behutsam vor, okay?" Dann griff er nach der Klinke, öffnete die Tür, schob seinen Körper zur Seite und gewährte Kempner Einlass in das Zimmer von Thorsten.

Auf den Kommissar traf eine Wolke abgestandener Luft. Der 18-jährige Junge saß auf seinem Bett und starrte in sein Smartphone. Trotz seiner starken Arme und seiner gut gebauten Figur wirkte er schwach, ja geradezu gebrochen. Sein grün-weißer Werder-Bremen-Pullover passte ihm nicht. Doch es schien den Jungen nicht zu stören, er machte einen ungepflegten Eindruck. Die braunen, feinen Haare waren zerzaust, die Fingernägel nicht richtig geschnitten. Der Junge hatte schmutzige Socken an und seine Hose wirkte zu eng. Außerdem bemerkte Kempner eine Schlappheit, die von Thorstens Traurigkeit zeugte: Der Junge reagierte nicht auf Kempners Erscheinen, er schaute noch nicht einmal auf, als hätte er sich selbst aufgegeben. War das der Schock? War das die Reaktion auf den Tod der Mädchen?

Der Vater setzte sich aufs Bett neben den Jungen und legte seine Hand auf dessen Arm.

„Thorsten?“

Der Junge schüttelte sich. Seine Augen waren feucht, doch er weinte nicht. Man sah eine beängstigende, tieftraurige Leere in seinem Blick; eine Spiegelung der Sinnlosigkeit seines Lebens; einen Geschichtsausdruck, der sagen wollte: „Mir ist alles egal.“ Thorsten musste Ronja wirklich geliebt haben, dachte sich Kempner.

„Die Polizei ist hier“, sagte Herr Kratz. „Magst Du mit dem Kommissar kurz sprechen?“ Der Junge schaute zu Kempner hinüber. Sein Blick war kalt und abgeklärt.

„Ja", entgegnete er mit einem dumpfen, kontrolliert-dünnen Ton. Er legte das Smartphone weg und spannte seinen Rücken an.

„Hallo Thorsten. Ich bin Jürgen Kempner, von der Polizei Hannover", sagte der Kommissar. „Ich weiß, dass es Dir nicht gut geht. Aber wir müssen kurz miteinander sprechen. Wirklich nur ganz, ganz kurz. In Ordnung?"

Kempner setzte sich neben Thorsten aufs Bett. Er streckte ihm die Hand entgegen. Thorsten wartete einen Augenblick, hob dann den Kopf, schaute Kempner in die Augen und schüttelte sie dann. Es war ein zarter Händedruck. Thorstens Handflächen waren feucht. Sie fühlten sich beinahe glitschig an.

„Thorsten. Du kannst Dir denken, warum ich hier bin?"

Der Junge schwieg. Dann sagte er bloß: „Ja, wegen Anna und Ronja."

„Genau. Hast Du irgendeine Ahnung, was sie auf der Insel wollten?"

Thorstens Blick war immer noch eisig. Er hatte jetzt die Hände im Schoß und regte sich keinen Zentimeter, als ob es eine Prüfung wäre, bei der er eine Strafe bekäme, wenn er sich falsch bewegen würde.

„Jetzt sag schon, Thorsten", flehte Herr Kratz. „Mach den Mund auf."

„Ich habe kein Ahnung, wirklich nicht. Ich weiß nur, dass sie einen Zeitungsbericht schreiben wollten", antwortete der Sohn trotzig. Er schien innerlich angespannt zu sein. Die Antwort schien ihn selbst nicht zu überzeugen.

„Weißt Du, mit wem die Mädchen Probleme hatten auf der Insel? Mit wem sie Ärger hatten? Wir gehen davon aus, dass der Mord etwas mit den Recherchen auf Helgoland zu tun hat."

„Nein", sagte er leise. „Ich weiß es nicht." Er schaute weiterhin fest auf seine Hände. Seine Stimme klang merkwürdig distanziert.

„Reicht das als Zeugenaussage?", warf der Vater ein. „Sie sehen doch, dass der Junge kaum sprechen kann." Herr Kratz stand auf und blickte Kempner aggressiv an – als ob er klarmachen wollte, dass der Kommissar Ärger bekommen würde, wenn er jetzt nicht ginge.

„Warten Sie!", sagte Kempner und hob die Hand. „Lassen Sie mich zu Ende sprechen. Bitte gehen Sie kurz raus."

„Moment mal", entgegnete Kratz brüskiert. Er war nicht einverstanden: „Das ist immerhin noch *meine* Wohnung! Ich lasse mich nicht herumkommandieren."

„Herr Kratz", entgegnete Kempner. „Das ist keine Bitte. Das ist ein Befehl."

Thorstens Vater presste die Zähne zusammen, wodurch seine Wangenknochen sichtbar wurden und wie kleine Beulen unter der Haut wirkten. Dann schüttelte er den Kopf und verließ das Zimmer mit einem lauten Türknall.

„So, jetzt können wir uns ungestört unterhalten", sagte Kempner. „Du brauchst keine Angst zu haben. Du kannst mir alles sagen, was du weißt."

Der Junge schwieg.

„Schau, Thorsten. Du glaubst, Du weißt nichts. Aber jede Information könnte uns helfen."

Thorsten sagte weiterhin kein Wort und starrte in die Luft. Seine Hände zitterten ein wenig.

„Ich habe Annas und Ronjas Notizbuch gefunden. Da stand ein Satz drin, den kann ich nicht entschlüssel und ich glaube, er betrifft Dich."

Plötzlich bewegten sich Thorstens Augen, nur eine kurze Sekunde lang, doch es war deutlich zu sehen: sie irrten umher.

„Vielleicht weißt Du ja, was der Satz bedeutet. Im Buch steht: ‚Thorsten nach der Puppe fragen.'"

Der Junge schreckte auf. Er fing an, schneller zu atmen. Er bewegte seinen Körper von rechts nach links. Er schaute zu Kempner hinüber und fragte mit weinerlichem Blick: „Was soll das? Warum tun Sie das?" Dann schaute er wieder hinab, doch sein Blick hatte sich verändert. Die apathischen Augen waren nicht mehr eng zusammengekniffen. Ganz im Gegenteil. Sie waren weit geöffnet. Kempner hatte einen Satz gesagt, der den Jungen sichtlich berührte.

„Was weißt Du Thorsten? Ich sehe doch, dass Du Dich quälst."

„Ich hab keine Ahnung", sagte er trotzig. „Ich weiß nichts von einer Pup..." Jetzt brach er ab. Die erste dicke Träne kullerte über seine Wange.

„Warum erzählt Du es mir nicht? Warum willst Du mit mir nicht sprechen?"

Thorsten schluchzte, er schüttelte den Kopf, hielt aber still.

„Bitte, mach es uns leichter. Es geht hier um Deine beiden besten Freundinnen", sagte Kempner.

Plötzlich öffnete sich die Tür. Thorstens Vater kam herein.

„Was haben Sie mit meinem Jungen angestellt? Warum weint er? Das reicht jetzt! Ich möchte, dass Sie gehen." Herr Kratz ging zu seinem Jungen hinüber und nahm ihn in den Arm. Aber Thorsten wollte sich nicht anfassen lassen, er war immer noch starr, kühl und distanziert. Er wirkte wie ein Eisblock, als ihn sein Vater berührte, seine Arme über ihn legte und ihn zärtlich auf seine feinen blonden Haare küsste. Thorsten blinzelte nicht einmal. Er starrte, als wären die Wände aus Luft. Er wirkte wie ein lebloser Körper.

Kempner wusste, dass es eine ausweglose Situation war. Der Junge war zu verängstigt, um etwas zu sagen. In der Anwesenheit seines Vaters würde er ohnehin nicht sprechen. Ob nun Thorsten mit dem Mord etwas zu tun hatte oder nicht, das war jetzt nicht wichtig: Entscheidend war, dass an der Beziehung zwischen ihm und Herrn Kratz irgendetwas nicht stimmte. So verhielt sich kein liebender Sohn – selbst wenn er in einem Schockzustand war.

„Gut, ich lasse Sie allein. Wir werden allerdings dieses Gespräch noch einmal wiederholen müssen. Mit einem Psychologen. Bitte vergessen Sie das nicht."

Während Herr Kratz seinen Sohn im Arm hielt und ihn streichelte, schaute er über Thorstens Kopf aufgebracht zu Kempner hinüber: „Was soll das heißen? Reicht das nicht? Wollen Sie uns quälen?"

„Hören Sie. Die Aussage von Thorsten ist sehr wichtig. Er soll sich ein wenig ausruhen und dann sprechen wir mit ihm und einer Psychologin. Morgen wird ein Beamter Sie beide abholen."

Herr Kratz schüttelte den Kopf. „Bitte, gehen Sie jetzt. Ich will nichts mehr hören."

Kempner ging zurück in den Flur, griff nach seinem Mantel, verließ die Wohnung, machte die Tür zu und lief die Treppe hinab.

‚Irgendetwas ist hier faul', dachte sich Kempner. ‚Irgendetwas stinkt hier gewaltig.'

Der Kommissar ging zurück ins Auto. Er prüfte die Uhrzeit und schrieb seiner Kollegin Paula eine SMS: ‚Es ist zu spät. Wir kriegen die Fähre heute nicht. Lass uns im ‚Hotel Deichvogt' treffen. JK.'

15

Am Abend trafen sich Paula und Kempner in der Lobby des Hotels „Der Deichvogt", im Stadtteil Döse in Cuxhaven. Sie tranken ein Bier und besprachen gemeinsam ihre Untersuchungsergebnisse.

Es war bereits dunkel geworden. Beide Kommissare waren erschöpft von den Vernehmungen und den aufreibenden Unterhaltungen. In der Hotelbar waren sie nahezu die einzigen Gäste. Nur ein Pärchen saß noch an einem Tisch und spielte Skat.

Sie wussten, dass sie an einem kritischen Punkt angelangt waren: Wenn nicht bald ein neues Indiz an die Oberfläche käme, hätten die Ermittlungen erlahmen, wenn nicht sogar gänzlich zum Stillstand kommen können.

Kempner erzählte seiner Kollegin von der desaströsen Unterhaltung mit Thorsten und seinem Vater. Er schilderte haargenau, warum er die Beziehung zwischen den beiden merkwürdig fand.

Als sich Paula das alles ruhig und geduldig angehört hatte, sagte sie, dass es richtig wäre, den Jungen in der Cuxhavener Polizeidienststelle zu vernehmen – im Beisein eines Psychologen. Nur so könnte er sich in Sicherheit wiegen und offen sprechen, ergänzte die

Kommissarin. Beide Polizisten wussten, dass es jetzt darauf ankam, Thorstens Vertrauen zu gewinnen, damit er verraten würde, was die Puppe mit dem Fall zu tun hatte. Soviel stand fest: Man musste den Jungen aus dem Einflusskreis des Vaters holen. Die Beziehung stand unter dem Schatten des Mordes, das konnte keine Grundlage für ein Gespräch sein.

Jetzt war Paula an der Reihe, ihre Erlebnisse des Ermittlungstages zu erzählen. Sie kam mit enttäuschenden Ergebnissen zurück und berichtete Kempner, was im Internat vorgefallen war: Nachdem sie mit der Direktorin der Schule gesprochen hatte, wurde der Biologielehrer, Herr Korwind, ins Büro geholt. Das anschließende Gespräch brachte jedoch nichts Relevantes an die Oberfläche.

Nachdem Paula das alles erzählt hatte, saß sie am Tresen und schlürfte an ihrem Beck's. „Tut mir leid", entschuldigte sie sich.

„Was hat denn Herr Korwind gesagt?" Kempner hatte sich dieses Mal kein Bier, sondern ein Gin Tonic bestellt. Er presse die Limone aus, warf sie ins Glas und trank den eisgekühlten Drink, um seine Laune aufzubessern. Er hätte gerne eine Zigarette geraucht, fühlte sogar nach der Packung in der Seitentasche seines braunen Cord-Sakkos, aber er stellte fest, dass in der Lobby absolutes Raucherverbot herrschte.

„Herr Korwind war wirklich total schockiert und aufgelöst. Ein gebrochener Mann. In Bederkesa geht das Gerücht um, dass er mit dem Mord etwas zu tun haben könnte. Auch deshalb war er total angespannt."

„Verständlich. Aber seine Nervosität könnte doch auch ein Indiz sein, dass er Dreck am Stecken hat, oder?", rätselte Kempner. Er schwenkte seinen Gin-Tonic, bevor er an ihm nippte.

„Ja, das habe ich am Anfang des Gesprächs auch gedacht. Aber er hat wirklich ein wasserdichtes Alibi. Er war noch nie auf Helgoland und seine Freunde können bezeugen, dass er am besagten Samstag, in der Nacht zum Sonntag, mit ihnen und seiner Frau ein Musical in Hamburg angeschaut hat: König der Löwen. Er konnte mir sogar die Tickets zeigen, sie waren noch in seinem Portemonnaie."

„Und was ist, wenn die Freunde lügen? Was ist, wenn er sich das Ticket nachträglich besorgt hat?", wollte Kempner wissen.

„Ausgeschlossen. Wir haben Beweise. Das Ticket sah echt aus und die Gruppe hat ein paar Selfies gemacht. Er ist auch mit drauf. Ich sag's Dir, Jürgen. Er war's nicht. Ganz sicher nicht. Er hatte zwar keine Sympathien für die Mädchen, aber im Endeffekt tat ihm die ganze Sache mit dem türkischen Jungen sehr leid. Er wollte den Skandal am liebsten vergessen." Paula zappelte auf dem Hocker, sie stieg ab und setzte sich wieder hin, um ihre Position zu ändern und Kempner besser anschauen zu können. „Jürgen... Ich bin zwar noch nicht so erfahren wie Du, aber ich kann mich auf meine Intuition verlassen: Er war's nicht. Wirklich."

„Scheiße", sagte Kempner und haute mit der Faust gegen den Tresen. Er glaubte Paula. Dann rieb er sich mit beiden Händen die Stirn. „Es ist nicht zu fassen. Wir haben lauter Verdächtige, aber immer noch keine konkreten Beweise. Es ist zum Verrücktwerden!"

„Jürgen, wir müssen alle Leute, die in dem Fall mit drinstecken, provozieren. Ich weiß, was wir tun könnten..." Paula griff nach ihrem Bier.

„Was denn? Lass hören!"

Sie nahm einen Schluck. Dann sagte sie: „Wir sollten jeden einzelnen Verdächtigen in der Polizeiwache befragen und mit den Vorwürfen konfrontieren. Falls der Mörder unter den Verdächtigen ist, sollte er nervös werden. Es ist ja nicht so, dass wir nichts in der Hand hätten. Wir könnten Herr Wessels, Herr Wohlers und dann noch Herrn Richter gemeinsam einsperren. Das würde eine Drohkulisse erzeugen. Sie würden glauben, sie seien alle verdächtigt. Und dann könnten wir schauen, wie die Reaktionen ausfallen."

„Ich weiß ja nicht..." Kempner war sich nicht sicher, ob diese Strategie aufgehen würde. Er hoffte auf ein weiteres Indiz. Vielleicht würde ja die Durchsuchung auf Helgoland etwas bringen? Er hatte eine SMS von Hilbig bekommen, dass alles glatt gelaufen war. Morgen früh würden die ersten Ergebnisse auf dem Tisch liegen. Vielleicht würde die Spurensicherung etwas finden?

„Wir werden sehen, Paula. Wir dürfen unseren Optimismus nicht verlieren. Aber Du hast Recht: Solange wir keine konkreten Beweise haben, müssen wir die Verdächtigen noch mal verhören. Irgendwas müssen wir übersehen haben." Kempner trank mit einem Zug seinen Gin Tonic aus, knallte das Glas auf den Tresen, ließ ein lautes „Hach!" frei und schaute auf seine Uhr. Im Hintergrund lief Jazz-Musik, Charlie Parker. Kempner war müde geworden, er wollte ins Bett. Die Befragungen hatten ihn erschöpft. Er wandte sich zu seiner Kollegin und sagte: „Paula, lass uns schlafen gehen. Das war ein anstrengender Tag. Wir fahren morgen am besten wieder zurück nach Helgoland und reden mit den Kollegen. Dann schauen wir, wie die neuen Untersuchungsergebnisse aussehen und wann wir mit Thorsten sprechen sollten."

„Gute Idee", sagte Paula und trank ebenso hastig ihr Bier aus. Anschließend streichelte sie Kempner an der Schulter.

Die Kommissare zahlten die Rechnung, verließen die Lobby und gingen auf ihre Zimmer.

Jeder für sich allein.

16

Um 10 Uhr morgens weckte Kempner das Klingeln des Telefons. Auf dem Display seines Smartphones stand der Name des Anrufers: „Kommissar Hilbig".

Kempner schaute mit seinen leicht geöffneten, müden Augen auf das Display, stöhnte, weil er noch nicht richtig wach war, und drückte verschlafen auf das grüne Symbol, um den Anruf abzunehmen.

„Kempner, hallo?"

Hilbig war dran und schien außer Atem zu sein. Er hatte eine kratzige Stimme. „Herr Kempner. Sie werden es nicht fassen."

Der Kommissar richtete sich erschrocken auf und hielt das Telefon fest ans Ohr. Hilbig klang ernst. „Was denn? Was ist denn los? Warum sind Sie denn so außer sich?" Der Kieler Kommissar atmete ein und aus, seine Stimme klang angespannt.

„Carsten Wohlers... Er... Er ist tot!"

Kempner konnte es nicht fassen. „Wie? Wie ist das möglich?", fragte er seinen Kollegen und war hellwach.

Kollege Hilbig erklärte, was am frühen Morgen vorgefallen war: Der Kieler Kommissar hatte um 7 Uhr im Helgoländer Hotel einen Anruf bekommen. Vor der Fischkiste von Carsten Wohlers hatte sich eine

Menschengruppe zusammengetan und vor dem Lokal gewartet. Sie wollten mit Carsten Wohlers sprechen, aber er machte die Tür nicht auf, obwohl er am vorherigen Abend noch behauptet hatte, er würde nach der Verhaftung wieder regulär seine Fischkiste öffnen. Seine Freunde machten sich Sorgen und riefen die Helgoländer Polizei an. Es waren seine Stammkunden, darunter ein paar Leute aus der Gruppe ‚Helgoländer in Wut'.

Hilbig kontaktierte Rüdels und besprach die Situation. Rüdels und er entschlossen sich, zum Unterland zu gehen, um zu überprüfen, was vor der Fischkiste los war. Ein Freund von Wohlers stand besorgt vor der Bude und reagierte gereizt: „Der Carsten, der macht nicht auf. Der Zulieferer war heute bei mir und sagte, dass Wohlers auf seine Anrufe und Klopfversuche nicht reagieren würde. Ich hab's auch schon versucht. Carsten macht keinen Mucks. Als ob er nicht da wäre. Aber das kann gar nicht sein."

Hilbig klopfte noch einmal an die Tür und prüfte die Lage. Er versuchte festzustellen, ob jemand in der Fischkiste war, doch niemand reagierte. Nach zwei weiteren Klopfversuchen entschloss er sich, die Tür aufzubrechen. Nach ein paar Handgriffen gelang es dem Kommissar, das Schloss zu knacken. Die Tür ging auf. Gemeinsam mit Rüdels betraten sie den Fischkiosk.

Der Raum war dunkel, die Jalousien waren heruntergefahren.

Nachdem die Kommissare den Lichtschalter betätigt hatten, erwartete sie ein grausamer Anblick: Carsten Wohlers hing an einem Strick. Sein Körper war reglos und baumelte von der Decke. Als Hilbig an die Leiche trat, bemerkte er die Wärme des Körpers und stellte fest, dass Wohlers noch keine Stunde tot war. Er war noch nicht einmal erstarrt. Hilbig reagierte sofort: Er schnitt das Seil durch, holte den Körper von der Decke, legte Wohlers' Leichnam auf den Boden und versuchte, den Mann wiederzubeleben. Hilbig wusste, es würde nichts nützen, aber er konnte nicht anders: Er wollte jeden noch so geringen Zweifel ausräumen und nichts unversucht lassen. Währenddessen starrten die Menschen völlig schockiert auf Wohlers' Körper und betrachteten den Leichnam mit Entsetzen.

Wohlers hatte einen schwarzen Anzug, ein weißes Hemd und eine Krawatte an. Hilbig suchte nach Spuren, nach irgendwelchen Hinweisen. Doch da war nichts. Wohlers hatte weder einen Abschiedsbrief, noch irgendeine Nachricht hinterlassen.

Die Menge, die draußen wartete, beobachtete weiterhin die Arbeit der Polizisten. Ein Mann fing an zu weinen; eine Frau wandte ihren Blick ab und begann zu heulen. Eine andere Frau versuchte ihre Freundin zu beruhigen. Dann schrie jemand: „Carsten hat sich umgebracht. Wegen der Mieten. Er hat Selbstmord begangen in seiner Fischkiste, dort, wo er sterben wollte." Die Menge wurde unruhiger. Es wurde hitzig diskutiert, gesprochen und getuschelt. Die Situation drohte außer Kontrolle zu geraten, erzählte Hilbig. Er verscheuchte die Menschen und beauftragte Rüdels, niemanden mehr in die Nähe der Fischkiste zu lassen. Dann befahl er, die Spurensicherung zu kontaktieren. Sie sollten den Tatort absperren und nach Hinweisen suchen. Hilbig wusste, dass man alle Möglichkeiten in Betracht ziehen musste. Vielleicht war es ja gar kein Selbstmord? Vielleicht hatte der Mörder von Anna und Ronja wieder zugeschlagen? Vielleicht sollte es nur aussehen wie ein Suizid?

Kempner hörte sich das alles ruhig an. Tausend Gedanken schossen ihm durch den Kopf. Er ging von einem Selbstmord aus, wobei auch ein Mord in Betracht zu ziehen wäre. Wovor er aber vor allem Angst hatte, war die angespannte Situation auf der Insel. Kempner fürchtete, die Stimmung könnte wieder kippen. Die Menschen könnten wieder Peter Richter bedrohen, jetzt war alles möglich, dachte sich der Kommissar. Die Aggression könnte in Gewalt umschlagen. Kempner wusste, dass man jetzt klug und besonnen handeln müsste; er wollte Hilbig die richtigen Befehle geben, um eine Katastrophe zu verhindern, also sagte er nach ein paar Sekunden: „Das Wichtigste ist, Ruhe zu bewahren."

Hilbig atmete durch den Hörer. „Das ist leichter gesagt, als getan. Die ganze Insel steht Kopf. Der Tod von Wohlers sieht so aus wie eine Verzweiflungstat. Ich weiß nicht, was die ‚Helgoländer in Wut' vorhaben, aber sie glauben, Wohlers habe sich wegen der Mietpreiserhöhung umgebracht."

„Scheiße!", schrie Kempner laut in den Hörer. „Wir müssen die Insel jetzt sichern. Gehen Sie zu Dr. Wessels und sprechen Sie mit ihm. Er soll seine Leute ruhig halten. Schnell!"

„Und dann? Ich kann für nichts garantieren. Wir brauchen Ihre Unterstützung. Wir brauchen mehr Leute. Hier herrscht Ausnahmezustand! Verstehen Sie?"

Kempner stand vom Bett auf und schaute aus dem Fenster auf den Cuxhavener Strichweg. Er sah Autos und Busse vorbeifahren. Die Stadt war erwacht. Er auch, obgleich er nicht für möglich hielt, dass das alles wahr sein konnte.

„Ich werde gleich in der Cuxhavener Polizeidienststelle anrufen und einen Helikopter bestellen. Paula wird mitkommen. Vielleicht bekommen wir einige zusätzliche Beamte aus Niedersachsen an die Seite. Brauchen wir das SEK?“, wollte Kempner wissen.

Hilbig schnaubte. „Ich denke schon. Die Leute sind aufgebracht. Die Information über Wohlers Tod verbreitet sich wie ein Lauffeuer. Ich weiß nicht, was in ein paar Stunden auf Helgoland los sein wird, wenn alle vom Selbstmord erfahren haben.“

„Noch wissen wir nicht, dass es ein Selbstmord war!“, korrigierte Kempner seinen Kollegen.

„Erzählen Sie das mal den ‚Helgoländern in Wut’!“, konterte Hilbig.

„Okay, ich werde so schnell wie möglich bei Ihnen sein. Lassen Sie in der Zwischenzeit die Leiche obduzieren. Wir müssen herausfinden, ob sich Wohlers wirklich erhängt hat oder ob es Spuren von Fremdeinwirkung gibt.“

„Gut, ich habe verstanden. Ich leite das weiter. Und noch was...“

„Ja?“

„Beeilen Sie sich bitte!“, sagte Hilbig mit leisem, fast ängstlichem Ton.

„Ich tu mein Bestes, wirklich, ich komme so schnell ich kann... Und sprechen Sie mit Rüdels. Er soll auf seine ganzen Freunde einreden, damit sie keine dummen Sachen machen.“ Kempner war froh, dass der Dorfpolizist auf der Insel war. Er könnte vielleicht das aufgebrachte Inselvolk beruhigen.

„Eine Sache noch...“, sagte Kempner, bevor er auflegte. „Was haben die Durchsuchungen ergeben?“

„Nicht viel“, antwortete Hilbig. „Wir konnten zwar die DNA der Mädchen im Hotel ‚Meerblick’, bei Wohlers, bei Dr. Wessels und in der ‚Disko Krebs’ finden. Aber das war zu erwarten, die Mädchen waren da ja dort gewesen. Sie wissen schon, wegen der Interviews.“

Kempner blickte ernst aus dem Fenster. „Und sonst? Irgendetwas anderes? Irgendwelche Infos?“

„Nur eine SMS im Handy von Peter Richter. Ronja hat dem Hotelbesitzer am Tag des Mordes eine Nachricht geschrieben: ‚Wir müssen dringend mit Ihnen sprechen.’ Die SMS wurde vier Stunden vor der Tat abgeschickt.“

Komisch. Warum hatte Peter Richter diese Nachricht verschwiegen? Warum hatte er nichts erwähnt?

„Okay“, antwortete Jürgen Kempner. „Das ist doch schon mal was. Wir bereiten dann die zweite Vernehmung mit Peter Richter vor. Und sonst?“

„Nichts“, antwortete Hilbig. „Rein gar nichts. Bislang jedenfalls. Wir wollen heute noch den Rest der eingesammelten Handys untersuchen. Vielleicht ergibt sich ja noch was.“

„Wollen wir’s hoffen“, sagte Kempner und dachte sich, dass es gut war, dass die Durchsuchungen gestern stattgefunden hatten. Heute wäre die Stimmung zu angespannt gewesen für eine groß angelegte Spurensicherung.

„Sehr gute Arbeit! Melden Sie sich, wenn Sie etwas Neues wissen. Ich gebe Ihnen bald Bescheid.“

Die Kommissare verabschiedeten sich.

Kempner starrte aus dem Fenster: Draußen war es grau, aber es regnete nicht. Er sah einen Rentner, der mit seinem braunen Dackel über die Straße spazierte. Man hätte meinen können, es wäre ein ganz normaler Tag. Aber das war er nicht. Kempner ahnte, dass es der Beginn eines besonderen Tages war, eines Tages der Entscheidung.

17

Der Kommissar traf sich um 10.45 Uhr mit Paula Petersen im Frühstücksraum der Hotels ‚Der Deichvogt' in Cuxhaven. Er berichtete von der schlechten Lage auf Helgoland, woraufhin beide Kommissare abwägten, was jetzt am besten zu tun wäre. Sie riefen in der Cuxhavener Polizeidienststelle an und forderten Unterstützung ein, um die Lage auf Helgoland zu stabilisieren, und dann noch ein SEK-Kommando und einen Hubschrauber. Erst reagierte der Dienststellenleiter zaghaft, aber dann, als er sich Kempners Ausführungen über die Lage auf der Insel angehört hatte, wusste er sofort, man müsste den Hannoveraner Kommissar mit allen Kräften unterstützen. Es wurde die höchste Alarmstufe ausgerufen, die sowohl für das Land Niedersachsen als auch für Schleswig-Holstein galt. Alle Lufteinheiten sollten darüber informiert werden, dass auf Helgoland Tumulte drohten, um im Zweifelsfall einen schnellen Lufteinsatz zu ermöglichen. Falls der Mob sich auf den Hotelbesitzer und seine Angestellten oder sogar die Offshore-Arbeiter stürzen würde, müsste die Insel schnell evakuiert werden. Das wollte Kempner auf jeden Fall verhindern.

Der Hannoveraner Kommissar verabredete mit dem Dienststellenleiter eine Abreise, die in zwei Stunden stattfinden sollte. Der Cuxhavener sicherte Kempner seine volle Unterstützung zu.

Dann rief der Kommissar bei Peter Richter an, um ihn zu informieren, dass er sich auf eine neue Vernehmung vorbereiten sollte. Außerdem überbrachte er ihm die Nachricht, dass Wohlers tot war. „Selbstmord!", sagte Kempner, um den Hotelbesitzer auf das Schlimmste vorzubereiten. Richter wusste sofort, was das zu bedeuten hatte. „Grundgütiger!", war das Einzige, was er noch zu sagen imstande war, bevor er in eine Schockstarre verfiel. Während des Gesprächs hörte man sein ängstliches Schlucken. Er ahnte, was auf ihn zukam. Kempner gab ihm ein paar Sicherheitshinweise und empfahl ihm, das Hotel-Gebäude auf keinen Fall zu verlassen. Er sollte sich verbarikadieren. Das Gleiche galt auch für seine Mitarbeiter. Niemand wusste, was die ‚Helgoländer in Wut' nun vorhatten.

Auch Thorstens Vater, Herr Kratz, wurde in Kenntnis gesetzt, dass bald ein Polizeibeamter vorbeikommen würde, um ihn und seinen Sohn zu einer erneuten Vernehmung ins Polizeigebäude zu holen. Der Mann reagierte wütend. Er hatte gedacht, alles wäre vorbei, doch Kempner musste ihn enttäuschen. Kratz' Ärger war deutlich zu hören. Aber er hatte keine andere Wahl. Widerworte waren zwecklos.

Paula Petersen erfuhr von den neuen Erkenntnissen am Frühstückstisch. Sie reagierte schockiert und verfiel in ein langes Grübeln. „Jürgen, ich hab' den Eindruck, die Situation gerät außer Kontrolle." Paula wühlte in ihren Haaren. Sie war dermaßen aufgebracht, dass sie noch nicht einmal frühstücken wollte. Sie saß apathisch vor einem Käsebrötchen.

„Ja", antwortete Kempner und fuhr sich mit der Hand über die Stirn. „Heute wird sich vieles entscheiden." Er nahm einen Schluck von seinem Kaffee, biss in sein Croissant, ließ es fallen und sagte: „Wir müssen in zwei Stunden los. Pack Deine Sachen. Wir treffen uns gleich in der Lobby und fahren zur Cuxhavener Polizeidienststelle. Wir werden schon erwartet."

Paula Petersen nickte und erhob sich vom Frühstückstisch.

Die Kommissare gingen auf ihre Zimmer.

Dort packte Kempner seine Sachen und merkte zu allem Unheil, dass er seine Aktentasche vergessen hatte. Kempner versuchte sich zu erinnern, wo er seine Tasche das letzte Mal liegen gelassen hatte. Er grübelte, ging aufgebracht im Zimmer hin und her und versuchte seine Schritte seit der Ankunft auf dem Festland zu rekonstruieren. Plötzlich erinnerte er sich. Ja!, es musste beim Lehrer Theesemann gewesen sein! Er hatte die Aktentasche neben die Couch gelegt. Sie würde sicher dort noch liegen. Aber warum hatte Theesemann nicht Bescheid gesagt? Sich nicht gemeldet? Oder war es ihm nicht aufgefallen?

Kempner legte alles, was er mitgebracht hatte, in seinen Rollkoffer, verließ sein Zimmer und klopfte an Paulas Tür.

„Ja? Bist du schon fertig?", fragte sie, nachdem sie Kempner aufgemacht hatte. Sie hatte eine Jeans und ein weißes Top von Esprit an. An der Seite ihrer Hose, direkt am Gürtel, steckte ihre Schusswaffe, die sie mit einem Sakko zu verstecken versuchte.

„Scheiße, Paula. Tut mir leid. Du musst mit einem Taxi zur Polizeidienststelle fahren“, sagte Kempner nervös.

„Wie? Was ist denn los?“, fragte Paula überrascht. Kempner sah so aus, als wäre etwas Schlimmes passiert.

„Alles in Ordnung. Mach Dir keine Sorgen. Ich hab nur meine Aktentasche bei Theesemann vergessen. Ich muss die unbedingt mit auf die Insel nehmen, da sind einige wichtige Unterlagen drin.“

„Klar, das verstehe ich“, sagte Paula beschwichtigend. „Fahr einfach schon mal los. Wir treffen uns in der Polizeidirektion.“

„Gut, bis gleich“, sagte Kempner und verließ das Hotel.

Der Kommissar fuhr mit seinem BMW im Eiltempo zum Haus von Herrn Theesemann. Während kahle Bäume, feuchte Blätter und graue Wolken an ihm vorüberzogen, kamen ihm merkwürdige Gedanken in den Sinn. Er fragte sich ernsthaft, wer als Mörder in Frage kam. Es schien fast so zu sein, als steckte er noch am Anfang der Ermittlungen. Sein Gefühl sagte ihm, dass der Mörder noch auf der Insel war. Er spekulierte, dass Dr. Wessels den Mord in Auftrag gegeben hatte. Der alte Mann hatte nichts zu verlieren, er war besessen von seinen Ideen und ein engstirniger Dogmatiker. Ihn interessierte nicht das Geld, er wollte keinen Ruhm. Es ging um die Zukunft der Insel, seiner Insel, wie er es ausdrückte. Wenn es sich Kempner genau überlegte, kam er immer mehr zu dem Schluss, dass Dr. Wessels das stärkste Motiv hatte. Vielleicht hatte er den Mord in Auftrag gegeben, um die Insel aufzuwühlen? So verrückt es auch klang, dieses Szenario war nicht unwahrscheinlich. Jetzt müsste Kempner nur noch herausfinden, ob es stimmte. Vielleicht würde Wessels bei einer Vernehmung einbrechen, wenn man ihn mit den anderen Verdächtigen konfrontieren würde? Vielleicht könnte man ihn auf diese Weise provozieren?

Kempner kam am Haus vom Deutschlehrer an. Er stieg aus dem Auto, ging zur Tür und klingelte. Niemand öffnete. Kempner klingelte nochmal, machte sich mit einem „Hallo, Kripo Hannover!“ bemerkbar und lehnte sein Ohr an die Tür. Er hörte nichts. Aber dann, nach ein paar Sekunden, nahm er Schritte wahr. Eindeutig! Jemand ging die Treppe hinunter. Kempner klopfte und sagte laut: „Herr Theesemann. Ich bin's. Jürgen Kempner. Könnte ich kurz mit Ihnen sprechen?“

Endlich öffnete Herr Theesemann die Tür.

„Ja?“, fragte der Deutschlehrer überrascht. „Ich habe Ihren Besuch gar nicht erwartet.“

„Tut mir leid, dass ich Sie störe. Könnte ich vielleicht noch einmal hereinkommen? Ich denke, ich habe meine Aktentasche bei Ihnen vergessen.“

„Ach so!“, sagte Herr Theesemann und wirkte erleichtert. „Oh ja, natürlich. Kommen Sie rein. Mir ist gar nichts aufgefallen!“

Er schritt zur Seite.

Kempner betrat das Haus. Es sah genauso aufgeräumt aus wie beim ersten Besuch. Das Einzige, was anders war, waren die Jalousien an den Terrassenfenstern. Sie waren bis zur Hälfte heruntergezogen, so dass sich eine gespenstische Dunkelheit in den Zimmern verbreitete.

„Machen Sie ruhig das Licht an!", sagte Herr Theesemann.

Kempner betätigte den Lichtschalter, ging an die Couch und sah seine Aktentasche, die versteckt rechts neben dem Möbelstück lag. „Da ist sie ja!", stellte der Kommissar erleichtert fest. „Ich hatte schon Angst, ich hätte sie irgendwo verloren."

„Nein, nein", antwortete der Deutschlehrer mit einem Lächeln auf dem Gesicht. „Hier geht nichts verloren... Dann ist ja alles wieder gut."

„Ja," sagte Kempner und packte die Tasche untern Arm, „dann will ich Sie nicht länger aufhalten."

Der Kommissar wollte schon gehen, als ihm einfiel, dass er noch auf die Toilette wollte. Er fragte Herrn Theesemann: „Dürfte ich Ihr Badezimmer benutzen, bevor ich verschwinde?"

„Ähm... ja... natürlich", antwortete der Deutschlehrer etwas verhalten. Er blieb ruhig stehen und wusste nicht so recht, wie er reagieren sollte. Seine Arme hingen schlapp vom Körper.

„Danke", erwiderte Kempner und war etwas irritiert von der zaghaften Antwort. „Wo ist es denn?"

„Einfach die Treppe rauf... Und dann gleich rechts, oben im 1. Stock."

Kempner nickte und lief los. Herr Theesemann blieb im Erdgeschoss stehen und schaute dem Kommissar argwöhnisch hinterher. Die Atmosphäre war etwas angespannt. Warum war Herr Theesemann nur so reserviert?

Als Kempner im ersten Stock angekommen war, sah er im Flur ein paar Bilder von Schülerinnen und Schülern des Internats in Bad Bederkesa. Es waren ein paar Fotografien von Mädchen und Jungen, die in verschiedenen Theater-Kostümen auf einer Bühne Stücke aufführten. Da waren auch Bilder von Thorsten, Anna und Ronja. Auch sie waren verkleidet. ‚Er muss die drei Schüler wohl wirklich gemocht haben', dachte sich Kempner. Dann ging er weiter und streifte mit seinem Blick die Schlafzimmertür, die einen Spalt weit geöffnet war.

Kempner blieb stehen.

Hatte er da ein Bein gesehen? Oder träumte er?

Der Kommissar ging einen Schritt zurück.

Tatsächlich!

Von Weitem sah er neben dem Fernseher, der gegenüber dem Doppelbett auf der Kommode stand, den Fuß eines kleinen Kinderbeins.

Wie war das nur möglich?

Halluzinierte der Kommissar?

Kempner wollte das überprüfen. Er ging in das Schlafzimmer, schloss hinter sich die Tür, damit Herr Theesemann annehmen würde, Kempner wäre ins Bad gegangen, und kundschaftete das Zimmer aus.

Als Kempner sich der Kommode näherte, glaubte er, ihn träfe der Schlag.

Es war eine Puppe! Eine nackte Jungen-Puppe, die auf der Kommode saß und wirkte, als würde sie den Kommissar anstarren.

Das konnte kein Zufall sein! Es musste sich um die Puppe handeln, die Anna und Ronja in ihrem Notizbuch erwähnten. Was war nur der Zusammenhang? Steckte etwa Theesemann hinter dem Mord?

‚Großer Gott', flüsterte Kempner vor sich hin. Wollte Theesemann etwas verschleiern? Kempner grübelte. In seinem Kopf machte er sich die wildesten Gedanken. Was sollte er nur tun? Theesemann sofort verhaften oder ihn mit den Vermutungen konfrontieren?

Kempner atmete tief durch. Der Kommissar musste handeln. Und zwar schnell.

18

Kempner stand an der Wand und versuchte sich zu sammeln. Er wollte keinen Verdacht schöpfen, so dass ihm klar wurde, dass er das Zimmer bald verlassen müsste. Er nahm sein Handy aus der Tasche und machte ein Foto. Dann ging er zur Tür, öffnete sie vorsichtig und verließ das Zimmer.

Als Kempner die Treppe hinunterschritt, spielte Theesemann mit seinem Telefon und prüfte Facebook-Nachrichten. Er hob langsam den Kopf und schaute zu Kempner hinauf: „Und? Haben Sie das Bad gefunden?"

„Ja", antwortete der Kommissar und ging ganz nah an Herrn Theesemann heran. „Darf ich Ihnen noch eine allerletzte Frage stellen?"

Herr Theesemann runzelte die Stirn. „Was gibt es denn? Sie schauen so komisch." Seine blauen Augen funkelten im Strahl der Halogen-Lampe. Der Deutschlehrer roch nach einem süßen Boss-Parfüm. Seine lässige Haltung konnte allerdings nicht verbergen, dass er sich Kempner hinaus wünschte. Seine Haare waren streng zur Seite gekämmt, sein weißes Hemd war wie immer ordentlich gebügelt und passte perfekt zur schwarzen Stoff-Hose und den braunen Lederschuhen.

„Schauen Sie sich das mal an." Kempner zog das Handy aus seiner Hosentasche und zeigte dem Deutschlehrer das Foto von der Puppe.

Theesemann starrte entsetzt auf das Display.

„Was hat das zu bedeuten?", fragte Kempner.

Theesemann wurde rot im Gesicht. Er weitete die Augen, schluckte schnell, ging einen Schritt zurück und schüttelte den Kopf. „Was haben Sie bitte...", er räusperte sich, „...was haben Sie bitte in meinem Schlafzimmer zu suchen?"

„Beantworten Sie die Frage!"

„Ich muss gar nichts beantworten!", sagte Herr Theesemann laut. Er wandte sich ab und hielt sich am Türgriff fest. „Das ist eine Frechheit! Hausfriedensbruch!"

„Wir können auch gerne die Sache auf der Wache klären. Na, wäre Ihnen das lieber?", fragte Kempner.

„Hören Sie. Daran ist nichts Komisches. Das ist eine ganz normale Puppe. Die wollte ich einer Freundin schenken, die ein kleines Kind hat."

Wenn es eine ganz normale Puppe wäre, warum dann diese Reaktion? Kempner sah in der Körperhaltung, im abgewandten Gesicht, in den roten Wangen von Theeseman, dass er etwas zu verbergen hatte. Seine Blicke suchten nach einem festen Punkt. Er war nervös. Daran bestand kein Zweifel.

„Welche Freundin denn? Wie heißt Sie?"

Herr Theesemann begann zu stottern: „Also... Sabine..., äh..., Sie heißt Sabine Winkelmann. Sie hat mit mir studiert. Sie hat eine Tochter, die ist 5 Jahre alt." Schweißperlen bildeten sich auf seiner Stirn. Er drehte sich wieder um und kratze sich am Hals. „Ich kann Ihnen gerne die Adresse der Freundin geben." Rote

Stellen bildeten sich auf der Haut, wo sich Theesemann eben noch berührt hatte.

„Herr Theesemann, Sie lügen!" Kempner wollte den Lehrer provozieren, er wollte ihn in die Ecke drängen.

„Was soll das? Warum... Warum tun Sie das?" Theesemanns Augen wurden feucht. Er konnte seine Nervosität nicht mehr kontrollieren. „Ich habe einen großen Schock nach dem Mord erlitten und Sie verdächtigen mich ohne Grund. Das ist das Letzte. Und die Sache mit dem Herumschnüffeln, das ist Hausfriedensbruch! Das könnte Sie Ihren Job kosten. Sie haben noch nicht mal einen Durchsuchungsbefehl."

„Der sollte jetzt kein Problem mehr sein." Kempner trat einen Schritt heran. Er zielte mit seinen Augen genau auf Theesemann, damit sich deren Blicke treffen konnten. „Hören Sie. Ich spüre, dass Sie nicht die Wahrheit sagen. Machen Sie mir nichts vor! Mir bleibt keine andere Wahl. Ich muss Sie verhaften. Sie kommen mit auf die Wache, keine Diskussion!"

„Ein Teufel werde ich tun!", protestierte Herr Theesemann und lief in die andere Ecke des Flurs. Er legte seinen Arm auf eine Kommode und machte deutlich, dass er nirgendwo hingehen würde. „Ich will meinen Anwalt sprechen. Und zwar sofort." Er zog sein Handy heraus und suchte im Adressbuch nach einer Nummer. Sein Blick verdüsterte sich.

„Sie können Ihren Anwalt gleich anrufen, jetzt kommen Sie erst mal mit." Kempner ging zu Theesemann, fasste ihn an der Schulter, zog ihn zu sich heran, packte ihn mit einer Hand am Arm und nahm mit der anderen eine Jacke aus dem Kleiderschrank. „Hier, ziehen Sie sich das an."

„Ist ja gut, zerren Sie nicht so“, sagte Theesemann und versuchte sich aus Kempners Griff zu befreien. Er war wütend. „Ich komme ja schon mit. Lassen Sie mich los. Ich mag das nicht, wenn man mich so anfasst.“

Herr Theesemann beruhigte sich allmählich. Er zog sich die Jacke an. Dann bückte er sich und begann sich die Schuhe anzuziehen.

„Gut so“, sagte Kempner und nahm die Hände von ihm.

Anschließend machte der Kommissar die Tür auf, um den Verdächtigen ins Auto zu begleiten, doch er hatte nicht richtig aufgepasst. Theesemann trickste ihn aus. Während Kempner hinausschaute, machte der Deutschlehrer einen großen Sprung und begann zu rennen. Er verließ das Haus durch die Tür, um der Verhaftung zu entkommen. Er rannte über den Bürgersteig zur anderen Straßenseite.

Gott sei Dank bemerkte es Kempner früh genug. Er reagierte schnell: Nach Bruchteilen einer Sekunde wusste er, was er zu tun hatte, nahm alle Kraft zusammen, lief durch die Tür und rannte Theesemann hinterher.

Seine schnellen Schritte klangen wie das Stakkato einer Presse. Knapp hätte ihn ein Auto erfasst, aber Kempner hatte noch mal Glück und konnte rechtzeitig die andere Seite erreichen, wo ein Wald war, in den Theesemann hineinlaufen wollte. Kempner zog seine Waffe und rief ihm hinterher: „Bleiben Sie stehen! Oder ich schieße!“ Doch er wollte den Flüchtigen nicht verletzen, also entschied er sich, nur zu drohen, aber nicht zu feuern. Zu groß wäre das Risiko gewesen, Theesemann lebensgefährlich zu verletzen. Noch hatte Kempner ihm keinen Hinweis über die Puppe entlockt, daher wollte er eine Eskalation mit allen Mitteln vermeiden.

Es war die richtige Entscheidung.

Theesemann war zwar schnell, aber nicht schnell genug, um den Kommissar abzuschütteln. Kempner rannte wie ein Besessener hinterher, kam immer näher und hörte bereits mit aller Deutlichkeit Theesemanns Atem. Der Lehrer blickte immer wieder über die Schulter und ahnte bereits, dass es nur noch eine Frage der Zeit war, bis ihn Kempner erreichte.

Der Kommissar näherte sich, war kurz vor Theesemann, streckte die Hand aus, berührte schon den hinteren Teil von dessen Jacke und warf sich schließlich mit einem großen Sprung auf den Verdächtigen. Die beiden waren sechshundert Meter vom Haus entfernt, als der Kommissar auf den Deutschlehrer fiel und ihn herunterriss, wonach beide mit großer Wucht auf den Boden stürzten.

Sie rollten über eine moosige Fläche im Wald. Kempner war jedoch der Erste, der sich aufrichten konnte. Danach griff er nach Theesemanns Hand. Beide atmeten hastig ein und aus. Dann zog Kempner seine Handschellen hervor, befestigte den einen Teil an Theesemanns Handgelenk und den anderen an seinem. So wollte er eine erneute Flucht verhindern. Der Kommissar hatte ihn endlich gefasst! Er schnappte nach Luft. Theesemann war endlich verhaftet.

„Das war sehr dumm von Ihnen“, sagte Kempner und atmete ein und aus. „Damit haben Sie sich nur noch verdächtiger gemacht.“

Theesemann war aus der Puste gekommen. Er schwieg und legte sich den Arm auf die feuchte Stirn, während er mit dem Rücken auf dem Boden lag.

„So eine Scheiße!“, sagte er dann.

Nach wenigen Augenblicken stand Theesemann auf. Er hatte sich beim Fallen seine Hand verletzt; sie blutete ein wenig. Kempner schaute sich die Verletzung an und sagte: „Kommen Sie. Gehen wir zum Auto. Ich verarzte Sie.“

Wie konnte man nur so dumm sein? Theesemann suchte nach Ausflüchten. Er hatte einfältige Erklärungen parat. „Hören Sie. Ich habe Panik bekommen. Ich weiß auch nicht, was mit mir los war. Aber ich schwöre, ich habe die Mädchen nicht umgebracht. Das ist eine dreiste Unterstellung. Durchsuchen Sie mein Haus. Sie werden nichts finden! Wirklich!“

„Und die Puppe?“, fragte Kempner. „Was hat die Puppe zu bedeuten?“

„Ich sagte doch schon...“

„Ja, ja“, erwiderte Kempner genervt und machte klar, dass er Theesemanns Ausflüchten nicht glaubte. „Sie können sagen, was Sie wollen. Die Puppe ist ein Indiz, dass Sie in den Mord verstrickt sind. Das können Sie gleich alles auf der Wache erklären.“

Nachdem Kempner den Deutschlehrer verarztet hatte, legte er dem Verhafteten die zweite Handschelle um, führte ihn zum Auto, ließ ihn einsteigen und sperrte von außen die Türen zu. Dann nahm Kempner eine Plastiktüte, ging ins Haus zurück, sicherte die Puppe als Beweisstück und ging zurück zum BMW. Endlich! Endlich war der Durchbruch gekommen. Er hatte einen ersten Verdächtigen. Ja, vielleicht sogar den Mörder gefasst!

Der Kommissar war zufrieden. Er zog eine Zigarette aus seiner Seitentasche und rauchte sie genüsslich, während er sich gegen das Auto lehnte. Er brauchte diese zwei Minuten für sich allein. Die Nerven lagen blank. Im Innern des BMW hatte sich Theesemann bereits abgewandt. Er schaute verstört aus dem Fenster, hinaus in den dunklen, niedersächsischen Wald.

19

Nachdem sich Kempner ins Auto gesetzt hatte und auf dem Weg zur Polizeidienststelle Cuxhaven war, rief ihn Hilbig an. Kempner hatte es eilig, also ließ er nicht mal eine Begrüßung zu.

„Jetzt ist es schlecht“, sagte der Kommissar, nachdem er den Abnahme-Button gedrückt hatte. „Ich bin im Auto, mit Theesemann, dem Deutschlehrer.“

Hilbig hörte nicht richtig zu, sondern antwortete mit einer Stimme, aus der pures Entsetzen sprach. „Herr Kempner, es ist dringend. Ich habe unfassbare Informationen für Sie. Sie werden es nicht glauben!“

„Was ist denn los?“, fragte Kempner überrascht und presste das Handy fest ans Ohr. Die Ereignisse schienen sich zu überschlagen.

„Die Spurensicherung... Sie hat bei Wohlers eine Schnell-Obduktion durchgeführt, um die Todesursache festzustellen. Wie Sie gewünscht haben. Dabei haben die Kollegen in seinem Magen einen Zettel gefunden. Wohlers musste ihn verschluckt haben, kurz vor dem Tod. Der Zettel wurde noch nicht richtig verdaut, also konnten wir ihn bergen.“

Kempner konnte es nicht fassen. Wie war das nur zu erklären? Er rief panisch in den Hörer: „Von was für einem Zettel sprechen Sie? Etwa von einem Abschiedsbrief?" Das ergab alles keinen Sinn. Warum sollte Wohlers einen Abschiedsbrief vernichten wollen?

„Nein, eben nicht", erwiderte Hilbig aufgeregt. „Wir konnten die Notiz bereits entschlüsseln. Es steht alles drauf. Warten Sie... Ich lese vor."

Hilbig legte den Telefonhörer beiseite und wühlte nach etwas. Man hörte im Hintergrund knisterndes Papier. Dann war er wieder am Apparat und zitierte:

‚Wohlers! Es ist ernst, wir müssen zu Plan B übergehen. Die ‚Helgoländer in Wut' brauchen Dich. Wir sind kurz davor, unsere Unabhängigkeit zurückzugewinnen. Seit zehn Jahren kämpfen wir nun dafür, dass Helgoland frei wird, dass unsere geliebte Insel unabhängig wird – frei von den ganzen Parasiten, den Ausländern, den kapitalistischen Geldgeiern, die uns das Leben zur Hölle machen. Wohlers, Du kannst in die Geschichte eingehen, wenn Du das durchziehst, was wir besprochen haben. Es ist der perfekte Augenblick! Darauf haben wir alle gewartet. Nimm Dir – so wie wir es vereinbart haben – morgen ein Seil, stell Dich auf einen Stuhl, leg Dir den Strick um den Hals und spring, spring in den Tod. Es wird nicht weh tun, ich verspreche es. Die Zeit ist reif. Die Helgoländer werden die Fassung verlieren, wenn sie hören, was Dir zugestoßen ist. Sie werden sofort wissen, dass Du Dir wegen der hohen Mietpreise das Leben genommen hast – wegen der Schließung Deiner Fischkiste. Sie werden endlich aufstehen und auf der Insel alles niederbrennen, was nicht in unserem Besitz ist. Wir werden Dich rächen, Wohlers! Ich weiß, Du hast gehadert; ich weiß, Du hast Angst gehabt. Aber was bleibt uns schon für eine andere Wahl? Wir müssen das Teuerste opfern, wenn wir wollen, dass es den Helgoländern in Zukunft besser geht als uns. Du wirst als Märtyrer in die Geschichte eingehen! Du wirst berühmt werden! Alle werden über Dich sprechen, so wie Du es immer wolltest. Wir werden Dir neben Heine und Fallersleben ein Denkmal bauen. Deine Fischkiste wird weiterleben. Niemand wird sie jemals vergessen und es wagen, sie niederzureißen. Vertrau mir! Wir werden die Aufmerksamkeit auf uns richten; vielleicht werden Menschen vom Festland kommen und uns unterstützen. Dann können wir endlich unseren Verein, die ‚Patriotische Vereinigung gegen die Überfremdung des Helgoländer Vaterlandes' gründen – so wie wir es immer wollten. Wir werden siegen und eine nationale Protestbewegung sein! Zieh es durch, morgen früh um 6 Uhr. Vernichte diese Noitz, bevor Du die Sache durchziehst. Ich bin mir sicher, Du wirst das Richtige tun! Wir werden Dich nie vergessen!"

Kempner trat vor Schreck aufs Gas. Unfassbar! Jemand hatte Wohlers zum Selbstmord angestiftet. Das kam einem Mord gleich. „Hilbig... Wer ist der Absender? Steht der Urheber auf dem Zettel?", fragte Kempner nervös.

„Ja. Am Ende heißt es: ‚Dein W.'", sagte Hilbig kurz angebunden.

„Ganz klar! Dr. Wessels hat die Notiz geschrieben. Nur er kommt in Frage!", erwiderte Kempner.

„So ist es", entgegnete der Kieler Kommissar. „Was für eine perfide Taktik! Er hat den armen Wohlers manipuliert, damit er in den Tod springt und die Inselbewohner aufhetzt. Ein übler Hassprediger ist das."

„Ihr müsst ihn unbedingt verhaften!“, schrie Kempner in den Hörer, „bevor er noch Schlimmeres tut.“ Der Kommissar war aufgebracht, er wäre fast über eine rote Ampel gefahren, doch er konnte noch rechtzeitig bremsen. Theesemann wäre mit dem Gesicht gegen den Vordersitz geknallt, wäre er nicht angeschnallt gewesen.

„Das ist ja das Problem“, sagte Hilbig. „Wir haben versucht, Wessels zu verhaften, aber das Haus wird von einer Horde wütender Helgoländer umstellt. Sie wollen uns nicht reinlassen. Wir dürfen mit Wessels noch nicht einmal sprechen. Gleichzeitig bilden sich wieder Proteste vor Richters Hotel. Die Insel kocht. Jeder glaubt, Wohlers habe sich wegen Richters Kündigung umgebracht. Und ich weiß nicht, was wir tun sollen. Jede falsche Handlung könnte die Inselbewohner provozieren. Außerdem haben wir nicht genügend Mann!“

„So ein Mist!“, schrie Kempner wütend ins Telefon und schlug mit der Faust gegen das Lenkrad. „Okay, wir kommen gleich zu euch.“ Er drückte aufs Gas. „Ich habe in Cuxhaven schon Bescheid gesagt. Wir kommen mit ein paar SEK-Beamten, die werden die Leute schon vertreiben.“

„Gut, ich warte auf Ihr Kommen. Wir versuchen, die Lage unter Kontrolle zu bringen“, sagte Hilbig in zitterndem Ton. Seine Anspannung war deutlich herauszuhören. Wer wusste schon, was auf der Insel passieren könnte? Kempner wollte es sich nicht einmal vorstellen.

Der Kommissar schaute in den Rückspiegel und beobachtete Theesemann. Der Deutschlehrer schien vom Gespräch nichts mitbekommen zu haben. Er starrte aus dem Fenster. Die Landschaft spiegelte sich in seinen glasigen, nachdenklichen Augen. Er kaute an seinem Daumen. Wahrscheinlich überlegte er, was er beim Verhör sagen sollte und wie er sich am wenigsten belasten würde. Kempner hoffte, er würde bei der Befragung nicht schweigen.

Der Kommissar ging im Kopf mehrere Handlungsoptionen durch. Was war jetzt wichtiger? Das Verhör von Herrn Theesemann, Thorsten und Herrn Kratz? Oder eine schnelle Rückkehr auf die Insel? Er wollte zurück nach Helgoland, um dort den Polizei-Einsatz zu leiten. Andererseits wollte er beim Verhör von Theesemann dabei sein. Er vertraute Paula, aber jetzt wäre seine Anwesenheit von Vorteil, weil er sich mit dem Deutschlehrer bereits auseinandergesetzt hatte.

Kempner grübelte. Schließlich entschied er sich, alle Verdächtigen mit auf die Insel zu nehmen und sie in der Helgoländer Wache zu befragen. Hoffentlich würde der Cuxhavener Polizeichef grünes Licht dafür geben. Vielleicht würde es sogar bei den Ermittlungen helfen? Vielleicht würde ein Insulaner Herrn Theesemann erkennen und ihn identifizieren? Vielleicht würde Thorsten endlich reden und sagen, was der Mord mit der Puppe zu tun hatte?

20

Kempner bremste scharf. Mit quietschenden Reifen und einem großen Ruck hielt er vor der Polizeidirektion Cuxhaven. Er war in Eile, also parkte er seinen Wagen schräg auf dem Bürgersteig, was einige Polizeibeamte irritierte, doch Kempner zeigte rechtzeitig seinen Ausweis und alle Kollegen nickten ihm verständnisvoll zu.

Der Kommissar drehte sich zu Theesemann. „Ich komm gleich wieder. Ich muss nur kurz was klären."

Der Mann vermied es, zu antworten, und zuckte gleichgültig mit den Schultern.

Kempner stieg aus dem Auto und lief schnellen Schrittes in die Polizeidienststelle, auf der Suche nach Paula. Er konnte sie nicht finden. Also griff er zum Telefon und rief sie an.

„Paula. Wo bist du? Ich seh Dich nicht."

„Zweiter Stock, Zimmer 2-5-3."

Kempner durchquerte die Gänge und sah endlich seine Kollegin auf einem Bürostuhl sitzen und sich mit einem Kollegen unterhalten.

Als sie Kempner bemerkte, sprang sie auf, lief zum Kommissar hinüber und packte ihn am Arm.

„Jürgen, endlich, da bist Du ja. Was ist passiert? Erzähl!“

„Ich weiß gar nicht, wo ich anfangen soll... Ihr werdet es nicht fassen. Ich weiß jetzt, auf welche Puppe die Mädchen im Notizheft anspielten. Ich habe sie gefunden, im Schlafzimmer von Theesemann – von Annas und Ronjas Deutschlehrer.“

Paula riss die Augen auf. „Das darf doch nicht wahr sein!“, rief sie aufgeschreckt. Sie machte ein verblüfftes Gesicht, setzte sich wieder, um die Information zu verarbeiten, und hielt sich die rechte Hand gegen den Mund. Sie hatte mit allem gerechnet, nur nicht damit.

„Was soll das heißen? Hat Theesemann die Mädchen umgebracht?“, fragte Paula leise, mit erschrockener Stimme. Sie ärgerte sich, nichts geahnt zu haben. Die ganze Zeit war sie überzeugt davon gewesen, dass der Mörder immer noch auf der Insel war.

Kempner näherte sich seiner Kollegin, legte beide Hände auf ihre Schultern, schaute ihr tief in die Augen und sagte: „Paula, ich weiß, was Du denkst. Aber sei nicht voreilig. Wir müssen jede Möglichkeit in Betracht ziehen, auch wenn es so aussieht, als ob Herr Theesemann den Mord begangen hätte. Wir haben immer noch kein Motiv, immer noch keine Beweise. Nur diese Puppe. Aber wir wissen nicht, was sie zu bedeuten hat. Das muss uns Thorsten endlich sagen.“

„Thorsten ist unterwegs. Jetzt ist Theesemann doch sowieso viel wichtiger! Wann willst Du ihn verhören?“

„Er sitzt im Auto, unten, vorm Gebäude. Aber da wäre noch ein Problem.“

„Welches denn?“, fragte Paula und starrte Kempner erschüttert an.

„Mich hat Hilbig angerufen. Auf der Insel herrscht Ausnahmezustand. Wohlers hat sich umgebracht."

Paula schnaubte. „Ist das Dein Ernst?"

Kempner nickte.

Die Kollegin wandte den Blick ab. „Oh nein... Auch das noch!" Die Kommissarin legte beide Arme über den Nacken, krümmte sich und schüttelte den Kopf. „So ein Mist!", schrie sie wütend.

„Keine Sorge. Wir kriegen das hin. Wir brauchen nur die Unterstützung des SEK."

Plötzlich kam ein hagerer Mann mit strengem Gesicht, spitzer Nase und einer kleinen, randlosen Brille in den Raum gestürzt. Er trug blaue Hosen, ein schwarzes Hemd und weiße Hosenträger. An seinem Gürtel steckte eine Waffe. „Sind Sie das? Kommissar Kempner?", fragte der Mann.

Der Kommissar drehte sich um. Der Polizeibeamte, der gerade in den Raum getreten war, wartete an der Türschwelle und hielt sich balancierend an der Klinke fest, als führte er ein Kunststück auf. Er schien in Eile zu sein.

„Ja, genau", antwortete Kempner.

„Christian Zackensteck mein Name. Ich bin der neue Direktor der Polizei Cuxhaven."

„Freut mich", sagte Kempner. Die Männer gaben sich die Hand.

„Ich habe schon von der brisanten Lage auf Helgoland gehört. Sie bekommen natürlich die Verstärkung, die Sie angefordert haben, gar keine Frage. Das SEK ist einsatzbereit. Wir haben auch noch zwei Hubschrauber organisiert."

„Fantastisch. Das ist mehr, als ich verlangen kann. Ich muss Ihnen allerdings noch etwas sagen: Ich möchte alle Tatverdächtigen mit auf die Insel nehmen."

„Wie bitte?", sagte Zackensteck. Er sah so aus, als hätte ihn jemand gefragt, auf Staatskosten eine Schulklasse nach New York zu befördern. „Das kommt gar nicht in Frage", ergänzte er wütend. „Ausgeschlossen!"

„Hören Sie", erwiderte Kempner ruhig. „Ich würde Sie nicht fragen, wenn es nicht dringend wäre. Wir haben unten einen Tatverdächtigen. Außerdem kommt bald ein Junge, der uns relevante Informationen vorenthält. Wenn Sie mir die Erlaubnis geben, alle Tatverdächtigen mitzunehmen, könnte der Fall heute gelöst werden. Vertrauen Sie mir!"

Zackensteck hielt einen Moment inne. Er dachte nach und kratzte sich am Kinn.

„Bitte!", schob der Kommissar nach.

Kempners ruhige Art schien ihn zu überzeugen. Zackensteck ging ein paar Schritte auf und ab und fing endlich an zu sprechen: „Normalerweise würde ich Ihrer Bitte nicht nachgeben. Aber ich sehe, dass Sie wissen, was Sie tun. Also mache ich eine Ausnahme – weil es ein Notfall ist. Ich vertraue Ihnen", sagte der Polizeichef und blickte Kempner zuversichtlich an. „Außerdem wird es Zeit, dass der Fall endlich gelöst wird, ansonsten schwappt die Panik noch nach Cuxhaven über." Er atmete tief durch. Dann sagte er: „Also in Ordnung. Sie haben meine Erlaubnis."

Kempner lächelte vor Freude, während Zackensteck warnend den Zeigefinger hob. „Moment noch! Ich habe eine Bedingung: Sie versprechen mir, dass den

Verdächtigen nichts passiert. Ich kann Ärger nicht gebrauchen. Verstehen Sie, Herr Kommissar?"

„Ich verspreche", sagte Kempner erleichtert. „Wir werden die Verdächtigen in die Polizeidienststelle Helgoland bringen und nicht länger als 24 Stunden auf der Insel behalten – so wie es das niedersächsische Polizeigesetz vorschreibt."

„Na gut. Ich vertraue Ihnen. Und kommen Sie mir heil wieder", sagte der Polizeichef und verabschiedete sich.

Nachdem er Kempner auf die Schulter geklopft hatte, verschwand er durch die Tür.

Derweil saß Paula immer noch auf dem Stuhl. Sie zwickte Kempner am Hosenbein und fragte flüsternd: „Jürgen, in Gottes Namen, was hast Du vor?"

Kempner setzte sich neben Paula, nahm ihre Hand und hielt sie fest. Er drückte sie zärtlich und schaute dabei die Kommissarin vertrauensvoll an. „Paula, ich hab mir das alles gut überlegt, wirklich. Bevor wir Theesemann und Thorsten befragen, müssen wir die Leute auf Helgoland beruhigen. Die Situation darf nicht eskalieren."

„Was sollen wir tun?" Paula klang besorgt.

„Ich nehme gleich den Hubschrauber und fliege mit Herrn Theesemann nach Helgoland. Du wartest, bis die Beamten Thorsten und seinen Vater in die Polizeidirektion bringen. Ihr kommt dann alle mit dem zweiten Hubschrauber nach. Wir treffen uns auf der Insel, in der Polizeidienststelle, in Ordnung? Währenddessen kläre ich die Situation mit Wessels und Richter. Das SEK wird wahrscheinlich vor mir da sein."

„Willst Du gleich los?"

„Ja, der Hubschrauberlandeplatz ist in Nordholz, keine 20 Minuten von hier."

„Gut, dann kommen wir nach", sagte Paula und berührte Kempner liebevoll am Arm.

Kempner war gerührt. Er lächelte, schaute seine Kollegin mit warmen Blicken an und nahm sie in den Arm. „Alles wird gut", sagte er und streichelte Paula über den Rücken. Dann ging er zum Ausgang und wollte verschwinden, als seine Kollegin plötzlich „Warte!" schrie und mit einem fragenden Gesicht ein „Jürgen!" nachschob.

Kempner blieb stehen und drehte sich um.

„Ist was Paula?"

„Pass auf Dich auf!", erwiderte sie und schaute etwas beschämt zur Seite.

21

Es hörte langsam auf zu regnen, als Kempner mit dem Wagen am Flughafen in Nordholz hielt. Es war ein Militär-Flughafen, also stellte die plötzliche Abreise kein größeres Problem dar. Solche unangekündigten Einsätze kamen häufiger vor, besonders nach schweren Unfällen oder bei militärischen Notfällen. Tatsächlich wartete bereits ein Hubschrauber auf Kempner, mit rotierenden Blättern, die den umstehenden Polizisten die Haare zerzausten.

Ein höherer Polizei-Beamter hielt sich seine Mütze fest, als Kempner das Auto vor dem Hubschrauber parkte, ausstieg und den gefesselten Theesemann aus dem BMW holte.

„Herr Kempner, guten Tag. Der Hubschrauber ist bereit. Das SEK ist auch schon unterwegs. Sie werden am Flughafen auf Helgoland erwartet... Auf der Düne“, sagte der dienstältere Polizist.

„Vielen Dank!“, antwortete Kempner und nickte anerkennend. Dann stieg er mit Theesemann in den Hubschrauber und flog unter dem Klang lauter Helikoptergeräusche davon.

Das Wetter war besser geworden, daher war der Flug relativ ruhig. Im Innern des Hubschraubers wirkte Theesemann apathisch. Er sah wie versteinert aus und schien sich mit seinem Schicksal abgefunden zu haben. Kempner schaute auf die Nordsee und die Wellen, auf denen Gischt-Kronen zu sehen waren. Das Wasser wirkte bedrohlich. Der Gedanke an das raue, offene Meer flößte Kempner Respekt ein. Aus dem Hubschrauber sah die Nordsee wie ein schwarzes Loch aus, das alles und jeden verschlucken wollte – wie eine unkontrollierte, wütende Macht.

Bevor der Pilot landete, umkreiste der Hubschrauber die Insel. Helgoland sah von oben wie eine bizarre Skulptur aus. Die rote Insel wirkte künstlich, wie eine Attrappe, wie von Gott ins schwarze Wasser der Nordsee gesetzt. Die Insel schoss zweigeteilt aus dem Meer und machte einen gewaltigen Eindruck. Wenn man es nicht besser gewusst hätte, hätte man Helgoland – samt der roten Felsen und den panisch umherschwirrenden Vögeln – für einen buckeligen Vulkan halten können. Und es stimmte ja: unter Helgolands Dächern brodelte es. Zudem bemerkte Kempner die Windräder – sie sahen so aus wie Wachposten vor der Insel.

Von hier oben sah man bereits die Menschenmasse vor dem Hotel. Sie hielten wieder Transparente in die Höhe, Protestschilder, Fackeln und, wie Kempner mit dem Fernglas feststellen konnte, eine Puppe, die an einem Seil hing – wie ein Mensch, der sich gerade umgebracht hatte. Vermutlich spielte die Attrappe auf Wohlers' Selbstmord an. Oder wollten die Demonstranten damit ausdrücken, dass auf Peter Richter das gleiche Schicksal wartete?

Nach ein paar Minuten bekam der Hubschrauber die Landeerlaubnis. Auf dem Flughafen der Düne, der zweiten Insel Helgolands, parkten bereits zwei weitere Hubschrauber des SEK. Eine Gruppe von dunkel gekleideten Männern besprach die Lage vor dem Flughafenhäuschen und ging diverse Angriffsstrategien durch. Die Beamten hatten Helme auf. Deren Gesichter waren vermummt, zudem hatten sie gepanzerte Westen an, schwere Schuhe und dicke Hosen. Außerdem hielten die Kollegen vom SEK lange Gewehre in der Hand.

Kempner lief mit Theesemann zu den Männern. Plötzlich erblickte er Rüdels und Hilbig, wie sie sich inmitten der Polizistengruppe unterhielten. Hilbig erkannte Kempner und kam freudig auf ihn zugerannt.

„Herr Kommissar, endlich sind Sie da!“, sagte der Kieler Polizist und drückte Kempner erleichtert die Hand. „Wir besprechen gerade die Lage.“ Auch Rüdels kam hinzu und begrüßte Kempner.

„Rüdels, was ist mit den Helgoländern los?“, wollte der Kommissar wissen.

„Ich habe mein Bestes getan“, sagte der Helgoländer Polizist und kaute nervös auf seiner Lippe, „aber jetzt bin ich mit meinem Latein am Ende. Sie wollen nicht auf mich hören. Richters Hotel soll brennen.“

„Wir müssen durchgreifen. Wir nehmen die nächste Fähre auf die Hauptinsel und intervenieren. Sie, Rüdels, bringen Sie Theesemann in die Zelle im Kommissariat. Ich erkläre Ihnen später, was ich vorhabe. Heute wird sich alles entscheiden.“

„In Ordnung“, sagt Rüdels und nickte.

„Wir fahren“, ergänzte Kempner, „mit der Fähre auf die Hauptinsel. Die Kollegen vom SEK,“ Kampner schaute auf die vermummten Beamten, „werden per Hubschrauber abgeseilt, falls die Situation eskaliert. Ich muss mit den Helgoländern erst allein sprechen. Ich krieg das hin... Hilbig?“ Der Kieler Kommissar blickte auf Kempner. „Sie kommen mit.“

„In Ordnung!“

Kempner klatschte in die Hände, verteilte Funkgeräte und machte sich mit Hilbig, Theesemann und Rüdels auf den Weg.

Als sie auf der anderen Insel-Seite angekommen waren, hörte man bereits Trillerpfeifen und hasserfüllte Parolen. Zudem waren Transparente zu sehen, auf denen durchgestrichene Windräder und Dollar-Zeichen abgebildet waren. Rüdels lief mit Theesemann zur Polizeidienststelle, während die beiden anderen Kommissare sich langsamen Schrittes zum Demonstrationszug hinbewegten. Sie liefen langsam die Promenade entlang, um nicht aufzufallen.

Je näher sie der Menschenmenge kamen, desto besser konnte Kempner einen Mann erkennen, der auf einem provisorischen Holz-Podest stand und auf die Menge einredete. Erst war die Person zu weit weg, um sie zu identifizieren. Doch dann erkannte Kempner, um wen es sich handelte: Tatsächlich! Es war Dr. Wessels. Kempner erinnerte sich an sein Gesicht von den Untersuchungsfotos. Der Arzt schrie in ein Mikrofon, aufgebracht und wütend. Man konnte nichts verstehen, aber die Bässe der Lautsprecher mischten sich ins wütende Gebrüll und machten deutlich, dass der Arzt nichts Nettes von sich gab.

Wessels Rede war immer besser und deutlicher zu verstehen. Der Arzt stachelte die Meute an. Er redete sich in Rage, sprach vom Selbstmord Wohlers, beschimpfte Peter Richter, spekulierte über die Konsequenzen der Überfremdung, zeigte mit dem Finger aufs Hotel, zitterte, schrie, pöbelte und verkündete die Gründung der ‚Patriotischen Vereinigung gegen die Überfremdung des Helgoländer Vaterlandes'. Es war ganz klar herauszuhören, dass er das Hotel anzünden wollte.

„Leute! Wir müssen Wohlers rächen. Erst die Mädchen, jetzt unser geliebter Freund. Es wird Zeit, dass wir die Fremden von der Insel vertreiben. Raus mit den Schweinen! Wir wollen keine Spekulanten hier! Los, macht alle mit", schrie Wessels und stachelte die Menge an. Die versammelten Menschen sollten ihm nachschreien.

Kempner wollte die Situation unter Kontrolle bringen. Also lief er zum Podest. Einige Leute versperrten ihm den Weg. Er versuchte, aufs das Rednerpodium zu springen. Doch zwei Bodyguards wussten dies zu verhindern. Sie packten den Kommissar an der Schulter und warfen ihn zurück in die Menge. Aber Kempner war gerissen genug, um es nochmal zu versuchen. Dieses Mal mit Erfolg. Er kroch aufs Podest und riss Dr. Wessels das Mikrofon aus der Hand. Dann hielt er es sich vor den Mund und redete auf die Menge ein:

„Leute! Hört zu! Wir haben heute einen Zettel gefunden!" Kempner war kaum zu verstehen. Die Leute pfiffen, buhten, trampelten mit den Füßen. Sie wollten ihn nicht hören. „Es ist wahr! Wir haben einen Zettel gefunden, auf dem..." Niemand ließ ihn ausreden. Kempner versuchte, noch kräftiger ins

Mikrofon zu brüllen, als sich plötzlich Unruhe am Rand des Demonstrationszuges bildete. Die Menschen drehten sich um, sie schauten irritiert umher. Dann schrie einer: „Helgoländer, die Windkraftleute kommen.“

Und es stimmte. Vom Podest aus konnte man eine Menschengruppe sehen, die vom Stadtzentrum zum Hotel herüberkam. Sie hatten rosa Westen an, die gleichen rosa Westen, wie sie alle Windkraft-Arbeiter während der Schicht trugen, um bei Nacht besser gesehen zu werden. Kempner konnte nicht erkennen, wer die Gruppe anführte. Klar war nur, dass die Situation ganz unerwartet eine neue Wendung nahm. Die Gruppe samt dem Anführer kam näher und näher. Wessels ‚Helgoländer in Wut' machten Platz. Sie gingen zur Seite. Schließlich konnte Kempner erkennen, als sich das Menschenmeer spaltete, wer der Anführer war: Es war der Mann aus der Kneipe! Josef, der Wirt! Ganz eindeutig! Er hatte eine rosa Weste an und ein Megaphon in der Hand. Er hielt es sich vor den Mund und begann zu sprechen:

„Helgoländer! Ich weiß, ihr seid überrascht, dass ich hier stehe. Ich hab mich die ganzen Jahre in den Konflikt, der auf der Insel herrscht, nicht eingemischt. Aber das alles geht so nicht mehr weiter! Wir Helgoländer haben uns voneinander entfernt. Wir haben unterschiedliche Meinungen, was die Zukunft unserer Insel betrifft. Das ist in Ordnung. Aber nicht in Ordnung ist, dass Dr. Wessels diesen Konflikt schamlos ausnutzt.“

Der Arzt blickte zornig auf den Wirt. Er schob sich auf der anderen Seite zum Mikrofon hin und schrie: „Josef! Lass den Scheiß und kümmer Dich um Deinen eigenen Kram. Wir wollen Wohlers rächen – und das kann keiner mehr verhindern."

„Ich weiß, dass Du den Selbstmord von Wohlers provoziert hast!"

Die Menge tobte.

„Was hat er da gesagt?", schrie ein Mann im Demonstrationszug.

Alle Leute zischelten.

„Das stimmt nicht", schrie Dr. Wessels zurück.

„Doch, und ich bin hier, um es zu beweisen. Die Mehrheit der Helgoländer ist gegen Deine blutigen Pläne. Und alle anderen hast Du radikalisiert – weil sie arbeitslos sind, keine Perspektive oder einfach nur Angst haben. Ich habe nichts gesagt. Aber mit Wohlers bist Du zu weit gegangen!"

Kempner schaute sich um. Die Menschen, die in den rosa Westen hergekommen waren, schienen in der Mehrheit zu sein. Der Wirt hatte es geschafft, den apathischen, schweigenden Teil von Helgoland zu mobilisieren. Es war der ideale Zeitpunkt für einen Aufstand der Anständigen. Aber wie wollte der Wirt beweisen, dass Dr. Wessels den Fischbudenbesitzer zum Selbstmord angestachelt hatte?

„Wir sind hier, weil wir dem Trubel ein Ende setzen wollen." Der Wirt wandte sich an die Helgoländer mit den wütenden Plakaten, die ihn entgeistert anstarrten. Er hatte die ganze Aufmerksamkeit auf sich gezogen. „Helgoländer, glaubt mir. Gestern Nacht kam Wohlers in meine Kneipe, um sich zu betrinken. Er war aus der Zelle freigelassen worden; ihm lag etwas auf dem Herzen. Das sah ich. Er trank und wurde immer melancholischer. Dann hat er mir von allem erzählt. Dass er eine Nachricht bekommen hat, von Dr.

Wessels, auf der stand, dass er sich umbringen soll, damit er zum Märtyrer wird. Er hat mir erzählt, dass Wessels plant, einen Mob zu organisieren, um das Hotel abzubrennen und Peter Richter zu vertreiben. Ich habe Wohlers nicht geglaubt! Doch als ich heute von seinem Selbstmord erfuhr, war mir alles klar. Er hat die Wahrheit gesagt!"

„Er lügt! Der Mistkerl lügt!", schrie Dr. Wessels wutentbrannt ins Mikrofon.

„Nein, ich lüge nicht! Wohlers hat gesagt, dass Dein Sohn, Hauke, ins Hotelgeschäft einsteigen will. Wusstet ihr das, Helgoländer?"

Die Leute schauten sich entgeistert an. Es wurde geflüstert und spekuliert. Stimmte das? War Wessels ein gefährlicher Hochstapler?

„Das ist alles erstunken und erlogen!", schrie der Arzt. Seine Lippen zitterten und zeigten seine schiefen Zähne.

„Leute! Dr. Wessel hat uns alle an der Nase herumgeführt. Ihm ist die Insel scheißegal. Er will einfach nur Macht und in Richters Fußstapfen treten."

„Das ist alles nicht wahr! Du Mistkerl! Du Judas!"

Kempner hörte sich alles an. Er hatte zwar keine Beweise für die letzte Behauptung, aber das mit der Nachricht – das war Tatsache, das konnte er belegen.

Die Helgoländer wirkten überfordert. Niemand wusste so recht, was jetzt zu tun sei. Alle mussten die Information erst verarbeiten. Das wusste Kempner für sich zu nutzen. Er drängte Dr. Wessels vom Mikrofon und rief den Leuten zu: „Es stimmt. Wir haben heute Carsten Wohlers obduziert. Er hat den Zettel, den Dr. Wessels geschrieben hat, verschluckt. Wir haben das Stück Papier in seinem Magen gefunden, dort steht alles

Schwarz auf Weiß. Dr. Wessels hat Wohlers in den Selbstmord getrieben! Es stimmt!“

Die Menge tuschelte. Die Menschen schauten schockiert umher.

„Das ist eine reine Verschwörung“, rief Dr. Wessels in die Menge. Er fuchtelte mit den Händen, als ob seine hektischen Bewegungen die Helgoländer umstimmen könnten. Aber es war zu spät. Die Menschen glaubten ihm nicht mehr, als wären sie aus einem bösen Traum erwacht. Die Wut auf Wessels wuchs von Minute zu Minute.

„Dieter“, sagte der Wirt und richtete sich direkt an Wessels. „Du bist nicht nur ein Verräter, Du bist auch ein Feigling. Du hast das Erbe unserer Väter in den Dreck gezogen! Du bist kein echter Helgoländer!“

Niemand wusste, was Dr. Wessels so provoziert hatte. War es der Vorwurf des Verrats? War es die Beleidigung? Was es auch war – bei Wessels brannten die Sicherungen durch. Er griff in den hinteren Teil seiner Hose, zog eine kleine, schwarze Schusswaffe heraus – es war eine Walther p99 –, zielte auf Josef den Wirt, war kurz davor, abzudrücken, als plötzlich...

Peng!

Dr. Wessels stürzte zu Boden.

Alle Anwesenden gerieten in Panik, fielen hin, hielten sich die Hände über den Kopf, schützten ihre Kinder. Nur Kempner blieb stehen und schaute in die Menge und realisierte, wer soeben dem Wirt das Leben gerettet hatte.

Es war Hilbig!

Hilbig stand da, hielt seine Waffe senkrecht in der Hand, aus deren Lauf, als Beweis seines Mutes, immer noch der Patronenrauch herauszog. Hilbig hatte die ganze Zeit mit seiner Waffe Wessels anvisiert. Er musste wohl geahnt haben, wozu der Mann fähig war. Es war unglaublich!

Kempner bückte sich und prüfte, ob Wessels tot war. Er stellte das Gegenteil fest: Wessels war lediglich an der Schulter verletzt. Er rollte auf dem Boden, wimmerte, aber er war noch am Leben. Es war nur ein harmloser Streifschuss.

Während Kempner auf den Arzt einredete und ihm erklärte, dass er verhaftet sei, kreisten bereits die ersten SEK-Hubschrauber in der Luft. Sie wurden, Gott sei Dank, nicht mehr benötigt.

22

Nachdem die SEK-Beamten sich von Hubschraubern abgeseilt hatten und die Insel sicherten, nahm Kempner auf den Treppenstufen zum Hotel Platz. Er legte seine Ellbogen auf die Knie, rieb sich mit den Händen das Gesicht und versuchte, den Stress und die Anspannung zu verarbeiten. Er atmete tief durch. Kempner realisierte, dass auf Helgoland beinahe eine große Katastrophe geschehen wäre. Hilbig, der sie verhindert hatte, setzte sich zu ihm.

„Wahnsinn", sagte der Kieler Kommissar und atmete tief durch. „Das war knapp." Er musste lachen. Der Stress fiel langsam ab.

„Tilo, das war sehr gute Arbeit. Danke. Ohne Dich wäre die Sache schlimm ausgegangen", sagte der Kommissar.

„Ach, dürfen wir uns jetzt endlich duzen?", erwiderte Hilbig spöttisch und stieß dem Kollegen neckisch mit dem Ellbogen gegen die Rippen. „Da muss also fast jemand sterben, damit wir persönlich werden können."

Auch Kempner musste lachen. „Du weißt, dass es noch nicht vorbei ist, oder?", fügte der Kommissar hinzu und klang wieder ernst.

„Nein, ich weiß. Aber es hilft nichts: wir müssen die Sache zu Ende bringen. Was denkst Du?“, sagte Hilbig mit fragendem Blick. „Ist Theesemann der Mörder? Oder Wessels?“

Kempner atmete schwer und schüttelte den Kopf, während er aufs Gras schaute. „Ich weiß es nicht, aber ich glaube nicht, dass es Wessels war. Ich sehe den Zusammenhang nicht. Er wird jetzt im Helgoländer Krankenhaus verarztet. Danach können wir ihn befragen. Aber sprechen wir erst mal mit Theesemann und Thorsten.“ Kempner hatte bereits eine SMS bekommen. Paula war mit dem Hubschrauber angekommen und wartete mit den Verdächtigen und Rüdels in der Helgoländer Polizeiwache. Die Kollegen hatten das Verhör bereits vorbereitet.

„Packen wir’s?“, fragte Hilbig und lächelte.

Kempner nickte, stützte sich ab und erhob sich von den Treppenstufen. Hilbig tat es ihm nach. Gemeinsam gingen sie zum Oberland, zur Polizeidienststelle Helgoland.

***

Kempner betrat die Wache und schaute sich um. Er entdeckte Paula. Sie stand mit dem Rücken zum Eingang, fummelte am Schreibtisch und prüfte einige Papiere. Als sie sich umdrehte und Kempner entdeckte, fasste sie sich an die Brust. „Jürgen, da bist Du endlich! Ist alles okay?“, sagte sie und lief eilig zum Kommissar, hielt seinen Arm fest und schaute besorgt in seine funkelnden Augen. „Ich habe den Polizeifunk verfolgt. Deine Aktion hätte in einem Blutbad enden können. Gott sei Dank ist Dir nichts passiert.“ Paula musste schlucken. „Geht's Dir denn gut?" Sie tastete Kempner ab, als ob sie prüfen wollte, ob er unversehrt sei.

Kempner berührte Paulas Schulter und schaute mild in ihre besorgten Augen. „Alles in Ordnung. Das hab ich alles Hilbig zu verdanken. Er hat Wessels in die Schulter geschossen und konnte Schlimmeres verhindern. Der Wirt, den wir vor zwei Tagen kennengelernt haben..."

„Der aus dem Finkus?", fragte Paula spontan.

„Genau der", erwiderte der Kommissar. „Er hat eine Gegendemonstration auf die Beine gestellt und die ‚Helgoländer in Wut' überzeugt, dass Wessels dem Fischbudenbesitzer befohlen hatte, sich umzubringen."

„Nicht zu fassen. Einfach nicht zu fassen!" Paula schüttelte den Kopf. „Ich hab sofort gewusst, dass er ein schlechter Mensch ist... Aber das Wichtigste ist, dass es Dir gut geht!" Paula hätte ihren Kollegen vor Freude am liebsten in den Arm genommen. Doch sie bemerkte aus den Augenwinkeln, dass Hilbig zuschaute, also riss sie sich zusammen und ließ die Arme wieder fallen. „Ich hoffe, jetzt wird wieder Ruhe einkehren."

„Vielleicht bald," antwortete Kempner unsicher, „wenn alles vorbei ist." Er senkte den Blick und dachte über Helgolands Zukunft nach. Er wusste, dass noch viel passieren müsste, damit die Inselbevölkerung wieder zusammenfände. Dieser Riss, der durch die Gesellschaft ging, er würde nicht einfach zu kitten sein. „Richter muss die Inselbewohner besser einbinden", sagte Kempner. „Der Bürgermeister muss Kompromisse machen, ansonsten kommt erneut ein Hassprediger und übernimmt Wessels' Rolle. Die Mächtigen müssen verstehen, dass sie die alteingesessenen Helgoländer in ihre Entscheidungen einbeziehen müssen."

„Du hast Recht", sagte Paula und nickte sanft. „Aber was ist nun mit euch?" Paula schaute auf Kempner und Hilbig und zeigte mit dem Finger abwechselnd auf die Kommissare. „Fühlt ihr euch gut? Habt ihr genug Kraft, das Verhör mit Herrn Kratz und seinem Sohn durchzuführen? Oder sollten wir das auf morgen verschieben?"

Kempner schüttelte den Kopf. „Nein, nein, das kommt gar nicht in Frage. Wir müssen das heute erledigen. Theesemann ist fertig mit den Nerven. Ich will nicht, dass er sich ausruhen kann und dann in ein Schweigen verfällt. Gerade jetzt ist er angreifbar, wir stehen kurz vor dem Durchbruch. Ich will ihn mit Thorsten konfrontieren..." Kempner schaute auf die Uhr. „Es ist schon spät. Wo sind die Verdächtigen?"

Paula sammelte sich. „Herr Theesemann ist in der Zelle, Rüdels passt auf ihn auf. Herrn Kratz und Thorsten habe ich in den Nebenraum gebracht. Sie werden von einer Psychologin betreut, Frau Drecksler aus Cuxhaven. Sie ist mit uns hergeflogen."

„Sehr gut", sagte Kempner. Er rieb sich mit beiden Händen die Schläfen. Er wollte es zwar nicht zugeben, aber der Tag hatte ihm zugesetzt. Es kostete Kraft, sich wieder zu konzentrieren. Kempner wollte die Gunst der Stunde nutzen. Er wollte die Vernehmung nicht weiter nach hinten verschieben.

„Okay. Wir gehen also folgendermaßen vor: Hol bitte erst die Psychologin in den Raum. Ich will ihre Einschätzung hören."

„Was willst Du von ihr?", fragte Paula irritiert. Sie war sich nicht sicher, was für einen Plan Kempner im

Kopf hatte. „Willst Du wissen, was Frau Drecksler von Thorsten denkt?"

„Genau. Sie soll mir sagen, ob die Beziehung zwischen Kratz und seinem Sohn normal ist."

„Okay", sagte Paula und kaute auf ihrer Unterlippe. „Ich hol die Dame rein und warte bei Thorsten und Herrn Kratz. Gib mir Bescheid, wenn wir dazustoßen sollen."

Kempner nickte.

Dann stand Paula auf und ging in den Nebenraum.

Hilbig schaute fragend hinterher. „Und ich?", wollte er wissen.

„Du bleibst hier. Versuch, den netten Kommissar zu spielen. Ich spiel den bösen. So können wir Theesemann unter Druck setzen."

„In Ordnung", antwortete Hilbig und holte sich Stift und Papier an seinen Platz.

Danach kam die Psychologin Frau Drecksler herein. Sie war um die 50, hatte ein graues Damenkostüm an, trug eine strenge Brille mit blauen Bügeln und hatte eine weiße Perlenkette um den Hals. Sie machte einen taffen Eindruck. Ihre Kurzhaarfrisur gab ihrem Gesicht eine Respekt einflößende Schärfe. Es schien so, als wären ihre rot-braunen Haare frisch geschnitten worden.

Kommissar Kempner begrüßte die Psychologin.

„Freut mich, dass Sie hier sind. Frau Petersen hat Sie über den Fall informiert?"

Die Psychologin nickte. „Ja, ich weiß Bescheid. Ich habe mich auch schon im Hubschrauber mit Thorsten und seinem Vater unterhalten."

„Und? Was ist Ihre Einschätzung? In welchem Zustand befinden sich die beiden? Ich hatte das Gefühl, dass Thorsten distanziert, irgendwie abwesend wirkt."

Die Psychologin holte ein Notizbuch hervor. Sie schien sich ein paar Aufzeichnungen gemacht zu haben. Sie senkte den Blick, studierte ihre Papiere und blätterte darin. „Ja, das stimmt. Thorsten sucht Abstand zu Menschen... Frau Petersen hat mir gesagt, dass Sie von einem Trauma ausgehen, richtig?"

Kempner nickte.

„Ich bin mir da nicht ganz sicher. Einige Sachen passen einfach nicht zusammen."

„Wie meinen Sie das?", fragte Kempner verstört. Er runzelte die Stirn.

„Nun, Trauma-Opfer haben ein großes Mitteilungsbedürfnis. Sie möchten über das Geschehen sprechen. Selbstzweifel treten auf, manchmal fallen die Opfer in eine Depression. Sie klagen, haben Wutanfälle – das ist bei Thorsten alles nicht der Fall."

Kempner war irritiert. Was wollte die Psychologin damit andeuten? „Wie ist dann aber seine Schüchternheit zu erklären? Er war total verstört, als ich ihn traf."

Die Psychologin rückte ihre blaue Brille zurecht. Danach sagte sie: „Stimmt. Also, mir ist aufgefallen, dass Thorsten sich immer am Knie festhält, wenn er mit Leuten spricht – als würde er sich an etwas klammern wollen. Zudem wirkt er apathisch und vermeidet Berührungen und Blickkontakte. Er redet wenig. Meiner Meinung nach hat er keinen Schock. Er scheint vielmehr seelisch verletzt zu sein, ja geradezu beschädigt."

„Sie denken...?" Kempner musste den Satz nicht

beenden. Die Psychologin nickte und führte ihn bereits fort.

„Ja, ich denke... ich bin mir sogar ziemlich sicher: Thorsten wurde missbraucht."

„Ich hätte es wissen müssen!", sagte Kempner und biss auf die Zähne. Er schüttelte den Kopf. Er war verärgert über Thorstens Schmerz, wütend, dass er es nicht viel früher herausgefunden hatte. Plötzlich ergaben Thorstens apathische Reaktionen einen Sinn! Die Puzzlesteine fügten sich zu einem Bild zusammen.

Die Psychologin blätterte wieder in ihrem Notizbuch. Sie hatte bereits ein paar Vermutungen aufgeschrieben. „Frau Petersen sagte mir, dass Sie einen Lehrer verdächtigen, richtig?"

„Ja, den Deutschlehrer. Ich habe eine Puppe in seinem Schlafzimmer gefunden."

Die Psychologin schaute verblüfft. „Eine Puppe? Sie meinen: eine Spielzeugpuppe?", fragte die Frau.

„Ja, sie muss etwas mit dem Mordfall zu tun haben. Die beiden Mädchen, die mit Thorsten befreundet waren und auf Helgoland umgebracht wurden, wollten Thorsten wegen einer Puppe ansprechen. Das stand so in ihrem Notizbuch. Thorsten reagierte komisch, als ich ihn fragte, ob er dazu etwas sagen kann. Aber er wollte mit der Sprache nicht herausrücken, fing nur an zu weinen."

Die Psychologin grübelte. Sie kratzte sich am Kopf und sagte etwas Merkwürdiges: „Ich verstehe. Das könnte natürlich ein Zeichen sein."

„Wie meinen Sie das?", wollte Kempner wissen.

„Nun...", setzte die Psychologin fort, „die Puppe könnte im Zusammenhang mit dem Missbrauch eine Bedeutung haben. Vielleicht erinnert sie den Jungen an etwas. Wir nennen das in der Psychologie einen ‚Trigger'. Sie sehen einen Gegenstand, der Sie an eine schreckliche Tat erinnert – und schon kommen alte Erinnerungen zurück. Man hat dann Flashbacks und kämpft dagegen an."

Kempner dachte nach. Vielleicht wollten die beiden Mädchen deswegen mit Thorsten über die Puppe sprechen? Die Puppe war der Schlüssel zum Fall, so viel war jetzt klar. „Meinen Sie, ich sollte Thorsten die Puppe zeigen?"

Frau Drecksler atmete tief durch. „Ich weiß nicht. Versuchen Sie es erstmal ohne. Vielleicht können Sie Thorsten auch anders zum Sprechen bringen... Aber im Notfall würde ich es tun."

„Gut", sagte Kempner, stand auf und schüttelte Frau Drecksler die Hand. „Vielen Dank, dass Sie hier sind. Sie sind eine große Hilfe."

Die Psychologin lächelte. „Kein Problem. Gerne."

„Ich hole jetzt die Verdächtigen rein", sagte Kempner. Jetzt war der Moment der Entscheidung gekommen. Der Kommissar schloss die Augen und konzentrierte sich für einen Moment. Dann ging er zur Tür.

23

Kempner klopfte. „Paula..., ihr könnt jetzt kommen."

Paula Petersen, Herr Kratz und sein Sohn Thorsten kamen herein und setzten sich an den Tisch. Der Vater blieb beim Sohn und ließ ihn nicht aus den Augen.

Der Junge sah schläfrig aus, auch wenn er sich dieses Mal gewaschen zu haben schien. Seine starken Schultern waren eingefallen; seine rot unterlaufenen Augen wirkten erschöpft. Herr Kratz hielt den Jungen fest im Arm und streichelte ihn. Doch Thorsten reagierte nicht, er war kalt wie ein Eisblock. Als er sich setzte, bemerkte Kempner, dass Thorstens Beine zitterten. Sie vibrierten in schnellem Takt, als stünde dem Jungen eine Prüfung bevor.

„Wie können Sie diese ganze Aktion mit Ihrem Gewissen vereinbaren?", fragte Herr Kratz erbost. Er blickte Kempner wütend an, während er seinen Sohn fest im Arm hielt.

„Herr Kratz, es geht hier um Mord. Sie müssen das verstehen. Ich kann Sie jetzt nicht schonen."

„Schauen Sie sich den Jungen mal an! Schauen Sie, was Sie mit ihm anrichten!"

Frau Drecksler berührte Herrn Kratz an der Schulter

und redete auf ihn ein: „Sie müssen verstehen... Die Polizei muss den Mordfall lösen. Thosten könnte dabei hilfreich sein."

„Der Junge weiß doch nichts!", schrie Thorstens Vater empört. Seine Stimme wurde lauter.

„Herr Kratz", erwiderte Kempner mit gesenktem Ton, mit halbgeschlossenen Lippen, „dürfte ich für ein paar Sekunden mit Ihnen sprechen?" Der Kommissar wies mit dem Kopf in die andere Richtung des Raumes. „Bitte, nur für eine Sekunde, kommen Sie kurz."

Herr Kratz schaute den Kommissar skeptisch an. Doch dann stand er auf und ging mit dem Kommissar zur anderen Ecke des Zimmers, wo Thorsten sie nicht hören konnte. Derweil kümmerte sich Frau Drecksler um den Sohn.

„Hören Sie", sagte Kempner flüsternd, „ich weiß, Sie sind aufgebracht. Ich weiß, Sie wollen Ihren Jungen schützen. Aber wir haben eine schlimme Vermutung, von der Sie wissen sollten."

„Was meinen Sie?", fragte Herr Kratz verstört.

„Ich weiß nicht, wie ich es sagen soll. Aber das Verhalten Ihre Sohnes, es kommt uns merkwürdig vor. Wir können es noch nicht beweisen, aber wir vermuten, dass Thorsten von jemandem missbraucht wurde."

Herr Kratz schaute entsetzt und blinzelte schnell. Seine Augenbrauen zogen sich zusammen; seine Körperhaltung wirkte angespannt. „Was haben Sie eben gesagt?!"

„Ich weiß, das ist nichts, was man leichtfertig behaupten darf, aber..."

„Wie kommen Sie darauf? Hören Sie auf mit dem Unfug! Jetzt wird's wirklich absurd." Herr Kratz wollte nicht hören. Er wandte sich ab und machte eine abweisende Handbewegung. Dann zischelte er: „Sie machen unser Leben kaputt. Warum können Sie uns nicht einfach in Ruhe lassen?“ Dann positionierte er sich vor Kempner und sagte: „Wir wollen das alles hinter uns bringen. Lassen Sie uns gehen!“ Er drehte sich um und versuchte, seinen Sohn zu erreichen, aber Hilbig versperrte ihm den Weg.

„Bitte, setzen Sie sich wieder!“, sagte der Kommissar und wies mit der Hand auf einen Stuhl. „Wollen Sie denn gar nicht wissen, wen wir verdächtigen? Wollen Sie das einfach ignorieren?“

Kratz fuhr sich mit der Hand übers Gesicht und schüttelte den Kopf. „Falls Sie mich verdächtigen, schwöre ich Ihnen...“ Er spannte seine Muskeln an.

„Herr Kratz, beruhigen Sie sich! Darum geht’s doch nicht“, sagte Kempner, ging zu Kratz und fasste ihn am Arm: „Wir haben Theesemann in der Zelle. Wir gehen davon aus, dass er Ihrem Sohn etwas angetan hat. Vielleicht hat er sogar die Mädchen ermordet. Ist Ihnen das völlig egal?“

Kratz blieb stur. „Thorsten steht unter Schock, mein Sohn ist mir jetzt wichtiger. Ich muss ihn beschützen. Also lassen Sie uns bitte gehen. Ich versichere Ihnen, Thorsten wird Ihnen nicht helfen können.“

Kempner verstand die Reaktion des Mannes nicht. Warum war er nur so dickköpfig? Warum negierte er die Realität? Und warum wollte er nicht einsehen, dass mit seinem Sohn etwas nicht stimmte?

Plötzlich stand Rainer Rüdels mit Thomas Theesemann an der Tür. Der Deutschlehrer schaute durch den Raum und nahm Thorsten in den Blick. Der Schüler wiederum schaute verschüchtert weg und senkte ruckartig die Augen. Daraufhin schniefte Theesemann kurz und sagte: „Thorsten, mach Dir keine Sorgen. Alles wird gut."

Der Junge weigerte sich, ihn anzuschauen. Er schüttelte nur den Kopf und zitterte am ganzen Körper.

„Setzen Sie sich", sagte Kempner. Dann wandte er sich zu Kratz und schrie: „Sie auch!"

Die Männer saßen nun gemeinsam am Tisch. Die Stimmung war angespannt. Man hätte die Luft mit einem Messer schneiden können.

Kempner versuchte, Thorsten aus dem Einflusskreis des Vaters zu holen. Er wollte, dass sich der Junge auf das Verhör konzentrierte. „Thorsten. Schau mich an... Es tut mir so unendlich leid, dass Du da jetzt durch musst."

Der Sohn ignorierte den Kommissar und blickte weiterhin zu Boden.

„Thorsten, ich muss Dich das jetzt fragen, bitte verfall nicht in Panik. Sei stark... Denk daran, dass Du hier sicher bist." Kempner schluckte und ließ ein wenig Zeit verstreichen, bis er wieder zu sprechen begann: „Hat Dich jemand angefasst?"

Der Junge blieb stumm.

„Thorsten. Ich muss das wissen", sagte Kempner entschlossen. „Hat Dich irgendeiner dieser Männer angefasst?"

Theesemann begann zu schwitzen. Er sprang vom Stuhl auf und schrie: „Hören Sie auf damit! Lassen Sie den Jungen in Ruhe!"

Frau Drecksler ging dazwischen. Sie berührte Thorsten am Arm und redete auf ihn ein: „Du brauchst keine Angst zu haben. Wir beschützen Dich."

Es war hoffnungslos. Thorsten wollte nicht reden, also musste der Kommissar zu einem anderen Mittel greifen. Er wollte den Jungen mit seinen Vermutungen konfrontieren, ihn aus der Reserve locken, seine Erinnerung wecken. Also zog Kempner seine Aktentasche hervor, holte die Puppe heraus und legte sie vor Thorsten auf den Tisch.

Seine Augen blitzten auf.

„Schluss jetzt!“, ging Theesemann dazwischen.

Thorsten blickte kurz auf die Puppe, dann auf den Deutschlehrer. Er runzelte die Stirn, kniff die Augen zusammen und sagte verheult: „Bitte, packen Sie die Puppe weg. Ich will sie nicht sehen. Hören Sie auf damit!“ Sein Gesicht war schmerzverzerrt. Der Junge wandte sich vom Vater ab und heulte in die Bluse der Psychologin. „Bitte, machen Sie, dass die Puppe verschwindet. Bitte. Ich kann das nicht ertragen.“

Kempner steckte das Beweisstück weg, um den Jungen nicht weiter zu strapazieren. Es war nicht zu leugnen: Der Gegenstand schien böse Erinnerungen wachzurufen.

„Thorsten...“, sagte Herr Kratz in zittrigem Ton. Er wandte sich zu seinem Jungen, berührte ihn, versuchte ihn zu streicheln.

Doch Thorsten wandte sich ab. „Ich kann das nicht mehr“, winselte er und drückte den Vater von sich. „Ich halt das nicht mehr aus!“

Kempner stand auf, bückte sich und schaute Thorsten vertrauensvoll in die Augen. „Zieh einen Schlussstrich, Thorsten. Es wird Zeit, aufzuräumen. Was hat die Puppe zu bedeuten?“ Kempner lächelte, um dem Jungen zu zeigen, dass er nichts zu befürchten hatte.

„Sie ist....", sprach Thorsten, ohne den Satz zu beenden, denn er wurde vom Deutschlehrer unterbrochen.

„Halt Dein Maul!", schrie Theesemann. „Thorsten, lass Dich nicht verarschen von diesem Kerl."

„Seien Sie still!", brüllte der Kommissar zurück.

Thorsten wandte sich von der Psychologin ab und blickte Theesemann hasserfüllt an. Es brach aus ihm raus. Die Emotionen überwältigten ihn. „Das Schwein da!", sagte Thorsten, während er mit dem Finger auf den Deutschlehrer zeigte: „Das Schwein da hat mich angefasst! Und die Puppe hat zugeschaut!"

Kempner konnte es nicht fassen. Endlich traute sich Thorsten zu sprechen!

Der Kommissar sprang auf, während Paula irritiert auf Hilbig starrte.

„Erzähl weiter, Thorsten. Lass alles raus", drang Kempner auf den Jungen ein, während er ihn am Arm festhielt.

„Thorsten, hör auf, Du Nichtsnutz!", schrie Theesemann dazwischen. Sein Gesichtsausdruck verfinsterte sich. Aus dem vornehmen Deutschlehrer war ein nervöser, aggressiver Mann geworden.

„Das reicht jetzt!", rief Kempner. Er ging zu Theesemann und packte ihn am Arm. „Wenn Sie noch einmal dazwischenreden, bringe ich Sie zurück in die Zelle." Kempner drehte sich zum Jungen und machte mit einer Handbewegung deutlich, dass er keine Angst zu haben brauchte. „Mach weiter, Thorsten. Lass Dich nicht einschüchtern. Wir sind bei Dir!"

Thorsten schniefte und versuchte, Theesemann zu ignorieren.

Frau Drecksler gab ihm ein Taschentuch.

„Es geschah vor zwei Monaten...“, sagte der Junge endlich und atmetete tief durch. „Ich war in der Theater-AG. Wir sollten den Faust spielen und ich konnte den Text nicht richtig auswendig, da hat mir Herr Theesemann gesagt, ich könnte nach der Schule mit dem Fahrrad bei ihm vorbeifahren und wir könnten das Stück zusammen proben.“ Thorsten musste schlucken. „Eines Tages...“ Er setzte neu an. „Eines Tages, nach dem Deutschunterricht, besuchte ich Herrn Theesemann. Er führte mich ins Wohnzimmer. Dort probten wir die Stelle mit Gretchen, er spielte die Frauenrolle nach und dann, dann berührte er mich am Arm. Er kam immer näher. Ich konnte seinen Atem spüren. Er blickte mich an, mit diesen Augen, diesen besessenen Augen, die mich auffressen wollten. Ich versuchte mich zu wehren, aber Herr Theesemann griff mir an die Hüften. Er streichelte mich, roch an meinen Haaren, berührte mich an den Schenkeln. Ich sagte: ‚Nein, ich will das nicht‘, aber Herr Theesemann machte immer weiter. Er sagte, ich würde es auch wollen, ich müsste es nur ausprobieren. Und dann stellte er diese Puppe auf und sagte mir, ich solle in deren Augen schauen. Irgendwie machte es ihn an, zu wissen, dass diese Puppe uns beobachtet. Es war total krank...“

„Was sind das für Geschichten! Thorsten, hör auf, so einen Blödsinn zu erzählen“, sagte Theesemann. Er wollte aufstehen, aber Paula wusste es zu verhindern. Sie hielt den Deutschlehrer an den Schultern fest und zwang ihn sich zu setzen.

„Wir haben es ein paar Mal wiederholt. Herr Theesemann sagte mir, dass das dazu gehört, um ein guter Schauspieler zu werden. Er erpresste mich und meinte, wenn ich irgendjemandem davon erzählen würde, würde ich durchs Abitur fallen. Er würde mein Leben zerstören und alles abstreiten."

„Thorsten, Du erzählst nur Lügengeschichten!"

„Seien Sie still", schrie Hilbig. Derweil schüttelte Herr Kratz den Kopf. Er schien wie auf einem anderen Planeten zu sein, er schaute regungslos durch die Luft und sah so bleich aus wie ein Toter.

„Hast Du jemandem davon erzählt?", wollte Kempner wissen.

„Ja, ich hab's nicht mehr ausgehalten. Ich war mit Ronja zusammen, aber ich wollte keinen Kontakt mehr zu ihr. Diese ganzen Übergriffe – sie machten mich verrückt. Ich konnte mich nicht mehr mit ihr treffen, ich hielt ihre Nähe nicht mehr aus. Doch irgendwann provozierte mich Ronja. Sie wollte wissen, was mit mir los sei. Und alles platzte aus mir heraus. Ich erzählte ihr vom Missbrauch und von der Puppe. Das war drei Tage vor dem Mord. Sie sagte, dass sie die Sache an die Öffentlichkeit bringt, aber ich wollte das nicht, ich wollte nicht, dass jemand davon erfährt, von dieser Sache zwischen mir und Herrn Theesemann. Ich wollte nicht, dass mein Vater davon mitbekommt und ich Scham über die Familie bringe."

„Scham?", fragte Kempner verwundert.

Thorstens Vater schrie: „Hör jetzt auf! Sag nichts mehr! Ich hab Dir doch gesagt, wir klären die Sache anders!"

Was hatte das zu bedeuten?

Kempner schreckte auf. Er hatte einen Geistesblitz, eine böse Ahnung. Ihm ging ein unfassbarer Gedanke durch den Kopf. Er näherte sich dem Jungen, hielt ihn am Arm fest und sprach langsam: „Thorsten... Hast Du..." Kempner musste schlucken. Er konnte selbst nicht glauben, was er jetzt sagte. „Hast Du Ronja umgebracht?"

Der Junge schaute entsetzt zur Seite. „Sie verstehen das nicht!", schrie Thorsten und wandte seine verheulten Augen ab.

„Thorsten, bitte, hör auf zu sprechen!", befahl Herr Kratz. „Du schadest Dir!"

„Warum, Thorsten? Warum hast Du das getan?", fragte Paula. Auch sie ahnte, was der Junge verbrochen hatte. Außerdem wusste sie, was Kempner im Schilde führte. Er wollte den emotionalen Ausbruch des Sohnes nutzen, um ein Geständnis aus ihm herauszupressen.

„Du wolltest nicht, dass Dein Vater von uns erfährt? Deshalb hast Du sie getötet?", fragte Theesemann und schlug sich die Hand gegen den Mund.

Thorsten ignorierte die Frage. „Ronja wollte nicht verstehen!", sagte er verheult. „Ich hab Ronja immer wieder gesagt. Hör auf, die Sache anzusprechen. Ich regel das selbst. Ich will nicht, dass die Schule davon erfährt. Ich wollte das auf meine Art lösen. Aber Ronja pochte darauf. Sie wollte einen Artikel schreiben, fing an zu ermitteln, fragte mich wegen der Puppe, wollte einen großen Text schreiben nach ihrer Rückkehr aus Helgoland, wollte Theesemann als Vergewaltiger denunzieren. Sie hatte schon alles im Kopf, sich alles ausgedacht und vorbereitet und wollte nicht auf mich hören. Am Montag wollte sie Herrn Theesemann stellen. Vor versammelter Mannschaft, in der Schule. Da bin ich in Panik geraten. Ich wusste nicht, wie ich es verhindern kann. Also bin auf die Insel gefahren. Ich war schon oft auf Helgoland und wusste, wo sie entlanggehen würde – und da hab ich sie umgebracht.

Sie und Anna. Alle beide. Ich wollte das nicht tun, wirklich, aber sie ließen mir keine andere Wahl. Sie wollten alles aufschreiben und mich bloßstellen. Papa....", sagte Thorsten verheult und wandte sich zum Vater. „Ich wollte keine Schande über die Familie bringen!"

Kempner war entsetzt. Er hatte mit allem gerechnet, aber nicht damit. Der Sohn war krank, ein pathologischer Fall. Die Angst vor der Scham war, so Kempners Einschätzung, die treibende Kraft bei dem Mord. Thorsten hatte die Kontrolle über seine Gefühle verloren. Er war zum Mörder geworden, um zu verhindern, dass seine alltägliche Welt aus den Fugen gerät. Er wollte nicht, dass die Schule, die Stadt und vor allem sein Vater von den sexuellen Übergriffen erfuhren.

„Papa", sagte Thorsten weiter, „Du warst schon immer gegen die Beziehung zwischen mir und Ronja. Ich begriff an dem Tag, dass Du immer Recht hattest. Sie war nicht gut für mich. Ich wäre mit Herrn Theesemann noch fertig geworden, aber sie wollte es auf ihre Art klären. Wie immer! Es tut mir so leid. Bitte verzeih", sagte Thorsten und weinte. „Ich bin so ein schlechter Sohn!"

Herr Kratz wollte Thorsten in den Arm nehmen, aber der Junge weigerte sich. „Nein, ich verdien das nicht. Lass mich. Ich verdien nicht, Dein Sohn zu sein..."

„Aber das stimmt doch nicht", sagte Herr Kratz. Dann wandte er sich zu Kempner und sagte entschlossen: „Ich bin Schuld am Mord!"

„Wie bitte?", fragte Kempner irritiert.

„Hören Sie! Ich habe Thorsten gesagt, er soll verhindern, dass Ronja die Sache aufschreibt."

„Was haben Sie getan?", entfuhr es Paula. Sie traute ihren Ohren nicht.

„Ja", sagte Herr Kratz und senkte den Blick. „Ich habe gehört, wie sich Ronja und Thorsten über Herrn Theesemann im Zimmer stritten. Dann ging ich dazwischen und sagte ihnen, dass ich die Sache auf meine Weise klären würde. Ich hab Thorsten nicht gelaubt."

„Aber warum?", wollte Paula wissen.

„Ich war mir einfach nicht sicher... Vielleicht wollte ich es einfach nicht glauben!" Herr Kratz presste seine Hände gegen die Augen. „Wir sind bei den freien Evangeliken. Wissen Sie, was die Gemeinde sagen würde, wenn herauskäme, dass Thorsten missbraucht wurde?"

„Sind Sie wahnsinnig? Deswegen sollte Thorsten nichts sagen?", fragte Paula entsetzt.

„Ich wollte verhindern, dass Ronja Unfug schreibt und ganz Bad Bederkesa über uns spricht. Ich hab Thorsten gesagt, er soll sie zum Schweigen bringen. Ich wusste ja nicht, dass er sie ermordet!"

Die Kommissare saßen starr auf ihren Stühlen. Paula blickte auf Hilbig und rang um Fassung. Auch Rüdels war geschockt und atmete schnell ein und aus, ohne etwas zu sagen. Nur Kempner reagierte. Er ging zu Thorsten, legte die Hände auf seine Schultern und dachte darüber nach, was jetzt passieren würde. Herr Theesemann würde wegen Missbrauchs verurteilt werden. Und was war mit Thorsten? Man würde ihn wegen Mordes vor Gericht stellen. Doch was würde es schon nützen? Thorsten war psychisch am Ende. Er brauchte eine Therapie. Würde er jemals wieder ein normaler Mensch werden? Kempner bezweifelte das.

Der Kommissar schaute auf einen psychisch gestörten Jungen, der regungslos auf den Tisch starrte und dem die Tränen über die Wangen liefen. Es war traurig, das mit anzusehen. Auch Kratz verfiel in ein Schluchzen. „Es ist meine Schuld!", sagte er nochmal.

Herr Theesemann blickte fassungslos durch den Raum. Und Herr Kratz heulte und hielt mit einer Hand seinen Sohn fest, doch der Junge reagierte nicht. Er hatte sich innerlich von der Welt verabschiedet. Thorsten wusste, dass sein Schicksal besiegelt war.

Epilog

Nachdem die Polizisten Thorsten und seinen Vater zum Hubschrauber gebracht hatten, der die beiden weiter nach Hannover fliegen sollte, beschlossen Paula Petersen und Jürgen Kempner, ein letztes Mal über die Insel zu spazieren.

Vorher verabschiedeten sie sich bei Kommissar Hilbig, der die Personen begleiten sollte. Theesemann wurde von einem SEK-Beamten mitgenommen. Außerdem dankten Kempner und Petersen dem Helgoländer Polizisten Rainer Rüdels und der Psychologin Frau Drecksler. Alle waren geschockt, niemand hatte mit so einer Wendung gerechnet. Selbst Rüdels konnte kaum sprechen und versuchte, die Erlebnisse des Tages zu verarbeiten. Er war wirklich nicht zu beneiden: Er müsste in den folgenden Wochen wieder ein Stück Normalität auf die Insel bringen. Nun war er dafür verantwortlich, die desillusionierten Helgoländer wieder zusammenzuführen. Es würde keine einfache Aufgabe sein. Es war zwar klar, dass Wessels die ganze Zeit kriminelle Ziele verfolgt hatte. Aber die Abneigung einiger Inselbewohner gegen die Offshore-Anlagen, die hohen Mieten, die Verdrängung und die vielen neuen Gesichter würde nicht so schnell verschwinden. Das wusste auch der Dorfpolizist. Und trotzdem war er stolz darauf, dass sich die Mehrheit der Helgoländer für das Richtige entschied und der Gewaltspirale durch Zivilcourage ein Ende gesetzt hatte.

Kempner und Petersen spazierten die Aquariumsstraße entlang. Sie flanierten an ein paar friesischen Restaurants vorbei und beobachteten, wie einige Touristen hinter den Fensterscheiben Pannfisch verspeisten, energisch über den Protest vor dem Hotel stritten und das ausgestoßene Adrenalin mit ein paar kühlen Bieren besänftigten. Es gab viel zu besprechen. Auch für die Kommissare.

„Denkst Du, Thorsten bekommt eine milde Strafe?“, fragte Paula ihren Kollegen, während sie Schulter an Schulter durch die Innenstadt spazierten.

„Puh!“, sagte Kempner und atmete laut aus. „Schwer zu sagen. Er wirkte auf mich wirklich durcheinander. Auch wenn es keinen Mord rechtfertigt: Es war eine Affekthandlung. Thorsten befand sich in einer besonderen Situation. Sein Vater hat ihn unter Druck gesetzt. Wer weiß, was zwischen den beiden vorgefallen ist. Thorsten muss einen großen psychischen Druck verspürt haben. Er war im Zwiespalt, wollte seinen Vater nicht enttäuschen, wollte nicht zum Opfer der Schule und der Kirchen-Gemeinde werden. Deswegen hat er verhindert, dass Ronja über die sexuellen Übergriffe berichtet. Vielleicht wollte Ronja, vom Ehrgeiz gepackt, die Geschichte um jeden Preis aufschreiben und ignorierte dabei Thorstens Gefühle? Vielleicht unterschätzte sie seine Ängste?“, spekulierte Kempner.

„Nicht zu fassen“, sagte Paula schockiert. Sie schaute auf die kleinen Helgoländer Häuser. „Wie konnte das alles nur so außer Kontrolle geraten?“

Der Abend war bereits angebrochen. Der Himmel war dunkelblau. Man sah schon einige Sterne, doch es war noch hell genug, um ein letztes Mal die Schönheit der Insel zu genießen. Ein paar Karkfinken schwirrten durch die Luft.

Paula schaute auf die Uhr.

„Es ist schon spät. Wir sollten gleich die letzte Fähre nehmen und zurück nach Cuxhaven fahren.“

Kempner prüfte ebenfalls die Zeit und hoffte innerlich darauf, dass es zu spät war für eine Überfahrt. Doch das war nicht der Fall.

„Paula... Ich hab da eine Idee!“, sagte Kempner nachdenklich.

„Welche denn?“, fragte seine Kollegin mit einem Funkeln in den Augen und tat so, als ob sie nicht wüsste, woran Kempner dachte.

„Wie wäre es, wenn wir aus Versehen die Fähre verpassen und unserem Chef sagen, dass wir leider noch eine Nacht auf der Insel bleiben müssen. Na ja, eigentlich müssten wir morgen ja noch Dr. Wessels befragen, oder?“, fragte Kempner und lächelte spitzbübisch.

„Mh“, antwortete Paula. Sie presste die Lippen zusammen und tat so, als ob sie lange überlegen müsste. Aber ihr Lächeln verriet bereits, wie ihre Entscheidung ausfallen würde. „Okay. Arbeit geht vor“, sagte sie ironisch. „Und außerdem haben wir unseren Kneipenabend noch nicht beendet, richtig?“, ergänzte sie und zwinkerte.

Kempner war zufrieden. Er konnte es kaum erwarten, dort anzufangen, wo beide aufgehört hatten.

Anschließend gingen die beiden Kommissare Richtung Oberland und suchten nach einer Spelunke. Der Wind wehte. Die Luft roch klar nach Meer und Salz. Über ihren Köpfen kreisten ein paar Möwen. Sie krächzten, als wären sie froh, dass die Polizisten noch eine Nacht bleiben wollten.

Was niemand hätte wissen können: Es sollte nicht ihre letzte sein.

*** ENDE ***

Buchempfehlung!

Lesen Sie auch den ersten Teil des Romans:
Mord am Meer – Ein Nordseekrimi von Leo Fischl

Inhalt:

Eine junge Bäckereiverkäuferin wird in ihrer Cuxhavener Altbauwohnung tot aufgefunden. Jemand hat das Mädchen auf einen Stuhl gefesselt, gefoltert und dann mit einer Plastiktüte erstickt. Der Täter hat vor dem Mord heißes, rotes Wachs über die Frau gegossen, so dass sie beim Auffinden fast wie eine Skulptur erscheint – und nicht mehr wie ein Mensch. Ganz Cuxhaven ist in heller Aufregung: War es ein Serienkiller? Ein Irrer? Ein Sexualstraftäter? Oder doch vielleicht ein Liebhaber aus der Region?
Kommissar Jürgen Kempner eilt aus Hannover herbei, um die Cuxhavener Polizei bei dem Mordfall zu unterstützen. Doch weder die Kollegen noch die Bewohner der Stadt wollen mit dem erfahrenen 45-jährigen Polizisten sprechen. Haben sie etwas zu verbergen? Oder liegt die Verschwiegenheit an Kempners Großstadtarroganz?
Die Spur führt den Kommissar und seine Kollegin Paula Petersen vom Nordseeheilbad Cuxhaven über Delmenhorst bis nach Bremerhaven. Bei seinen Ermittlungen trifft das Duo auf dubiose Seemänner, Mitglieder eines Geheimbundes, Verbrecher aus dem Rotlichtmilieu und auf viele schweigsame Norddeutsche. Was haben sie alle zu verbergen? Warum musste die 23-jährige Christina Friedrich auf derart brutale Weise sterben? Und viel wichtiger noch: Wird der Mörder noch einmal zuschlagen?

Eine Bitte zum Schluss

Ich hoffe, dass Ihnen das Lesen dieses Buches gefallen hat. Und ich hoffe, dass Sie, wenn Sie aus Helgoland stammen, die Beschreibungen mit einem zwinkernden Auge zur Kenntnis nehmen. Einige Handlungszusammenhänge sind durch Fakten inspiriert, andere vollkommen willkürlich.

Ich würde mich sehr freuen, wenn Sie eine Bewertung bei Amazon hinterlassen. So weiß ich, dass sich die ganze Mühe und die Arbeit an diesem Buch gelohnt haben.

Außerdem möchte ich mich bei allen bedanken, die dieses Buch möglich gemacht haben. Vor allem sei Valerie Klock für ihr wertvolles Feedback und ihr unerschütterliches Redigat gedankt. Dann möchte ich ganz besonders Wieslaw Smetek danken, der ein fantastisches Cover für mich produziert hat. Ohne seine Arbeit wäre dieses Buch niemals fertig geworden.

Außerdem bin ich auch bei Twitter zu finden unter leo_fischl

Für Anregungen und Tipps wäre ich sehr dankbar.

Herzliche Grüße und vielen Dank Ihr

Leo Fischl

41552607R00139

Printed in Poland
by Amazon Fulfillment
Poland Sp. z o.o., Wrocław